AF155550

Bernd M. Mohl

TERRENUS

Ballade der Zitadelle

Band 2

novum pro

Dieses Buch ist auch als
e-book
erhältlich.

Bibliografische Information
der Deutschen Nationalbibliothek:

Die Deutsche Nationalbibliothek
verzeichnet diese Publikation in
der Deutschen Nationalbibliografie.
Detaillierte bibliografische Daten
sind im Internet über
http://www.d-nb.de abrufbar.

Gedruckt in der Europäischen Union
auf umweltfreundlichem, chlor- und
säurefrei gebleichtem Papier.

© 2024 novum Verlag

ISBN 978-3-7116-0294-7
Lektorat: Mag. Angelika Mählich
Umschlagabbildung:
Knet2d | Dreamstime.com
Umschlaggestaltung, Layout & Satz:
novum Verlag

www.novumverlag.com

„OH GOTT, *vergib uns unsere Schuld!*
Zehn Jahre des Krieges sind nun bereits vergangen. Zehn Jahre
der Gewalt und der Zerstörung. Zehn Jahre des Todes! Unser einst so
lebendiger und blühender Planet ist nicht mehr wieder zu erkennen.
Immer, wenn es zaghafte Anzeichen der Annäherung gab, folgte auch
gleich ein erneuter Angriff, der den vorhergehenden in aller Grau-
samkeit übertraf. Fünf Monate ist es nun her, dass diese gottlosen
Hunde die erste unsrer Großstädte im Feuersturm eines Atompilzes
von der Landkarte fegen ließen. Was die letzte, dramatischste Phase
des Krieges einläutete. Unser Gegenschlag ließ nicht lange auf sich
warten. „Noah's Ark", die größte und mächtigste Atomrakete soll-
te unsre Vergeltung bis ins Herz des Feindeslandes bringen und so
dem Krieg ein schnelles Ende bringen. Welch unfassbarer Irrglaube.
Wie viele Atomraketen und -bomben es insgesamt waren, die die
Erde unwiderruflich verwüsteten, vermag ich nicht zu beantworten.
Es reichte jedenfalls, um den Himmel zu verdunkeln und die Erde in
einem atomaren Winter zu begraben. Wie viele Tote es weltweit gab,
lässt sich unmöglich feststellen. Alle Aufklärungsdrohnen und Sa-
telliten sind längst zerstört. Nur in einem sind sich alle gewiss, kein
Mensch kann nunmehr lange auf der Erde überleben.
Gott hat unsren Planeten und uns törichten Menschen endgül-
tig verlassen.
Alle Pläne waren vergeben. Der atomare Schlagabtausch kam zu
abrupt und massiv. Nur ein einziger unsrer großen Bunkeranlagen,
die insgesamt zehn Millionen Überlebende aufnehmen sollten, um den

Fortbestand unsrer Rasse zu sichern, hat die Angriffe überstanden. Und selbst hier her, in den letzten Bunker, der „Zitadelle", haben es ersten Zählungen zu folge nur etwa 500.000 Überlebende geschafft. Es muss Gottes Wille gewesen sein. Gottes Auslese der Auserwählten, die die bitteren Jahre der atomaren Dunkelheit überstehen sollen, um dann gleich Adam und Eva die neu erwachte Erde wieder zu bevölkern und sich erneut Untertan zu machen. – So muss es sein, ja!"

Wäre die Szenerie in absolute Stille getaucht und menschenleer, hätte sie etwas gespenstig Schönes und Beruhigendes. Eine Komposition aus Grautönen. Dichte graue Wolken, die die Sonne verdunkelten und die Landschaft dicht mit Schnee bedeckten. In der Ferne pechschwarze Rauchschaden, die aus den Trümmern einstiger Millionenmetropolen aufstiegen, die immer wieder von aufsteigenden Feuerschwaden in einen glühend roten Schein getaucht wurden. Ein langer schmaler Weg führte von der Landstraße herauf zum in den Felsen eines kargen Kalksteinmassivs geschlagenen Bunker. Der Weg war bereits zentimeterdick vom Schnee bedeckt. Doch kein heller, weißer Schnee war es, nein, der Schnee nahm allen Staub der Atmosphäre, den er aufnehmen konnte, und fiel so fahlgrau vom Himmel. Passend dazu die am Wegesrand im Wind klappernden, ausgebrannten Baumskelette, die das Bild des Todes gekonnt abrundeten. Die letzte Impression dazu wäre noch ein tiefer Atemzug der rauchig frischen und modrigen Winterluft. Wovon jedoch aufgrund der Strahlung akut abzuraten war.

Aber nichts dergleichen, laut tönend erschallte die Alarmsirene im Dauerton. Doch ging selbst dieser ohrenbetäubende Lärm unter den tausenden grauenhaften, panischen Verzweiflungsschreien der in den Bunker drängenden Flüchtigen unter. Schreie, die einem durch Mark und Bein gingen.

Der Flüchtlingsstrom erstreckte sich über den gesamten Weg den Berg hinab. Unzählige verzweifelte, zum Teil verwundete Menschen. Verwahrlost, mit der Situation klar überfordert, schoben sie einander den Anhang hinauf, die Gesichter tränen- und blutverschmiert. Schwer zu sagen, ob sie blutige Wunden im Gesicht trugen, oder bereits vor Todesangst Blut schwitzten. Eine schaurige Akzentuierung der Szenerie, die grell rot leuchtenden Blutspritzer im fahlen Schnee.

Am Wegesrand häuften sich immer mehr die Leichen derer, die die Kräfte verließen und sich nicht mehr gegen das Gedränge der anderen zu währen vermochten. Alte, Gebrechliche, Frauen und Kinder. Einmal zu Boden gedrückt und scheinbar leblos, war keine Hilfe mehr von den Mitmenschen zu erwarten. Ein Opfer auf dem Weg ist gleich ein freier Platz im Bunker.

Bis direkt an die Hauptschleuse der Bunkeranlage drängten die Menschenmassen. Vor dem riesigen Bunkertor hielt ein Trupp von schwer bewaffneten Soldaten die Massen in Schacht und versuchten mit allen Mitteln den Zutritt zum Bunker zu regeln. Geschützt von den Soldaten hatten vier Wissenschaftler in weißen Laborkitteln Aufstellung genommen und untersuchten in aller Hektik die Durchgelassenen mittels Geigerzähler auf radioaktive Verstrahlung. Überschritten die Strahlungswerte eines Getesteten die Grenzwerte, so wurde diesem der Zutritt zum Bunker verwehrt. Wo diese Grenzwerte jedoch lagen, wussten die Wissenschaftler wohl selbst nicht genau, da es recht unwahrscheinlich schien, dass auch nur einer der Flüchtlinge nicht verstrahlt war. Wie auch immer, das Wort der Wissenschaftler war Gesetz und zugleich Todesurteil. Nicht selten, dass Familien an der Schleuse zerrissen wurden, dass Mütter verzweifelt die Soldaten und Wissenschaftler anflehten, ihre kleinen Kinder durchzulassen im Austausch für ihr eigenes Leben, was aber auch nicht immer gewährt wurde. Immer wieder versuchten verzweifelte Personen, denen der Eintritt verwehrt wurde, dennoch durchzubrechen, was jedoch von den Soldaten umgehend mit Waffengewalt verhindert wurde. Es war eine perfide Einsatzaufteilung unter den Soldaten, die die Ordnung am Tor gewährleisten sollte. Ganz vorne bei den Menschenmassen sechs schwer bewaffnete Soldaten, die jedem Flüchtling ihre Waffen sichtbar und unverhohlen direkt ins Gesicht hielten. In zweiter Reihe ein Offizier, der versuchte, die Lage zu überblicken, während seine zwei Wachen die durchgelassenen Flüchtlinge mit ebenfalls vorgehaltener Waffe, zumindest nicht ins Gesicht gerichtet, zu den hinter ihnen stehenden Wissenschaftlern weiterlotsten. Jedem Wissenschaftler stand ebenfalls ein Soldat zur Seite. Zum einen, um diese vor Übergriffen zu schützen, zum anderen, um die von den Wissenschaftlern abgewiesenen Flüchtlinge schnellstmöglich abzuführen und auszusondern. In letzter Reihe, direkt an der Torschleuse, schließlich noch vier schwer bewaffnete Soldaten, bereit auf alles und jeden das Feuer zu eröffnen.

Alles in allem schaffte es nur zirka jeder Zehnte in den rettenden Bunker vorgelassen zu werden. Alle anderen wurden dem sicheren Tod überlassen oder direkt an Ort und Stelle hingerichtet.

Trotz der zügigen Arbeit der Wissenschaftler und Soldaten schien die Schlange an Flüchtigen nicht endend wollend. Kilometerweit reihten sich die verzweifelten Menschen den Weg hinab, als plötzlich ein weiterer Sirenenalarm ertönte. Schriller und penetranter als der ohnehin ohrenbetäubende Dauerton, der die gesamte Szenerie aushallte. Mit einem Ruck zuckten alle zusammen. Der schrille Ton fuhr durch Mark und Bein. Direkt an der Torschleuse war der Ton am lautesten. Nicht verwunderlich, wenn einige der Soldaten einen Gehörsturz davontrugen. Für diese jedoch bedeutete der schrille Alarm etwas ganz anderes. Mit einem Mal nahmen alle Soldaten ihre Gewehre in den Anschlag und richteten diese gegen die Flüchtenden. Zugleich stoppten die Wissenschaftler ihre Arbeit und versteckten sich rasch hinter ihren Wachen.

Da erhob der anwesende Offizier seinen rechten Arm und befahl mit lauter, bestimmender Stimme: „Achtung! Das war's, sofortiger geordneter Rückzug in den Bunker. Los!"

Sofort setzten sich die Wissenschaftler, ohne sich nochmal nach den Flüchtigen umzusehen, in Bewegung Richtung Schleuse und verschwanden sogleich mit ihren Wachen hinter dem großen Tor im Bunker. Ihnen folgend der Offizier und dessen Soldaten. Zuletzt rückten die schwer bewaffneten Soldaten, rückwärts schreitend, die Waffen auf die Flüchtlinge gerichtet, ab. Die Flüchtigen brauchten nicht lange, um zu realisieren, was gerade geschah, und verfielen in einen Zustand absoluter verzweifelter Raserei. Das Entsetzen, das den Flüchtigen ins Gesicht geschrieben stand, war nicht zu beschreiben. Vom Schock und Todesangst entstellte Fratzen, bereit, alles und jeden mit bloßen Händen zu zerfleischen, um ihr eigenes Leben zu retten. Doch vergebens, mit jedem Schritt, den sich die schwer bewaffneten Soldaten dem Tor näherten, schloss sich dieses langsam, aber sicher. Der Vorgang dauerte nur wenige Sekunden, die den Flüchtigen jedoch wie eine unerträgliche Ewigkeit vorkam. Sekunden, in denen hunderte Schüsse auf die vorderste Reihe der Flüchtigen niedergingen. Skrupel hatten die Soldaten keine mehr, auf die Menge zu schießen. Nein, den Soldaten schien es nun sogar vielmehr als gute Tat, einigen Flüchtigen so wenigstens einen schnellen schmerzlosen Tod zu ermöglichen, als langsam im atomaren Winter zu verrecken. Was in dieser Situation von den Flüchtigen freilich nicht so aufgefasst wurde. Sofern auch nur einer der Anwesenden noch irgendwie in der Lage war, auch nur einen klaren Gedanken zu fassen.

Die Situation eskalierte völlig. Zahllose Erschossene und zu Tode Getrampelte türmten sich vor den Soldaten, die bereits am Tor angelangt und bereit für die letzten Schritte hinein waren. Sie standen nur noch im Tor, weil sich dieses nicht so schnell schließen konnte. Es waren die letzten Sekunden. Die Flüchtigen warfen alles, was sie greifen konnten, nach den Soldaten. Steine, Äste, Leichen.

Schließlich stand nur noch ein Soldat im Tor, das nur noch knapp fünfzig Zentimeter geöffnet stand, als plötzlich eine Frau mit einem kleinen Mädchen im Arm den Haufen an Leichen erklomm und ihre Tochter in aller Verzweiflung in Richtung Tor warf, bevor sie von der panischen Masse gepackt und hinuntergerissen wurde.

Mit diesem Anblick hatte selbst der eiserne Soldat nicht gerechnet. Entsetzt sah er das kleine Mädchen an, welches nun einige Schritte vor ihm, mit aufgeschundenen Knien, Armen und Stirn auf dem Boden lag und aus tiefster Kehle weinte.

Der Soldat zögerte nicht lange und trat wieder aus der Tür, in Richtung des kleinen Mädchens. Hinter ihm schrien und befahlen die anderen Soldaten ihren Kameraden zurück. Dieser hörte jedoch aufgrund des Dauerfeuers, mit dem er sich die aufgebrachte Menge auf Abstand hielt, davon nichts. Mit einem Satz packte er das kleine Mädchen an der Hüfte und nahm sie hoch. Zeitgleich schoss er weiter unentwegt auf die Menge und schritt wieder zügig zurück zum Tor, das sich jedoch bereits weiter geschlossen hatte. Nur noch ein kleiner, zirka zwanzig Zentimeter breiter Spalt war geöffnet. Der Soldat zögerte keine Sekunde und quetschte das kleine Mädchen durch den Spalt. Vor Schmerzen schrie das Mädchen laut auf, als der Soldat ihren Kopf in aller letzter Sekunde durch den Spalt drückte. „Schmerzen vergehen, Hauptsache in Sicherheit", dachte sich der Soldat.

Mit einem letzten Blick zu seinem Kameraden, der das kleine Mädchen entgegen nahm, verabschiedete sich der Soldat mit einem schlichten Nicken von seinem Kameraden, bevor sich der Spalt schloss und der Bunker so unwiderruflich versperrt war.

„Eine letzte gute Tat." Erleichtert stand der Soldat nun der Menge gegenüber, die mit dem Schließen des Tores ebenfalls innehielt und sich offenbar resignierend mit der Situation abfand.

Der Soldat warf noch einen schnellen Blick auf sein Magazin, leer. Das heißt noch eine Kugel im Schlitten. Ein zufriedenes Lächeln machte sich in seinem Gesicht breit, als er seine Waffe an sein Kinn führte und mit sich und der Welt im Reinen den Abzug betätigte.

„Mayor, wurde der Torbereich ordnungsgemäß evakuiert und wurden die Tore korrekt verschlossen?", hallte es aus dem großen Torbereich des Bunkers, dem Offizier am Tor entgegen, der noch geschockt von den letzten Sekunden regungslos dastand und das kleine Mädchen ansah. Mit größter Mühe versuchte er sich zu sammeln, um seinem Vorgesetzten Rede und Antwort zu bieten: „General O'Neill, melde den vorschriftsmäßigen Verschluss der Torschleuse. Wir mussten jedoch einen Mann zurücklassen. Lieutenant Frank Meyer opferte sich, um dieses kleine Mädchen zu retten."

Betrübt zeigte der Mayor auf das kleine Mädchen, dass noch immer weinend dem schwer bewaffneten Soldaten im Arm lag. Der General trat einen Schritt näher, wischte dem Mädchen seine Haare aus dem Gesicht und warf ihr ein Lächeln zu: „Na, wie heißt du denn, Kleines?"

Schüchtern vergrub sich das Mädchen im Hals des Soldaten und stammelte leise: „Lisa."

„Okay Lisa", antwortete General O'Neill mit ruhiger, sanfter Stimme: „Du bist jetzt in Sicherheit. Diese beiden Männer sind ab sofort nur für dich und deinen Schutz zuständig. Sie werden alles machen, was du ihnen befiehlst. Hörst du?"

Schüchtern nickte Lisa dem General zustimmend zu.

„Mayor, Sie kümmern sich persönlich um die Kleine. Versorgen Sie ihre Schürfwunden und bereiten Sie sie auf den Kryoschlaf vor." „Verstanden; Herr General!", bestätigte der Mayor und nahm Lisa dem schwer bewaffneten Soldaten aus dem Arm.

„Okay Lisa, mach brav; was der Mayor dir sagt, ich sehe in Kürze wieder nach dir, versprochen", beschloss General O'Neill das Gespräch in Richtung Lisa und ging schnellen Schrittes weiter in den Bunker.

Es herrschte das absolute Chaos, überall versammelten sich verängstigte und orientierungslose Menschen auf der Suche nach Antworten oder jemanden, der ihnen weiterhelfen könnte. Zwar huschten auch einige Soldaten in der Gegend herum und versuchten ihr Möglichstes, um den Menschen weiterzuhelfen und sie in die richtige Richtung zu weisen, um das Chaos etwas zu lichten, doch waren es einfach zu viele, um dies einfach so zu bewerkstelligen. Als General O'Neill durch die große Eingangshalle des Bunkers ging und dieses Chaos erkannte, blickte er sich kurz um und rief dann nach dem erstbesten Soldaten, dessen er habhaft werden konnte: „Soldat! Achtung!"

Auf der Stelle blieb der Soldat stehen und nahm Haltung an.

„Privat, laufen Sie rauf in die Kommandozentrale und befehlen Sie dem Diensthabenden, er soll sofort eine Lautsprecherdurchsage starten. Er soll durchgeben, dass sich ausnahmslos alle hier in der Halle versammeln und in einer Reihe anstellen sollen. Danach führen Sie und Ihre Kameraden die Reihe geordnet zu den Untersuchungen und dann weiter in Richtung der Schlafhallen. Sie haben das Kommando, sollte sich einer querstellen, verweisen Sie auf mich! Haben Sie verstanden Privat?"

Verdutzt sah der junge Soldat den General an, nickte dann aber zustimmend und setzte sich sogleich im Laufschritt in Bewegung.

Kurz sah General O'Neill dem jungen Soldaten nach, setzte dann aber ebenfalls seinen Weg fort. Während der junge Soldat quer durch die große Halle rannte, um am Ende der Halle ins Treppenhaus zur Kommandozentrale zu gelangen, wendete sich General O'Neill zu seiner Linken und betrat einen langen schmalen Gang, der tiefer in die Bunkeranlage führte. Der Gang war nur knapp zwei Meter breit und auch hier versammelten sich die Menschen. Beinahe stolperte der General über eine kleine Gruppe von Zivilisten. Er nahm die erste Frau in seiner Nähe bei der Hand und half dieser hoch, worauf sich auch die anderen erhoben, und bat die Gruppe sich in die Halle zu begeben und weitere Instruktionen abzuwarten. Danach versuchte der General seinen Weg fortzusetzen, kam jedoch nur wenige Schritte, bis ihm ein Trupp Soldaten entgegenkam und vor ihm Aufstellung nahm und salutierte. General O'Neill honorierte das militärisch korrekte Verhalten der Soldaten, wollte in diesem Moment aber eigentlich nur so schnell wie möglich weiter. Er salutierte den Trupp schnell ab und drängte sogleich an ihnen vorbei den engen Gang weiter. Schon leicht genervt von all den Menschenmassen ertönte dann aber die erlösende Lautsprecherdurchsage. Der junge Soldat tat, wie ihm befohlen:

„Achtung, Achtung!! Hiermit wird der gesamte Stützpunkt, egal ob Zivilist, Soldat oder Bunkerpersonal, bis auf das momentan fest eingeteilte Personal, aufgefordert sich in der großen Halle zu sammeln! An alle Zivilisten: Ordnen Sie sich in der Halle

bitte in einer Gänsereihe an und befolgen Sie die Anweisungen der Soldaten! Sie werden in Kürze zur Gesundenuntersuchung weitergeleitet, wo Sie für das weitere Vorgehen im Bunker vorbereitet werden. Für Fragen steht Ihnen das Fachpersonal am Ende der Untersuchungen zur Verfügung. Bitte verhalten Sie sich gesittet und korrekt, um einen reibungs- und problemlosen Ablauf zu gewährleisten!"

Beruhigt hörte sich der General die Durchsage an und ging langsam weiter, bis er einige hundert Meter weiter an einer Tür zu seiner Rechten anlangte und diese öffnete. Er fand sich in einem kleinen Treppenhaus wieder, das zwei Stockwerke nach unten führte. Am Treppenabsatz angelangt, fand sich der General in einem großen Besprechungsraum wieder. Inmitten des Raums ein großer rechteckiger Tisch mit Lederstühlen ringsum. Einige der Stühle waren bereits mit Personen besetzt, die sich alle erhoben, als sie den General eintreten sahen.

Der General ging zielgerichtet zum Stuhl an der Stirnseite des Tisches, zog diesen zurück und nahm vor dem Tisch Aufstellung: „Herrschaften, ich begrüße Sie im Bunker *Zitadelle*. Ich hoffe, es geht Ihnen soweit gut." Nach der knappen Begrüßung nahm General O'Neill Platz, so auch die anderen Teilnehmer der Runde. Dann wendete sich der General an den ersten Mann in der Runde zu seiner Linken und fuhr fort: „Colonel Miller, wie steht es um die Zitadelle? Dass die Tore geschlossen sind, davon habe ich mich selbst bereits überzeugt, und wie Sie gerade vernommen haben, habe ich Anweisung für das weitere Vorgehen gegeben."

Colonel Alexander Miller war ein stämmiger Mann Ende vierzig, mit grauen, militärisch kurz geschnittenen Haaren. Er trug seine Uniform und hatte eine bereits erloschene Zigarre im Mund, an der er unentwegt herumnagte. „Danke, General O'Neill! Der Bunker ist in einem Topzustand. Unsere Außenkameras zeigen, dass sich die Meute vor dem Tor allmählich auflöst. Und auch sonst sind von außen keine Gefahren mehr zu erwarten! Die Generatoren laufen vorbildlich und alles steht für den großen Schlaf bereit!", berichtete Colonel Miller militärisch knapp auf den Punkt gebracht.

„Danke, Colonel. Professor Stevens, können Sie die Aussagen des Colonels betreffend die Kryotechnik bestätigen?", fragte General O'Neill den drei Plätze weiter sitzenden Mann.

Professor Josef Stevens, ein fünfundfünfzig Jahre alter farbiger Mann, gekleidet in einem weißen Laborkittel mit großer Brille im Gesicht, war vor dem Krieg hoffnungsvoller Einsteiger auf dem Gebiet der Kryotechnik und entwickelte sich während des Krieges zu einer Koryphäe auf diesem Gebiet. Er zeichnete verantwortlich für die Entwicklung und Errichtung der Kryotechnologie und der Schlafkapseln, in denen die Überlebenden die Zeit überdauern sollten.

„Nun, ich kann bestätigen, dass die Generatoren zur Gänze gefüllt sind und auch alle 500.000 Einheiten der Schlafkapseln fehlerfrei laufen. Die Tatsache, dass wir nicht mal ansatzweise die vollen Kapazitäten der Anlage ausschöpfen, gibt uns jedenfalls noch weitere Sicherheit mit den Energieressourcen."

„Kapazitätenausschöpfung! Das bringt mich weiter zu Ihnen, Doktor Foster. Haben Sie schon Zahlen, wie viele Überlebende wir nun wirklich bei uns haben?"

General O'Neills Blick wandte sich der einzigen Frau der Runde zu. Frau Doktor Evelin Foster. Siebenunddreißig Jahre jung, schlank und groß gewachsen. Attraktiv, mit langen blonden Haaren und ebenfalls in einen weißen Laborkittel gekleidet.

„Bislang haben wir nur Überschlagszahlen, die genaue Zählung und Aufnahme von Personalien erfolgt im Augenblick im Zuge der Untersuchungen. Hierzu gleich noch eine Anmerkung meinerseits. Was sollen diese Untersuchungen überhaupt? Mir wurden keine Grenzwerte oder sonstige körperliche Marker genannt, auf die meine Mitarbeiter achten sollten!"

„Das ist mir bewusst, Doktor. Die Untersuchung hat vor allem den Sinn, die Menschen zu beruhigen. Sie soll vermitteln, dass wir uns um jeden Einzelnen kümmern und um das Wohl aller besorgt sind. Das wir nun, da wir alle hier unter der Erde eingeschlossen sind, keinem die Kryokapsel aufgrund körperlicher Beeinträchtigungen verwehren können und werden, ist mir bewusst", erklärte General O'Neill mit ruhiger Stimme.

Da warf Professor Stevens ergänzend ein: „Können wir uns leisten, nachdem eh nicht alle Kapseln ausgelastet sind. Ob's alle überleben, sehen wir dann nachher."

„Was heißt sehen wir nachher? Mit wie vielen Ausfällen rechnen Sie?", fragte Doktor Foster verärgert über die Gleichgültigkeit des Professors nach.

Der Professor rümpfte herablassend die Nase und antwortete: „Nun, wir können ja schlecht jede Kapsel individuell einstellen. Wir haben die Anlage so kalibriert, dass eine höchstmögliche Überlebensrate aller Insassen gewährleistet werden kann. Alles in allem rechne ich mit einer Ausfallquote von zirka acht Prozent."

„Acht Prozent!? Das sind bei 100.000 Menschen 8000 Tote!", fügte Doktor Foster an.

„Ganz recht. Natürliche gottgewollte Auslese, würde ich sagen."

„Beschissenes Arschloch! Würde ich sagen!", fuhr Doktor Foster den schräg gegenüber ihr sitzenden Professor Stevens an.

„Schon gut, schon gut. Beruhigen Sie sich bitte", rief General O'Neill zur Mäßigung auf: „Ich verstehe, dass mit Ausfällen immer zu rechnen ist, vor allem in der derzeitigen Situation. Das versteht auch Frau Foster, wenn ich für Sie das Wort ergreifen darf, Frau Doktor? Dennoch sind wir uns doch wohl einig, dass wir so viele Menschen wie irgend möglich durch diese Krise bringen müssen. Es geht um nicht weniger als den Erhalt der gesamten Menschheit."

Zustimmende Gesten abwartend, sah sich der General in der Runde um und richtete sich schließlich an den Letzten in der Runde: „Vizegeneral Harrison, bitte geben Sie uns einen letzten Überblick über die Weltlage. Was wissen wir über den Feind, hat da wer überlebt?"

Die Runde blickte gespannt zu Vizegeneral Markus Abraham Harrison. Einem dreiundsechzig Jahre altem Mann. Wie Colonel Miller und General O'Neill in militärischer Offiziersuniform gekleidet. Von fester Gestalt, mit recht ungepflegtem

Dreitagebart im Gesicht. Das Haar zerzaust. Sichtlich niedergeschlagen kauerte er in seinem Stuhl und machte keinen Eindruck eines soliden, aufrechten Anführers: „Was wollt ihr hören General? Ihr wart alle dabei. Ihr wart beim Weltenbrand dabei. Wart dabei, als unsre Städte im Feuer versanken, und alles, wofür wir gekämpft hatten, vernichtet wurde! Und jetzt verkriechen wir uns wie Ratten unter der Erde und hoffen auf bessere Tage."

„Schon gut, schon gut, Markus! JA, wir waren alle dabei, trotzdem dürfen wir nicht aufgeben und uns hängen lassen. Wir müssen die Überlebenden anführen und müssen einfach versuchen Zuversicht auszustrahlen. Du wirst sehen, wenn alles funktioniert, wird uns Gott einen neu erwachten und regenerierten Planeten schenken, den wir uns wieder Untertan machen können. Aufgeben gibt's nicht! Also bitte, wie ist der Letztstand von der Außenwelt?"

Vizegeneral Harrison atmete tief und laut hörbar durch und rappelte sich auf, bevor er wieder das Wort ergriff: „Na schön, unseren aktuellsten Informationen zur Folge wurden alle Kampfhandlungen eingestellt. Von unserer Seite ist nichts mehr da, mit dem man noch angreifen könnte und auch von Feindesseite her ist keine Tätigkeit mehr erkennbar. Da diese gottlosen Bastarde nach der letzten nuklearen Angriffswelle, die ohnehin ausreichte um die gesamte Erdoberfläche unbewohnbar zu machen, auch noch den Mond in die Luft jagten ... Nun ja, das Resultat haben wir ja alle miterlebt. Mit dem Trümmerhagel, der auf die Erde niederging, haben sie nicht nur unsere letzten Städte, sondern auch ihre eigenen endgültig vernichtet. Und das war auch garantiert noch nicht alles!"

„Was heißt ... *Garantiert noch nicht alles!?*", fragte Doktor Foster beunruhigt.

Vizegeneral Harrison drehte sich zu Frau Foster, die ihn mit weit aufgerissenen Augen anstarrte, und antwortete ruhig und gefasst: „Die haben mit einem Todessternlaser den gesamten Mond in die Luft gejagt. Da oben hängt nur noch ein immenser Asteroidengürtel rum, mit Trümmern, teilweise so groß wie der Everest. Was glauben Sie. was los ist, wenn davon etwas auf die Erde kracht?"

„Außerdem regelte der Mond die Gezeitenströmung auf der Erde, die nun zum Erliegen gekommen ist, was massive Auswirkungen auf das Klima zur Folge haben wird", warf Professor Stevens ein, was Vizegeneral Harrison nickend bestätigte.

Doktor Foster senkte erschüttert ihren Kopf. Ernüchternde Stille kehrte ein. Bis General O'Neill mit betroffener, aber doch gefasster Stimme die Stille unterbrach: „Tja, das sind nun mal die vorherrschenden Fakten. Nach zehn Jahren des Krieges brauchen wir uns nicht wundern beziehungsweise aufgesetzt betroffen zeigen, dass Gewalt und Zerstörung ein derartiges Ausmaß genommen haben. Für uns ist jetzt nur wichtig, die letzten überlebenden Menschen so gut wir können in die Zukunft zu retten. Wie diese aussehen wird, kann so wie so keiner von uns beantworten. Vertrauen Sie bitte weiterhin auf Ihre Fähigkeiten und Gottes Wille, die Menschheit heute nicht völlig untergehen zu lassen."

Perplex starrte Doktor Foster den General an und wunderte sich sichtlich über die Ruhe, die er in dieser Situation noch ausstrahlen konnte. Sie war sich nicht sicher, ob der General wirklich so aufgeklärt blieb, oder ob sein Auftreten doch nur aufgesetzt war und er doch auch, so wie alle anderen Anwesenden mit den Nerven völlig am Ende war. Wie auch immer, die Wirkung seiner Worte konnte Doktor Foster nicht absprechen. Die gesamte versammelte Runde sah sich gegenseitig Zuspruch gebend an und atmete tief durch, um ihre Gedanken zu befreien. Doktor Foster selbst viel es immer schwer, wie allen anderen ihrer Landsleute, sich so einem Gottvertrauen hinzugeben und darauf zu vertrauen, dass irgendeine höhere Macht ihre Geschicke und alles zum Guten lenken würde. Als Ärztin hatte sie immer damit zu kämpfen, dass ein, im Laufe des Krieges immer größerer Teil der Bevölkerung, lieber auf Gottes Gunst vertraute, als sie zu konsultieren und sich von ihr behandeln zu lassen. Für Doktor Foster kam stets Wissen und Wissenschaft vor Glaube und Religion, was sie selbstverständlich immer bewusst für sich behielt.

Nichtsdestotrotz wunderte sie sich stets, vor allem in solchen Runden, über andere Wissenschaftler, wie beispielsweise Professor Stevens, die offensichtlich kein Problem damit hatten, Wissenschaft und Glaubenseifer miteinander zu vereinen. Doktor Foster versank zusehends in ihren Gedanken, als General O'Neill erneut das Wort ergriff: „Also gut, Herrschaften, Sie wissen, was Sie zu tun haben. Wir sehen einander nochmal, wenn alle Überlebenden versorgt und eingeschlafen sind."

Damit schloss General O'Neill die Besprechung, erhob sich aus seinem Sessel und trat vom Tisch zurück. Die anderen sahen dem General kurz nach und taten es ihm sodann gleich. Nur Doktor Foster saß noch perplex in ihrem Sessel und beobachtete die seelenruhige Versammlung. Fast kam es ihr beim Auftreten der anderen vor, als hätte der General soeben den Beginn von Friedensgesprächen verkündet. Als wäre alles Geschehene nur ein böser elendslanger Traum gewesen. Doktor Foster musste sich zwingen, kurz ihre Augen zuzukneifen, um sich nicht völlig in dieser Vorstellung zu verlieren und auch so weltfremd zu grinsen wie die anderen.

Die anderen waren schon zur Tür hinaus, zuletzt trat Professor Stevens über die Schwelle in den langen Flur, als sich auch Doktor Foster ruckartig aus ihrem Sessel erhob und dem Professor nacheilte.

„Professor! Prof ... Joe!", rief Doktor Foster Professor Stevens ungeduldig nach.

Da blieb Professor Stevens sichtlich genervt und Augen rollend stehen und drehte sich zu Doktor Foster um: „JA, was ist denn noch, Evelin?" „Was meinst du mit, *was ist denn noch?* Ich wunder mich nur, wie gerade du so seelenruhig dahocken kannst und bei diesem Fanatikergeseier fröhlich grinsen und zustimmend nicken kannst! Du bist doch ..." „Was bin ich Eli, was? Hm?"

Doktor Foster starrte dem zunehmend erbosten Professor tief in die Augen. Kein weiteres Wort der Erwiderung wollte ihr über die zitternden Lippen kommen. Da fuhr Professor Stevens zornig fort: „Sag, wo warst du in den letzten Jahren, hm? Warst du nicht dabei, als zig unserer Kollegen aus Forschung und Wissenschaft plötzlich von heute auf morgen spurlos verschwanden? Als Evolutionstheorie und Paläontologie aus den Lehrplänen unsrer Schulen verschwanden? Hast du nicht die lodernden Flammen der Bücherverbrennungen und der naturhistorischen Museen gesehen? Wo warst du, als der Klerus die Regierung übernahm? Du fragst mich, wie ich seelenruhig dahocken kann? Ich frage mich, wie du immer noch dahocken kannst, ohne dich wie ich krampfhaft verstellen zu müssen, obwohl jede einzelne Faser in meinem Körper am liebsten aufspringen und Gift und Galle in die Gesichter dieser religiösen Spinner spritzen möchte! Glaub mir, Eli, du bist wahrlich nicht die Einzige, der dieses ewige *Gott-Gepreise* gehörig auf die Nerven geht."

Doktor Foster stand erneut perplex da und starrte Professor Stevens weiter tief in die Augen. Mit so einem Ausbruch hatte sie nicht gerechnet. Es vergingen ein, zwei Sekunden, in denen sich die beiden gegenüberstanden und anstarrten. Sekunden, die Doktor Foster wie eine Ewigkeit vorkamen. Jedes einzelne Wort des Professors schoss ihr in Bildern der angesprochenen Situationen durch den Kopf. Es waren in der Tat schlimme Jahre für die wissenschaftliche Welt, war sich Doktor Foster bewusst. Das war ihr stets bewusst, es nun jedoch so komprimiert vor Augen geführt zu bekommen, versetzte ihr einen gehörigen Schlag. Verbissen versuchte Doktor Foster ruhig und besonnen zu bleiben, auch wenn sie auf der Stelle losheulen wollte. So raffte sie sich innerlich wieder auf und antwortete dem Professor ruhig, fast flüsternd: „Ich war dabei, ich hab es mitbekommen und glaub mir, auch ich muss mir jedes Mal auf die Zunge beißen um nichts Falsches zu sagen." Kurz unterbrach Doktor Foster und blickte betrübt zu Boden, bevor sie fortfuhr: „Es tut mir leid, Joe, wir kennen einander zu lange, als dass ich an dir und deinen Überzeugungen hätte zweifeln dürfen."

Da verflog der Zorn aus Professor Stevens schlagartig. Betroffen blickte er Doktor Foster an, trat einen Schritt näher und hob ihren Kopf sanft am Kinn in die Höhe, um ihr wieder in die Augen sehen zu können: „Mir tut's auch leid, dass ich aggressiv geworden bin. Das hast du nicht verdient. Aber halt durch Eli, wir haben es fast geschafft. Nur noch wenige Minuten, dann begeben wir uns in unseren langen Schlaf und wenn wir wieder erwachen, wird die Welt eine ganz andere sein. Du wirst sehen", schloss Professor Stevens und nahm Doktor Foster fest in den Arm und presste sie tröstend an sich.

Verwirrt lag Doktor Foster dem Professor gut eine Minute lang im Arm. Ihr war gar nicht bewusst gewesen, wie nötig sie eine so einfache und doch so wichtige Geste des Beistandes hatte. Es tat ihr ungemein gut, die zärtlichen Griffe und die sanften Striche von Professor Stevens Händen auf ihrem Rücken zu spüren. Dennoch, es ließ ihr einfach keine Ruhe.

„Was meinst du damit. Inwiefern soll sich nach dem Kryoschlaf etwas an der religiösen Einstellung der Bevölkerung ändern?", fragte sie, während sie sich leicht von Professor Stevens Brust löste.

Professor Stevens sah sie mit ruhigem Lächeln an und antwortete entspannt: „Wirst sehen, die religiösen Hardliner lassen sich nicht einfrieren, sind ja auch gar nicht mit in den Bunker gekommen und die normale Bevölkerung lässt sich leicht wieder für die Wissenschaft begeistern,wenn sie dank unserer Arbeit in einer neuen Welt erwacht. Der Religion verdanken sie das nicht!"

„Ja, das stimmt schon Joe, aber auch wenn die obersten Granden der Kirche nicht zugegen sind, die Prioren und Prediger stehen in erster Reihe für ihre Plätze bereit. Du wirst doch wohl nicht glauben, dass die in der neuen Welt einfach so ihren Schnabel halten werden. Zumal unser werter General O'Neill ihnen garantiert mit Feuer und Schwert stets zur Seite stehen wird."

Kaum hatte Doktor Foster ausgesprochen, ertönte ein Signalton, gefolgt von einer Lautsprecherdurchsage: „Bitte die gesamte Führungsebene umgehend bei den Kryosälen einfinden!"

Da löste Professor Stevens seinen Griff, trat zurück und drehte sich in Richtung der großen Halle: „Damit sind wir gemeint, komm schon", kommandierte er seine verdutzt dreinschauende Kollegin: „Die Prioren, genauso wie O'Neil, müssen erst mal den laaangen Schlaf heil überstehen, bevor sie uns weiter das Leben schwermachen können", schloss er und zog Doktor Foster mit sich in den Hangar und weiter in Richtung der Kryosäle. *„Hää, wie hat er das nun wieder gemeint!"*, geisterte es Doktor Foster durch den Kopf. Zutiefst verwundert stolperte sie dem Professor hinterher, unfähig einen klaren Gedanken zu fassen. An den insgesamt fünf gigantischen Kryosälen angelangt, betraten Doktor Foster und Professor Stevens den Saal Nummer eins. Eine große, oberhalb des Torbogens angeführte Nummerierung, wiesen den ersten Saal als diesen aus. In ihm warteten bereits General O'Neill und Vizegeneral Harrison auf das Eintreffen der anderen und beobachteten, wie sich die Massen an Überlebenden über die fünf Etagen des Saal verteilten. In jeder Etage befanden sich dicht aneinander gereiht 20.000 Schlafkapseln. Die Menschen verhielten sich gesittet und betraten alle recht ruhig ihre zugewiesenen Kapseln, um auf die Aktivierung der Kapseln zu warten. Die Überlebenden verhielten sich alle gesittet und ruhig, weil sie zuvor bereits im Zuge der Untersuchungen aufgeklärt wurden, dass jedem Anwesenden im Bunker eine Kapsel fix zugewiesen wurde und niemand zurückbleiben würde.

Doktor Foster und Professor Stevens traten an die beiden Männer heran und begrüßten sie freundlich. Auch Vizegeneral Harrison nickte höflich zurück. Nur General O'Neill schien die beiden nicht registriert zu haben. Neugierig suchte er die Stockwerke und einzelnen Kryokapseln ab.

Da sah Professor Stevens den ihm gegenüberstehenden Vizegeneral an und fragte verwundert: „Was sucht der General so verbissen?" „De..."

Bevor der Vizegeneral zur Antwort ausholen konnte, riss General O'Neill den rechten Arm in die Höhe und winkte zur rechten Seite des Saals. Die anderen drei sahen ihn verdutzt an und folgten dann seinem Blick in die Höhe. In der dritten Etage, Lisa, das kleine Mädchen, dessen sich General O'Neill am großen Tor angenommen hatte, und der er versprach, sie noch einmal zu sehen, bevor sie sich in die Kryokapsel begeben würde. Das kleine Mädchen war bereits, wie alle anderen Überlebenden, in einen bestimmten Overall gekleidet, der speziell für den Kryoschlaf konzipiert worden war. Die Anzüge sollten das Hautgewebe vor Erfrierungen schützen. Ein blauer, hautenger Ganzkörperanzug samt Schuhen und Handschuhen. Der Kragen schloss erst knapp unterhalb des Kinns ab und eine Kapuze schützte die Ohren. Alles in allem sah er wie ein normaler Taucheranzug aus. Tatsächlich wurde er im Zuge der Entwicklung auch als solcher bezeichnet.

Artig blieb die kleine Lisa in Reih und Glied und befolgte brav die Anweisungen, die ihr von den Technikern, die in den einzelnen Etagen die Überlebenden einwiesen, gegeben wurden. „Huuhuu Lisa, HEY! Hier unten!", rief auf einmal General O'Neill fröhlich winkend.

Verdutzt gafften ihn der Vizegeneral, Doktor Foster und Professor Harrison neben ihm und jeder Techniker in den Etagen an. Plötzlich war es totenstill in dem riesigen Saal. Bis Lisa an das Stahlgeländer herantrat, nach unten sah, und den General erblickte: „Hallooo, mir geht's gut!" „Super! Dann steig jetzt brav in deine Kapsel und ehe du dich versiehst, sehen wir uns wieder!" „OKAY, Schlaaaf gut!" „Du auch Lieschen!", verabschiedete sich General O'Neill liebevoll.

Danach senkte er seinen Arm und wendete seinen Blick wieder zu Boden, während Lisa erleichtert in ihre Kapsel kletterte. Da bemerkte General O'Neill erst, wie er von allen Seiten verwundert angestarrt wurde. Allen voran Harrison, Stevens und Foster, die mit weit heruntergefallenen Kinnläden vor ihm standen, mit der Situation dezent überfordert. So hatten sie den sonst so kühlen und abgeklärten General noch nie gesehen. Selbst Vizegeneral Harrison nicht, der den General schon seit ihrer gemeinsamen Zeit an der Militärakademie kannte. Er kannte seinen ehemaligen Schul- und Kasernenkameraden, der erst fünf Jahre zuvor in den Rang eines Generals erhoben wurde und seitdem als erster Vizegeneral Harrisons Vorgesetzter war, als einen immer korrekten und vorbildlichen Offizier. Er konnte sich nicht erinnern, dass er den General jemals unprofessionell, geschweige denn ausfällig erlebt hätte. Nicht einmal während ihrer Jugend hatte er ihn jemals übermütig gesehen. Auch bei den etlichen Besäufnissen und Partys, die sie besuchten, war er stets als Fahrer bereit, was der in seiner Jugend doch eher *lustige* Harrison an seinem Kameraden sehr schätzte. So wunderte es ihn auch nicht eine Sekunde, als O'Neill zum General ernannt wurde und nicht er selbst. Harrison fühlte sich in keinster Weise übergangen.

„Is was?", fragte General O'Neill, einfach um die peinliche Stille zu brechen. Dies gelang nicht wirklich, aber langsam lockerte sich die Situation doch, und die drei Offiziere fingen sich wieder. Nur Doktor Foster starrte den General weiter an und wunderte sich weiter. Mit einer so gelösten Geste seitens des Generals hätte sie niemals gerechnet. Vor allem in Hinblick auf dessen konservative, strenge Art und religiöse Einstellung. Sollte sie sich so sehr in ihm getäuscht haben? Tat sie ihm so unrecht? War sie mittlerweile so verblendet und selbst so voreingenommen, was sie stets anderen gerne vorwarf? Es fiel ihr wahrlich schwer, mit der Situation umzugehen.

„Aber vielleicht verstellte er sich wirklich einfach nur für die Kleine und denkt sich dabei seinen Teil", dachte sich Doktor Foster, sich selbst beruhigend, bevor der General wieder das Wort an sie ergriff: „Na gut, die Menschen sind bereit. Warten wir noch, bis Colonel Millers Mannschaft in ihren Kapseln ist. Dann sind wir dran. Seid ihr so weit?"

Die vier sahen einander kurz an und nickten einander bestätigend zu. In dem Moment kam auch Colonel Miller die Treppe an der rechten Seite des Saals herab und auf die Gruppe zu. Da fiel Doktor Foster plötzlich auf, wie ruhig es auf einmal im Saal geworden war. Während sie und die anderen so auf den General fixiert waren, waren alle Überlebenden bereits in ihre Kryokapseln gestiegen und warteten nun auf deren Aktivierung. Sobald die Türen der Kapseln geschlossen waren, wurde ein leichtes Beruhigungsmittel in die Luft im Kapselinneren abgegeben, welches die Insassen beruhigte und beim Einschlafen half.

„General O'Neill, alle Überlebenden sowie das allermeiste Personal haben ihre Kapseln betreten und warten auf die Aktivierung. Fehlen nur noch Sie vier!", berichtete Colonel Miller dem General.

Zufrieden sah General O'Neill seinen Untergebenen an und antwortete ihm: „Sehr gut Colonel, danke! Dann werden auch wir uns nun vorbereiten und in unsere Kapseln begeben. Was ist mit Ihnen?"

„Ich gehe mit meinen Leuten nochmal alle Konsolen und Wartungseinheiten durch, damit wirklich alles klappt. Danach begeben sich meine Leute in ihre Kapseln und ich aktiviere das Kryosystem mit einer Vorlaufzeit von zwanzig Minuten. Das gibt mir genug Zeit, mich zu Ihnen zu begeben und in meine Kapsel zu steigen."

„Vorlaufzeit?"

„Ja ich kann an der Konsole einen Timer einstellen, dass das System erst nach einer bestimmten Zeit hochfährt. Auch nach Ablauf dieses Timers benötigt das System noch einige Minuten, bis die Betriebstemperatur erreicht ist und das System die Kapseln Saal für Saal, Etage für Etage tatsächlich aktiviert. Danach fährt der Computer automatisch die Stromversorgung des Bunkers auf ein absolutes Minimum herunter und geht selbst in den Schlafmodus. Und wenn alles klappt, springt der Computer wie geplant in 5.000 Jahren wieder selbstständig an, startet zunächst wieder die Stromversorgung und das Belüftungssystem des Bunkers und deaktiviert anschließend das Kryosystem, was uns dann alle langsam aus unserem Dornröschenschlaf erwachen lassen sollte."

„Verstehe, danke für die Erklärung. Dann also los, hoffen wir auf das Beste!", schloss General O'Neill und setzte sich zugleich in Bewegung zum Saalausgang. Ihm nach, Vizegeneral Harrison, Professor Stevens und Doktor Foster. Sie machten sich auf den Weg zurück zum Besprechungsraum, in dem sie zuvor zusammengesessen waren. Diesem Raum anschließend, befanden sich die fünf Kapseln der Führungsoffiziere.

Die vier überquerten die riesigen Hallen des Bunkers schnellen Schrittes, ohne weitere Worte zu wechseln. Was aber auch keinen der vier zu stören schien. Es war bereits alles gesagt worden, nicht nötig, noch mehr zu besprechen oder gar weitere Fragen aufzuwerfen, deren Klärung nun zu viel Zeit in Anspruch nähme.

Am Besprechungsraum angelangt, passierten die vier rasch den großen Besprechungstisch an der linken Seite und näherten sich einer hölzernen Flügeltür. General O'Neill, der voranging, stieß beide Flügel schwungvoll auf und betrat den Raum dahinter. Ein an sich gar nicht so kleiner Raum, jedoch von den fünf Kryokapseln völlig ausgefüllt. Nur ein kleiner Schreibtisch rechts neben den Kapseln, samt zwei Stühlen und ein metallener Schrankkasten links der Kapseln, befanden sich noch in dem Raum. Auf dem Boden noch ein alter, ziemlich abgetretener Teppich. Er war wohl mal rot gewesen, vor langer, langer Zeit. Beleuchtet wurde der Raum durch eine normale Bunkerdeckenleuchte. Ein wenig Licht kam auch noch durch ein Fenster an der rechten Seite mit Blick in die große Halle, in der aber auch schon die große Beleuchtung heruntergefahren wurde.

Die vier hielten sich nicht lange mit dem Interieur des Raums auf und wandten sich gleich dem metallischen Schrankkasten zu. General O'Neill öffnete den Schrank, darin fünf Kryoanzüge wie jene, die auch die anderen Überlebenden anzogen, bevor sie in ihre Kapseln stiegen. Der General nahm den ersten Anzug heraus und drückte ihn Professor Stevens, der hinter ihm stand, in die Hand, der ihn annahm und zur Seite trat. So wiederholte es der General auch bei Doktor Foster und Vizegeneral Harrison. Zuletzt nahm sich General O'Neill noch einen Anzug für sich selbst aus dem Schrank, sodass noch einer für Colonel Miller im Schrank verblieb. Danach schloss der General wieder die Schranktür und wandte sich um zu seinen drei Offizieren, die sich mit ihren Anzügen im Arm im Kreis aufstellten und einander ansahen. Kurz verharrt, begannen sie dann aber, sich ihrer normalen Kleidung zu entledigen und den Kryoanzug anzuziehen.

Kam es von den Strapazen der letzten Tage oder einfach von dem Wissen, dass sie sich gleich in einen ewigen Schlaf begeben würden, so schien die nunmehrige Stimmung in der Runde recht müde und abgekämpft. Keiner sprach ein Wort, die Bewegungen wie einstudiert, die Körperhaltungen träge und schlaff. Langsam bückte sich Doktor Foster als Erste nach ihrer normalen Kleidung, hob diese langsam auf, faltete sie auf dem kleinen Schreibtisch und trug sie zum Schrank, wo sie sie in einem der eingebauten Fächer ablegte. Die Herren sahen ihrer Kollegin dabei entgeistert zu, taten es ihr sodann aber alle gleich.

Schließlich standen sie sich wieder alle gegenüber und General O'Neill, schon so daran gewöhnt, abschließende Worte zu finden und anzubringen, ergriff das Wort: „Na dann, meine Freunde, das war's. Ihr wisst, was zu tun ist, wenn wir wieder erwachen. Mehr ist gar nicht mehr zu sagen, außer: Schlaft gut!"

In dem Moment kam auch Colonel Miller zu Tür herein. Ohne die Gruppe weiter zu beachten oder das Wort an sie zu ergreifen, ging er an ihnen vorbei und wandte sich dem Kasten zu, um sich selbst vorzubereiten. Inzwischen nickten sich nochmal alle verabschiedend zu und bestiegen sogleich ihre jeweiligen Kapseln.

Nun konnte es sich nur noch um Sekunden handeln. Sekunden, in denen die Nervosität bei Doktor Foster spürbar kontinuierlich anstieg. Einmal kurz durchgeatmet, schloss sich die Kapsel plötzlich automatisch. Hektisch schweifte ihr Blick hin und her, bis ihr von einer Sekunde zur nächsten plötzlich die Müdigkeit einschoss. Es war das Beruhigungsmittel, das in die geschlossene Kapsel eingespritzt wurde. So verlangsamte sich langsam Doktor Fosters Herzschlag, ihre Atmung flachte ab, die Augenlider wurden schwer. Wie durch einen Schleier konnte Doktor Foster noch erkennen, wie Colonel Miller langsam und gemächlich auf die Kapseln zuging und die Kapsel zu ihrer Linken bestieg.

Dann wurde es schließlich schwarz. Nicht nur vor Doktor Fosters Augen. Wie Colonel Miller zuvor erklärte, übernahm der Computer die Kontrolle, nachdem er seine Kapsel bestieg. Alle Beleuchtungen schalteten nacheinander ab, alle computergesteuerten Schleusentore riegelten ab und auch die Belüftung wurde heruntergefahren. Da ohnehin alle Bewohner des Bunkers in ihren Kapseln versorgt wurden, war eine funktionierende Atmosphäre außerhalb der Kapseln nicht erforderlich. Die gesamte Energie wurde für den Betrieb der Kryokapseln gespeichert. Genug Energie für mehr als 5000 Jahre. Es war eine gespenstische Stille und Finsternis, die sich in dem zuvor so belebten und mit hektischer Unruhe erfüllten Bunker breitmachte. Eine Stille und Finsternis, von der aber niemand etwas mitbekommen sollte. Das System schien einwandfrei zu funktionieren, alle Kapsel problemlos zu arbeiten. Auch Doktor Foster war nun in ihren tiefen Kryoschlaf entschlafen. Lange hatte sie sich gefragt, wie es wohl werden würde. Würde sie träumen? Wäre es nur eine ewige Dunkelheit? Würde sie generell irgendetwas mitbekommen? Niemand vermochte diese Fragen zuvor zu beantworten. Zu schnell und überhastet mussten die Entscheidungen getroffen werden, die zu diesem Schritt führten. Es gab natürlich vereinzelte Tests der Kryotechnik und der Kapseln, doch keiner der Probanden war länger als eine Woche eingefroren gewesen. Einzig kühne Berechnungen, Gottvertrauen und die einfache Alternativlosigkeit trugen schließlich zur Entscheidung bei, es zu wagen und alle Überlebenden für 5.000 Jahre einzufrieren. Zeit genug, damit sich der Planet wieder regenerieren und selbst-heilen kann, so die Berechnungen. Doktor Foster war immer skeptisch gegenüber der Kryotechnik gewesen, zumindest was die geplante Dauer über mehrere hundert Jahre betraf. Sie war es aber selbst, die die Tests medizinisch überwachte und das OK zur Technologie gab. Aber auch dabei äußerte sie bereits ihre Bedenken, und dass sie keine Gewähr dazu abgeben könne, dass keiner der Eingefrorenen nach so langer Zeit in Mitleidenschaft gezogen werden würde. Sie konnte es schlicht nicht sagen, wie sich die lange Zeit in den Kapseln auf den menschlichen Körper auswirken würde. Aber was half es, es gab schlicht keine andere Option mehr, um das Überleben der Menschheit zu sichern. Das war auch Doktor Foster bewusst und so segnete sie das Kryoprogramm schweren Herzens aus medizinischer Sicht auch ab. Nun würde sie am eigenen Leib erfahren, ob es funktioniert und ob sie jemals wieder erwachen würde.

So verging die Zeit im Bunker. Aus Tagen wurden Monate, aus Monaten Jahre aus Jahren Jahrhunderte. Jahrhunderte der absoluten Grabesstille. Kein Leben, kein Insekt, noch nicht einmal ein Lufthauch wehte durch die öden Hallen des Bunkers. Einzig der Staub rieselte gemächlich von der Decke und setzte sich friedlich auf den Kryokapseln und dem gesamten Inventar des Bunkers ab.

Alle, also alle Eingeweihten, stellten sich im Zuge der Planung die Frage, wie es wohl sein möge, so lange eingefroren zu sein. Eine klare Antwort vermochte natürlich keiner zu geben. Zumal sämtliche Diskussion über dieses Thema seitens des Klerus prompt im Keim erstickt wurde: „Gott will es!", „Gott wird über euch wachen!", „Vertraut in die göttliche Führung!" Die Schlagworte rissen nicht ab und verbreiteten sich während des Krieges bis in die akademische Welt. Da auch keiner der Gelehrten und Philosophen eine Antwort darauf geben konnte, wie es einem Menschen im Kälteschlaf ergehen mag, beziehungsweise ob er irgendetwas davon mitbekommt. Ob er Empfindungen wie Kälte, Zeit oder gar Schmerz empfinden wird. Niemand hatte sich vor dem Krieg solche Fragen stellen müssen. Die großen Denker vor dem Krieg machten sich vielmehr einen Spaß daraus, sich über solche Theoreme den Kopf zu zerbrechen. Es kam einfach alles viel zu schnell auf die Menschheit zu. Und die Frage nach den Empfindungen während des Kälteschlafs wich der simplen, aber doch nicht einfach zu beantwortenden Fragen: „Wie konnte es bloß so weit kommen."

Aber dennoch, ein paar wenige Gelehrte machten sich schon so ihre Gedanken. Allen voran Dr. Foster. Von dem Tag an, als sie von den Plänen rund um die Kryotechnik erfuhr, ließ ihr das Thema des Kälteschlafs und was dabei auf sie zukommen würde, keine Ruhe mehr. Vor allem machte ihr zu schaffen, dass es niemanden gab, dem sie sich anvertrauen und mit dem sie das Thema offen diskutieren konnte. Es war schlicht zu gefährlich, auch nur mit einer Silbe das Thema in der Öffentlichkeit zu erwähnen. Und so hielt sie dicht, verlor kein Wort, spielte die unnahbare, Gott ergebene Frau Doktor. Sie tat stets ihre Pflichten, wie ihr aufgetragen, und bereitete sich so gut wie irgend möglich auf das Kommende vor. Auch wenn es sie Tag für Tag mehr zerriss und innerlich marterte. Dr. Foster stellte sich zur eigenen Beruhigung immer vor, es wäre einfach wie ein langer, ereignisloser, also weitestgehend traumloser Schlaf. Sie würde sich in die Kapsel stellen, die Augen schließen und dann irgendwann einfach wieder aufwachen. Als wäre es nur eine Nacht gewesen. Auch wenn ihr stets bewusst war, dass dies reines Wunschdenken war, gab es ihr doch ein wenig Sicherheit und den Mut weiterzumachen.

Doch alle Gedanken, Ängste und Sorgen, die sich Dr. Foster und alle anderen gemacht hatten, waren in der ewigen Dunkelheit des Bunkers verstummt. Bis es schließlich so weit war.

Zunächst war es nur ein kleines Lämpchen auf einer verstaubten Konsole. Dann durchzog plötzlich ein lautes Wummern die öden Hallen des Bunkers. Es war die Lüftung, die scheinbar keuchend hustend wieder ansprang und frischen Sauerstoff in den Bunker strömen ließ. Danach ging es immer schneller, mit einem Ruck ging die Grundbeleuchtung wieder an. Wobei einige der großen Deckenscheinwerfer die Wiederbelebung nicht verkrafteten und mit großem Funkenflug ihren Dienst versagten. So blieb die Beleuchtung recht düster in den großen Hallen, was zu diesem Zeitpunkt aber noch keiner wahrnehmen konnte. Dies sollte sich aber bald ändern.

Nacheinander, innerhalb weniger Minuten, liefen alle Systeme wieder ordnungsgemäß an. Dann passierte einige Zeit nichts. Doch dann, wie von Zauberhand, gingen an den fünf Kryokapseln der Führungsspitze verschiedene Lämpchen an. Und auf einmal erfüllte ein lautes Zischen die endlose Stille des Bunkers. Als würde man eine Limonadendose öffnen. Die Kapseln öffneten sich. Alle ziemlich gleichzeitig. Ein Unterschied von wenigen Sekunden war zu erkennen, der Aufweckvorgang mag vom Körperbau der jeweiligen Person abhängig sein. Jedenfalls wachten die fünf Offiziere, mehr oder weniger benommen, sofort nach dem Öffnen der Kapseln wieder auf. Es war Dr. Foster, die als Erste die Augen langsam wieder öffnete und sich benommen wieder zu orientieren versuchte. Zaghaft richtete sie sich in ihrer Kapsel auf und sah sich zu den Seiten um und bemerkte gleich, wie es ihr Colonel Miller gleichtat. Die beiden sahen sich mit stark zugekniffenen Augen kurz an und nickten einander kurz das gegenseitige Erkennen zu.

Langsam, aber sicher, wachten alle fünf auf und krochen aus ihren Kapseln. Ohne ein Wort zu sagen, oder einander besondere Aufmerksamkeit zu schenken, dehnten alle fünf ihre eingerosteten Glieder und wandten sich nacheinander dem alten verstaubten Kasten zu, in dem sie ihre Kleider abgelegt hatten. Nacheinander wechselten sie wortlos ihre Gewänder und versammelten sich sodann, als wären nur wenige Minuten seit dem letzten Aufeinandertreffen vergangen, wieder in der Mitte des Raums in einem Halbkreis.

General O'Neill sah seine Kollegen langsam und ruhig an, als wollte er behutsam einen guten Morgen wünschen. Was wohl auch irgendwie zutraf. So erhob er dann auch gleich mit ebenso ruhiger Stimme das Wort: „Na, das scheint ja ganz gut geklappt zu haben. Schön, euch alle gesund und MUNTER wiederzusehen. Hoffe, ihr habt gut geschlafen", fügte er noch witzelnd an, bevor er sein Wort direkt an Colonel Miller richtete: „Colonel, wie geht es nun weiter? Wenn ich mich recht erinnere, sollten wir fünf vor den anderen Überlebenden aufwachen, um uns entsprechend vorbereiten zu können. Ist das korrekt?" „Ja, das ist korrekt, General. Ich habe den Zentralrechner so programmiert, dass er nur uns automatisch aufweckt und wir dann alle anderen Kapseln manuell ansteuern. Nur wenn meine Kapsel aus irgendeinem Grund nicht ordnungsgemäß wieder deaktiviert worden wäre, dann wäre mein Technikstab automatisch fünf Minuten nach euch erweckt worden." „OK, sehr gut. Dann würd ich sagen, verschaffen wir uns mal einen Überblick und wecken dann mal die Techniker und das restliche Personal, damit wir uns gemeinsam um die ganzen Überlebenden kümmern können." Colonel Miller nickte dem General zustimmend zu, ebenso die anderen drei. Danach drehten sie sich alle in Richtung der Tür und folgten dem General raus auf dem Gang.

Langsamen Schrittes tasteten sie sich den schmalen Gang entlang, bis sie in der großen Halle angelangt waren. Neugierig sahen sie sich um und musterten die Lage. „Sieht ja gar nicht so übel aus für 5.000 Jahre!", witzelte Vizegeneral Harrison: „Ein bisschen abstauben, hie und da neu anstreichen, ein paar neue Lampen und der Bunker ist wie neu." Erheitert lächelte ihn General O'Neill an und auch Dr. Foster und Professor Stevens schienen etwas erleichterter zu sein. Habe doch der Bunker scheinbar, allen Zweifeln und Unsicherheiten zum Trotz, die Jahrhunderte ganz gut ertragen. So erhellte sich die Stimmung in der Gruppe und alle lächelten einander erleichtert an.

Nur Colonel Miller stand mit ernster Miene etwas abseits und sah sich besorgt um. Zutiefst im Gedanken, begutachtete er die Staubschicht auf dem Boden, die Wände und die Beleuchtungen. Da dreht Dr. Foster ihren Kopf mit strahlendem Lächeln im Gesicht zu Colonel Miller und sah, wie dieser immer ernster wurde: „Alexander was ist los, warum so ernst? Ist alles OK?" Da horchten auch die anderen auf und sahen den Colonel besorgt an. „Da stimmt irgendetwas nicht!", beurteilte Colonel Miller die Situation. „Was stimmt nicht?", fragte General O'Neill nervös. Da schreckte Colonel Miller plötzlich auf, riss seinen Kopf aufgeregt herum und rannte auf einmal, ohne ein Wort zu verlieren, in Richtung Kryosäle. Die anderen, mit einem Mal in panische Aufregung versetzt, hasteten dem Colonel hinterher.

Der Colonel eilte nervös durch die riesigen Hallen des Bunkers und stürmte schließlich in den Kryosaal des Personals, in dem sich auch der Überwachungsterminal des Kryosystems befand. Am Terminal angelangt, wischte er mit einem Handstreich den Staub von der Konsole vor ihm und versuchte sich zu orientieren. In dem Moment kamen auch die anderen nachgeeilt.

„Da stimmt doch was nicht. Das kann doch nicht sein. Was ist hier los?", stammelte Colonel Miller, am Terminal stehend, aufgeregt vor sich hin.

„Colonel Miller, was ist geschehen? Was ist los? Wieso sind Sie so nervös?", fragte General O'Neill erneut nervös.

Der Colonel würdigte ihn keines Blickes und konzentrierte sich vollends auf den Bildschirm vor ihm, während ihn die anderen ungeduldig angafften. Als die Spannung kaum mehr zu ertragen war, brach der Colonel plötzlich los: „Das kann nicht sein! Was ist da los?" „Was! Was ist los, Colonel!!", fuhr ihn Dr. Foster an. Da sah der Colonel zu den anderen mit entmutigtem Blick hoch und antwortete mit leiser, aber gefasster Stimme: „500, nicht 5.000. Wir waren ganze 500 Jahre eingefroren." „Was? Wie kann das sein?", fragte Vizegeneral Harrison ungeduldig.

„Gute Frage. Ich verstehe es auch nicht wirklich. Vielleicht gab es ein Problem mit der Stromversorgung oder sonst irgendein technisches Gebrechen, weshalb uns das System frühzeitig aufweckte." „Aber was heißt das genau, vor allem für alle, die sich noch in ihren Kapseln befinden? Könnten sie auch plötzlich aufgeweckt werden?", fragte Dr. Foster wissbegierig. „Und was ist mit der Bunkeranlage, haben wir dafür genug Saft, oder sind wir aufgewacht, um langsam zu ersticken?", ergänzte Vizegeneral Harrison aufgeregt.

„Im Moment weiß ich so viel wie ihr auch. Ich bin auch gerade erst aus der Kapsel gestiegen!", konterte der Colonel frustriert: „Ich schlage vor, wir wecken erstmal meinen Technikerstab, dessen Leute können sich dann alle Systeme genau ansehen und prüfen. So kommen wir am schnellsten und besten zu einer Lösung."

„Sehr gut, Colonel Miller, danke. Machen wir es so. Sie haben unser vollstes Vertrauen", bestätigte General O'Neill zuversichtlich.

In dem Moment bemerkte der General, wie Professor Stevens an der Gruppe vorbei in den dunklen, weiten Saal starrte.

„Professor, was ist los? Stimmt etwas nicht?", fragte der General nach.

Der Professor stand wie versteinert da und antwortete schließlich, ohne den Blick von der Dunkelheit abzuwenden: „Alexander, Sie haben gesagt, es könnte Probleme mit der Energieversorgung gegeben haben?" „Ja, vielleicht. Genaueres kann ich aber noch nicht sagen."

Da wurde der Professor kreidebleich im Gesicht und schrie entsetzt: „Drehen Sie das Saallicht an! Sofort!"

Der Colonel zuckte erschrocken zusammen, tat aber dann, wie vom Professor befohlen. Schnell betätigte er drei untereinanderliegende Schalter auf der Konsole vor ihm und augenblicklich ging die große Saalbeleuchtung an. Zwar brannten wieder einige der Leuchten schlagartig durch, die restlichen Lampen belichteten den Saal dennoch zur Genüge.

Alle blickten nun gebannt in den großen Saal und auf die Kapseln.

„Oh mein Gott", stammelte der General schockiert.

„Los, deaktivieren Sie sofort sämtliche Kapseln! Schnell!", schrie Professor Stevens erneut in Richtung Colonel Miller.

Dieser stand zunächst noch völlig verdutzt da, realisierte dann aber schnell die Lage und deaktivierte sofort alle Kapseln des Saals.

Mit einem Mal öffneten sich sodann, wie zuvor bei den Offizieren, nacheinander die hunderten Kapseln, die das restliche Personal beherbergte. Da erkannten die anderen erst den Ernst der Lage. Unendlich viele der Kapseln schienen im Laufe der Jahre den Dienst eingestellt zu haben. Den fünfen bot sich ein Bild des Grauens. All ihre schlimmsten Befürchtungen schienen sich bewahrheitet zu haben. Gut zwei Drittel der Kapseln beherbergten nur noch ausgetrocknete Skelette. Als die Klappen der Kapseln aufgingen, stürzten zahlreiche der menschlichen Überreste in sich zusammen und verteilten sich auf den Plattformen vor den Kapseln. Zeitgleich aber erwachten die restlichen Überlebenden zwischen den Gebeinshaufen. *Ein schöner Start in die neue Welt!*", dachten sich die fünf, jeder für sich.

„Können wir nicht irgendetwas tun, um ihnen diesen Anblick zu ersparen, Colonel?", fragte General O'Neill betroffen.

„Nein, wir können gar nichts tun", antwortete der Colonel zutiefst erschüttert. Besonders ihm machte es zu schaffen, seinen engsten Mitarbeitern, die er zum Teil auch als Freunde betrachtete, so etwas antun zu müssen. Doch gab es nun schlicht keine Möglichkeit mehr den Aufwachvorgang aufzuhalten. Da drehte sich der Colonel zu Professor Stevens und fragten traurig: „Warum Stevens, warum sollte ich so akut alle Kapseln deaktivieren?" „Es tut mir leid Colonel", antwortete der Professor betroffen: „Ich fürchtete, dass es aufgrund von Schwankungen in der Energiezufuhr, die allein durch die Reaktivierung und unser Erwachen verursacht werden konnten, auch noch die restlichen funktionierenden Kapseln und deren Insassen in Mitleidenschaft gezogen werden könnten. Wir konnten im Vorfeld des Einfrier..."

In dem Moment unterbrach ein schriller, durch Mark und Bein gehender Schrei die Diskussion. Gefolgt von einem weiteren und noch einem. Verzweifelte Schreie wie aus den Untiefen der Hölle. Dr. Foster hielt sich panisch die Ohren zu und brach in Tränen aus. Professor Stevens, selbst nicht mehr Herr seiner Sinne, nahm sie in den Arm und klammerte sich fest an sie. Colonel Miller stand wie durch Medusas Blick versteinert vor der Konsole und reagierte auf keinerlei verzweifelte Anweisungen von Vizegeneral Harrison, der neben ihm stand und irgendwie versuchte, durch Zurufe an den Colonel der Lage Herr zu werden. Schließlich war es General O'Neill, der seine Offiziere kurz ansah, dann Colonel Miller entschlossen zur Seite wies und an der Konsole den Kopf für die Sprechanlage suchte. Schnell hatte er diesen gefunden und bemächtigte sich eines alten verstaubten Mikrofons, das an der Konsole befestigt war. In der Hoffnung, dass die Anlage noch funktionieren würde, drückte er den Kopf und sprach mit gefasster, bestimmender Stimme in das Mikrofon: „ACHTUNG!! Hier spricht General O'Neill, ich weiß Sie haben sich ihr Erwachen anders vorgestellt. Das haben wir alle. Bitte, versuchen Sie Ruhe zu bewahren und kommen Sie langsam zu mir nach vor ans Steuerterminal. Gemeinsam werden wir bestimmt alle Fragen klären können." Danach löste der General wieder den Mikrofonknopf und wischte sich den Staub aus dem Gesicht, der ihm vom Mikrofon entgegenflog, als er hineinsprach. Anschließend wandte er sich wieder seinen Offizieren zu, die sich durch die Ansprache des Generals auch wieder einigermaßen gefangen hatten: „OK Leute, ihr müsst euch jetzt zusammenreißen und euch um die Überlebenden kümmern. Das gilt besonders für dich. Alexander. Das sind deine direkten Untergebenen, sie werden sich vor allem an dich wenden." Colonel Miller, noch immer schwer angeschlagen, nickte dem General schweren Herzens zu. Jeder der fünf wusste, dass der General recht hatte und seiner Rolle als besonnener Anführer in dieser Situation gerecht wurde. Langsam, aber sicher trafen die überlebenden Techniker wie befohlen am Steuerterminal ein und sammelten sich vor dem General, der auf dem Podest des Terminals stand, sodass ihn alle im Saal sehen konnten.

Als schließlich alle versammelt waren, ergriff der General abermals das Mikrofon und das Wort: „Danke, dass Sie alle so besonnen kooperieren. Eines vorweg, Sie waren nur 500 Jahre eingefroren. Das Erste was wir nun tun müssen, ist: Situationsanalyse und Ursachenforschung, wie es zu dieser Fehlfunktion kommen konnte. Erst dann können wir darüber beraten, wann die überlebenden Zivilisten zu wecken sind. Für alle weiteren Instruktionen übergebe ich nun an Colonel Miller."

Da schreckte der Colonel kurz auf, bemerkte dann aber schnell, wie alle zu ihm hoch sahen und wandte sich dem General zu, der ihm mit wohlwollendem Zunicken das Mikrofon übergab und zur Seite trat. Kurz sah sich der Colonel um, suchte Vertraute Gesichter unter den vielen Verängstigten und Verzweifelten. Doch schnell wurde ihm schmerzlich bewusst, dass viele, viel zu viele seiner engsten Mitarbeiter nicht überlebt hatten. Aber ihm war bewusst, es war nun nicht die Zeit zu trauern, nicht die Zeit seine Pflichten aus den Augen zu verlieren. So atmete er einmal tief durch und ergriff dann das Wort: „Also gut, hört mir bitte genau zu. Wir werden nun drei Teams bilden. Das erste Team kümmert sich um die Systemanalyse. Klärt den aktuellen Zustand der Stromleitungen und die allgemeinen Energiereserven beziehungsweise untersucht die Generatoren, ob die noch laufen. Team zwei klärt ab, was da so verheerend schief gelaufen ist, und was das für die restlichen Überlebenden bedeutet.

Ich werde einen Weg suchen, in den anderen beiden Sälen nur die noch funktionierenden Kapseln zu öffnen. Und das dritte Team geht sofort zur Tagesordnung wie geübt über. Ihr müsst den Laden am Laufen halten. Verstaubte Kontakte reparieren, Leuchten austauschen und sehen, dass hier nicht noch mehr Chaos ausbricht. Ich weiß, es ist schwer, in dieser Situation einen klaren Gedanken zu fassen, aber glaubt mir, uns hier oben geht es ganz genauso. Arbeiten wir mit kühlem und scharfem Verstand weiter, wir sind es der Menschheit schuldig. Danke!"

Prompt, nachdem der Colonel mit seiner Rede fertig war, setzten sich alle Versammelten umgehend in Bewegung. Formierten sich und taten, wie ihnen befohlen. Dies so schnell, dass es der Colonel gar nicht mitbekam. Er beugte sich wieder zu General O'Neill und wollte ihm das Mikrofon zurückgeben, um weitere Instruktionen zu erteilen, dieser winkte aber dankend ab und bedeutete dem Colonel den Blick auf seine Mitarbeiter, die ohne Zögern ans Werk gingen. Erleichtert atmete Colonel Miller durch, nickte dem General zu und machte sich dann selbst ans Werk, wie angekündigt.

Damit wendete sich General O'Neill den anderen drei Offizieren zu: „So, das wäre mal geschafft. Nun zu uns. Professor Stevens, Sie sind Miterfinder der Kryotechnologie und waren auch federführend bei der Planung dieser Anlage. -Wir brauchen Antworten! Warum sind wir über 2000 Jahre zu früh aufgewacht? Warum nicht alle? Und wie geht es weiter? Bitte gehen Sie diesen Fragen gründlich nach und erstatten dann Bericht. Dr. Foster, richten Sie sich wieder ein und starten Sie mit den Untersuchungen der Überlebenden. Wir müssen wissen, ob der Kryoschlaf irgendwelche Auswirkungen auf uns hatte. Wenn wir ohnehin nur noch wenige Stunden haben, brauchen wir uns auch keinen Stress mehr machen. Markus, wir fegen hier mal die Überreste zusammen und machen dann mal Inventur, wie viele Kapseln jetzt noch funktionieren und wie viele Überlebende wir haben. Alles klar, dann los!" „Und wie geht's weiter, wenn alle ...?" „Nein! Bitte kümmert euch zunächst um das Hier und Jetzt. Wir haben schon Probleme genug. Wie es dann schlussendlich weitergeht, sehen wir dann, wenn wir selbst mal wissen, wo wir stehen!", würgte der General Dr. Foster ab.

Damit fanden sich alle ab und machten sich zu ihren jeweiligen Aufgaben auf.

So vergingen die nächsten Stunden in aufgeregter Hektik, bis General O'Neill zur Besprechung rief. So versammelten sich die fünf Offiziere wieder in ihrem Besprechungssaal, als wäre es gestern gewesen, dass sie sich dort zuletzt trafen. Dass dem nicht so war, merkten Professor Stevens, Colonel Miller und Dr. Foster, als sie den Raum betraten und Vizegeneral Harrison tüchtig den großen Tisch abwischte. Was ihm trotz all seiner Bemühungen nur teilweise gelang, da sich der Staub über die Jahrhunderte in den Tisch gefressen hatte. Aber für die Besprechung sollte es reichen, waren sich alle einig. So nahmen sie alle Platz und General O'Neill ergriff das Wort: „OK, starten wir mal mit der Technik. Bitte Colonel, wie geht's voran?"

Alle sahen gespannt zu Colonel Miller, der sich seine Themen auf ein Blatt Papier aufschrieb. Was alle am Tisch am meisten ins Staunen versetzte, das ausgerechnet ein Blatt Papier und ein Kugelschreiber die Jahrhunderte überdauert hatten. „Also gut, ich habe gute und weniger gute Nachrichten. Erstmal der Ist-Zustand auf der Basis. Die Generatoren laufen, die Luftzufuhr funktioniert und alle Hauptsysteme sind wieder online, so gut es in der Kürze der Zeit ging jedenfalls. Wir können die restlichen Kapseln wie geplant laufen lassen." „Aber wieso sind wir dann aufgewacht und warum haben so viele andere Kapseln ihren Dienst versagt?", warf Vizegeneral Harrison fragend ein. „Ja das ist die weniger gute Nachricht. Ich habe nicht die leiseste Ahnung. Das hätte so nicht passieren dürfen. Es gab ganz offensichtlich irgendwann in den letzten Jahren, Jahrzehnten, Jahrhunderten einen massiven Energieabfall, woraufhin der Computer eigentlich so reagierte, wie er sollte. Da die programmierte Zeit für die Deaktivierung aller Kapseln noch nicht erreicht war, kompensierte der Computer den Energieausfall, indem er die Energiezufuhr immer weiter drosselte, bis einige der Kapseln ausfielen." „Das verstehe ich aber an dem Ganzen nicht. Warum sind nur einzelne Kapseln ausgefallen und nicht alle gleichermaßen?", fragte Dr. Foster. „Das kann, glaub ich, ich beantworten", warf Professor Stevens ein: „Der Computer regelt nicht nur die Energiezufuhr, er überwacht auch ständig alle Vitalwerte der Insassen. Verliert eine Kapsel Energie, fahren auch die Lebenserhaltungssysteme der Insassen zurück." „Lebenserhaltungssysteme? Ich dachte, wir waren eingefroren!", unterbrach ihn Vizegeneral Harrison. „Nicht ganz, jedenfalls nicht im herkömmlichen Sinn. Die Kapseln wurden mit einem Sauerstoff-Stickstoff-Gemisch geflutet. Im Prinzip nur normale Luft mit mehr Stickstoff, dass dann schlagartig auf unter minus zweihundert Grad gekühlt wurde. Der Körper wird so zwar schlagartig eingefroren, die Organe müssen aber dennoch ständig mit einer kleinen elektrischen Spannung und einer kleinen Dosis einer speziellen Nährstofflösung weiter versorgt werden. Wenn diese Versorgung abflacht, sinkt auch die Überlebenserwartung. Wenn der jeweilige Insasse nach Berechnung des Computers eine zu niedrige Überlebenserwartung aufweist, beginnt der Computer zu selektieren", schloss Professor Stevens. Dr. Foster sah ihn entrüstet an: „Selektieren! Das heißt, der Computer hat zehntausende Leben in den Tod geschickt, weil sie mathematisch ausgeschieden waren?" „Ja! So hart es klingt, war eine derartige Programmierung unablässig, um das Überleben allgemein zu sichern."

„Ich verstehe. Die Zeiten, in denen wir uns befanden, erforderten oftmals unmenschliche und mehr als fragwürdige Entscheidungen. Diese Entscheidungen der Vergangenheit müssen wir nun einfach hinnehmen und ertragen", schlichtete General O'Neill und fragte Colonel Miller weiter: „Also, Sie haben gesagt, die Energieversorgung wäre vollständig wiederhergestellt und wir könnten die restlichen Überlebenden je nach Belieben wiedererwecken. Stimmt das?"

„Ja, das ist soweit korrekt General, aber worauf wollen Sie hinaus?"

Der General sah nachdenklich in die Runde: „Na ja, die Frage, die bleibt, sollen wir die restlichen Überlebenden nun erwecken oder nicht?"

Die versammelten Offiziere sahen sich mit fragenden Gesichtern an, unfähig auf diese zutiefst entscheidende Frage antworten zu können. Geschweige denn, dass auch nur einer von ihnen darauf antworten wollte. Minutenlang standen sie sich regungs- und sprachlos gegenüber. Keiner war bereit, ein Urteil zu fällen. Nein, diese Entscheidung vermochte das Schicksal der gesamten Menschheit zu bestimmen. Niemand wollte dafür letztendlich verantwortlich sein.

„Gut, ein Teil ist bereits wach, wir haben die Kapazitäten, um auch den Rest am Leben zu erhalten, wecken wir auch den Rest auf, sobald wir zu hundert Prozent sicher sein können, dass der Erweckungsprozess wirklich funktionieren wird. Einverstanden?"

Alle sahen den General verblüfft an und nickten zugleich erleichtert. Welch surreale Szenerie, in der man sich so schnell befinden konnte. Von, ja ich habe den Holocaust überlebt, zu – OK, entscheiden wir über den Rest der menschlichen Rasse. Was soll's?! Keiner der Anwesenden konnte, nein, wollte auch nur einen Gedanken an ein Widerwort verschwenden. Nur Colonel Miller schien seine, nun auf einmal so gefestigte, stoische Ruhe zu bewahren und erwiderte ruhig: „Gut, General O'Neill, ich kann dies Vorgehen technisch gewährleisten, alle Überlebenden auf einmal zu erwecken, weithin gefahrlos, aber was dann? Wir wären auf einen Schlag statt 500 an die hundertfünfzigtausend Menschen hier im Bunker."

„Einhundertsechsundachtzigtausendunddreiundneunzig haben Vizegeneral Harrison und ich gezählt. – Colonel Miller, es ging mir in erster Linie um die Machbarkeit", da fasste General O'Neill seinen Vize, General Harrison tief in die Augen: „Es ist an dir Markus, der Bunker ist soweit OK. Können wir wieder an die Oberfläche?"

Schlagartig rissen alle erwartungsvoll die Augen weit auf und starrten Vizegeneral Harrison mit glitzerndem Blick an. Dieser sah seine Weggefährten entgeistert an, er wollte freilich keinen von ihnen vor den Kopf stoßen. Doch: „Ganz ehrlich. Wie stellt ihr euch das vor?!?!? Wir waren ganze 500 Jahre eingefroren. 500 von geplanten 5000 Jahren! Diese Zahl kam nicht von ungefähr, wir haben uns damals wie die Verrückten aufgeführt, keiner braucht erwarten, dass uns unser Planet dieses Verhalten schon vergeben hat."

Wie schnell sich doch Mienen verfinstern können. Nicht im Zorn, aber rein die Verfinsterung in der puren Realitätsdarbringung vermochte dies.

Da packte General O'Neill seinen Stellvertreter an der linken Schulter und zog ihn beherzt zur Seite: „Markus!"

„Was?! Was sollte ich sagen? Hähhh, sollte ich die anderen schamlos Belügen?"

„Verdammt, nein, du weißt genau, dass ich dir zustimme! Aber BITTE – tu wenigstens so, als bestünde noch irgendein Funke Hoffnung, OK?"

„Schön *General*, und was sollte ich ihnen deiner Meinung nach sagen, hm? Dass alles gut wird? Dass die Menschen so mir nichts, dir nichts wieder die Welt erobern werden? Ganz ehrlich, das kann ich nicht."

„Das verlang ich auch nicht von dir, Markus. Nur bitte, wahre den Schein und check die Lage in der Außenwelt mit den Sensoren und Sonden. Mehr verlang ich gar nicht."

Da bereute Vizegeneral Harrison, dass er gegenüber seinem langjährigen, seinem jahrhundertjährig engen Freund überreagiert hatte, und lenkte nüchtern ein: „Sorry, hast ja recht."

Schwungvoll klatschten sie einander die Hände ab, ganz wie in alten Tagen, und Vizegeneral Harrison machte sich auf in Richtung Kommandozentrale des Bunkers, in dem alle Sensorkanäle gebündelt wurden.

Die Kommandozentrale lag im obersten Stock des Bunkerkomplexes. Es bedurfte einiger Minuten, bis Vizegeneral Harrison dort anlangte, zumal er zuvor noch drei seiner besten Mitarbeiter ab kommentierte, ihm zu folgen. Als sie sich schließlich in der Kommandozentrale eingefunden hatten und sich wieder orientierten, ging alles blitzschnell. Den Generalschalter umgelegt und schon ging sämtliche Elektronik der Zentrale an. Die Kommandozentrale war ein zirka zehn mal drei Meter großer Raum, mit zahlreichen Bildschirmen an der, dem Eingang zur linken liegenden Wand. Dieser Wand entgegengerichtet, ein langes Computerterminal mit fünf völlig verstaubten Schreibtischstühlen, die sauber an den fünf Eingabestellen an dem Terminal Platz boten. An der hinteren Wand war eine große Weltkarte der Alten Welt befestigt. Schwer zu sagen, ob sie über die Jahrhunderte vergilbt, verstaubt oder einfach so ausgeblichen war, zu erkennen war jedenfalls nicht mehr allzu viel darauf. An der rechten hinteren Raumecke, an die große Weltkarte anschließend, stand noch ein kleiner Besprechungstisch mit drei Stühlen, auf dem noch ein Feuerzeug und ein Aschenbecher lagen, in dem noch zwei Zigarrenstummel vor sich hin verrotteten. Unweigerlich schoss es bei diesem Anblick durch den Kopf: „Die Welt geht unter, aber der Zigarrenmist überdauert!"

Zielgerichtet nahmen die drei Techniker ihre Plätze am Terminal ein und klimperten sofort auf den eingebauten Tastaturen vor ihnen drauf los, als wäre es gestern gewesen, als sie zum letzten Mal ihrer täglichen Arbeit nachgingen. „Na ja, irgendwie war's das wohl auch. Jedenfalls war nur einmal Schlafen inzwischen", dachte sich Vizegeneral Harrison verblüfft, als er den drei Technikern bei der Reaktivierung des Systems über die Schultern sah. Dann wandte er sich aber von den Technikern ab und der Weltkarte hinter ihm zu. Interessiert begutachtete er den uralten Papierfetzen und überlegte, ob das Ganze gleich von der Wand rieseln würde, sobald er es mit dem Finger berührte. Im zweiten Gedanken dann aber: „Was soll's!" Mit einem flotten, aber schon auch bedachten Fingerwisch, fuhr er über die Karte und – sie hielt tatsächlich. Dafür flog ihm der Staub nur so um die Ohren, weshalb er plötzlich wild los hustete. Als er den ganzen Staub nach siebenmal Husten aus der Lunge hatte, begutachtete er die Karte erneut. Freilich war sie nach wie vor stark verwittert, aber man konnte dennoch etwas mehr darauf erkennen. Jedenfalls einige, dem Vizegeneral vertraute Geländelinien und auch ein paar Landes- und Stadtnamen waren wiederzuerkennen. So stand der Vizegeneral geraume Zeit vor der Karte und schmökerte, quasi in der Vergangenheit. Er verlor sich zunehmend im Gedanken an die Alte Welt und an die

Städte, deren Namen er nun versuchte, auf der Karte zu entziffern. Doch dann riss ihn ein Achtungsruf von hinten aus seinen Gedanken.

„Da kann was nicht stimmen! Vizegeneral, sehen Sie sich das an! Was ist da los?!", rief ihn einer der Techniker.

„Was ist los? Was passt nicht?", der Vizegeneral, sich neugierig umdrehend.

Der junge Techniker schüttelte ungläubig den Kopf und antwortete verwundert: „Diese Werte, sehen Sie sich diese Werte an." „Was zum…" „Wie kann das sein?"

Verblüfft sahen sich die beiden Männer an, als sich auch die beiden anderen Techniker ins Gespräch einklinkten: „Die Werte müssten eigentlich stimmen. Wir bekommen über die Sensorenbänke der Nord- und Westseite die gleichen Werte."

Da richtete sich Vizegeneral Harrison mit zunehmend ernster Miene auf und befahl den Männern: „Starten wir die Drohnen. Wir brauchen ein Livebild von draußen."

Sofort wandten sich die drei Techniker wieder ihren Bildschirmen zu und hackten wieder aufgeweckt auf ihre Tastaturen ein.

„Hoffentlich funktionieren wenigstens noch ein paar der Drohnen, nach all den Jahren", kommentierte der junge Techniker noch beiläufig.

„Die Drohnen waren genau für diesen Einsatz gedacht und das erst nach 5.000 Jahren. Dann sollten sie nach 500 Jahren doch wohl noch einsatzbereit sein!", konterte Vizegeneral Harrison.

Der Bunker war mit einer vollen Aufklärungsdrohnen-Batterie ausgestattet, bestehend aus fünfzig selbstständig operierenden Roboter-Oktocoptern. Jeder ausgestattet mit einer ultra-hochauflösenden Kamera, um jedes Landschaftsdetail aufspüren und festhalten zu können.

Kurz darauf schrie einer der Techniker auf: „Sie haben recht Vizegeneral, bis auf wenige Ausfälle, scheinen alle Drohnen einsatzbereit." „Ich starte die Startsequenz!", ergänzte der dritte Techniker und drückte schlagartig Enter auf seiner Tastatur. Fast gleichzeitig aktivierte sich der große Bildschirm an der Wand mit den ersten Drohnenvideos. Die Techniker konnten alle Drohnenvideos auf einmal anzeigen lassen, oder wie nun, eine Drohne auf den gesamten Bildschirm projiziert. Es war ein glasklares Bild, mal abgesehen vom verstaubten Bildschirm, ein Umstand, den Vizegeneral Harrison schnell zu beseitigen wusste. Er machte drei Schritte vorwärts, nahm Aufstellung vor dem Bildschirm und wischte wieder schwungvoll über den Screen. Danach trat er wieder, sichtlich zufrieden mit seiner Tat, zurück hinter das Terminal und blickte gespannt mit den drei Technikern in den Bildschirm.

Man sah ganz klar, wie die Drohne langsam vom Bunkerboden abhob und immer weiter aufstieg.

„Was ist mit der Decke?", fragte Vizegeneral Harrison aufgeregt.

„Die Luke öffnet automatisch", erwiderte der junge Techniker, gespannt in den Bildschirm gaffend.

Und just in dem Moment konnten die vier verfolgen, wie sich die Deckenluke des Drohnenhangars öffnete und die Drohne langsam an die Oberfläche durchstach. Langsam gab das Bild so mehr und mehr von der Außenwelt preis. Es dauerte kaum zwanzig Sekunden, bis die vier Männer die ersten Bilder der Außenwelt nach so langer Zeit erhaschen konnten. Und ihre Blicke sprachen Bände. Innerhalb weniger Sekunden wandelten sich ihre Blicke synchron von hoffnungsvoller Erwartung, in überstürzte Vorfreude, bis schließlich …

Wie Salzsäulen erstarrt, saßen die Techniker da und der Vizegeneral stehend dahinter. So vergingen einige Minuten, in denen die Männer völlig überfordert in den Bildschirm gafften, bis sich Vizegeneral Harrison einen Ruck gab und den jungen Techniker neben sich anstupste: „Welcher Knopf ist für die Sprechanlage?"

Der junge Techniker antwortete nicht, sondern fuhr mit seiner Hand langsam über das Terminal und betätigte einen Schalter oberhalb der Tastatur und riss sogleich an einem kleinen daneben befestigten Mikrofon, dass es sodann dem Vizegeneral in die Hand drückte. Dieser atmete tief durch, während er seine nächsten Worte genau überlegte: „General O'Neill, General O'Neill, bitte sofort in die Kommandozentrale kommen!"

Danach vergingen einige Sekunden, in denen die Männer weiterhin auf den Bildschirm gafften, bis plötzlich die Lautsprecher ertönten: „Vizegeneral Harrison bitte um persönliche Rücksprache bei mir im Techniker-Kryosaal. Bitte um persönliche Berichterstattung."

„Schwing sofort deinen Arsch hier rauf Richard!!!", brüllte Vizegeneral Harrison hemmungslos in das Mikrofon.

Mit einem Ruck zuckten der gesamte, wache Bunker zusammen. General O'Neill sah erstaunt auf und setzte sich umgehend in Bewegung.

Auf dem Weg in die Kommandozentrale erntete der General einen verblüfften Blick nach dem anderen. Alle fragten sich, was den Vizegeneral so zur Weißglut brachte. Und mit jedem Blick stieg in General O'Neill die Ungeduld und Ungehaltenheit über den unverfrorenen Umgangston und mangelnde Funkdisziplin seines stets so besonnenen Stellvertreters. An der Kommandozentrale angelangt, war der Unmut in General O'Neill ins Unermessliche gestiegen. Bereit auszubrechen, stürmte er in die Zentrale und holte bereits tief Luft ...

...da warf er einen kurzen flüchtigen Blick zu seiner Linken an den Bildschirm. Mit einem Mal, wie durch Zauberhand, waren sämtliche Aggressionen verflogen. Verblüfft, den Blick auf den Bildschirm fixiert, nahm er neben Vizegeneral Harrison Aufstellung.

„Markus, was?"

„Keine Ahnung", unterbrach Harrison mit weit aufgerissenen Augen.

Grün ... Blau ... Weiß ... Gelb, in den strahlendsten Farben, die man sich nur vorzustellen vermochte, erstrahlte die Welt. Die Drohnen flogen, breit gestreut, in verschiedene Himmelsrichtungen und sendeten die atemberaubendsten Bilder von der Außenwelt. Weite saftig-grüne Wiesen, dahinter im Sonnenlicht funkelnde schneebedeckte Berge, tief blaue Seen und Meere, deren Blau nur vom Azur des Himmels übertroffen wurde, auf dem sich kleine fluffige Wölkchen tummelten. Weite gesunde Laub- und Nadelwälder, wie es sie selbst vor der Apokalypse nicht gab, wechselten sich ab mit offenen, einladenden, mit Blumen aller Form und Farben gesäumten Ebenen.

Die Männer gafften zutiefst verblüfft um die Wette. Keiner von ihnen fähig, das Gesehene auch nur ansatzweise in Worte zu fassen. Vizegeneral Harrison hatte mit allem gerechnet, doch dieser Anblick war schlicht unvorstellbar. Unbegreifbar. Nein, unmöglich!

„Das kann nicht sein, das ist einfach unmöglich. Die Welt kann sich nicht innerhalb weniger Hundert Jahren soweit regeneriert haben. Selbst die bereits angerichteten Zerstörungen, als wir uns in den Bunker begaben, hätten nie so schnell wieder bereinigt sein können. Und da kam definitiv noch viel mehr", beurteilte Vizegeneral Harrison das Gesehene.

General O'Neill nickte kurz zustimmend zur Seite, ohne seinen Blick vom Bildschirm zu lösen. Auch wenn das gesehene Bildmaterial nur irgendeine Art Illusion sei, es war doch Balsam auf die kriegs-geschundene Seele des Generals. So rang er sich mit entspannt gelassener Stimme seine Antwort an seinen tief verstörten Vizes ab: „Ich gebe dir ja recht Markus, aber was sehen wir uns hier dann an? Die Drohnen, die ihr hier gerade eben gestartet habt, liefern diese Bilder live. Und die Bilder sehen nicht nach irgendeiner Art Hologramm aus, oder?"

„Stimmt, aber ich kann's mir schlicht nicht erklären. Das ist physikalisch, biologisch, chemisch, wie auch immer, nicht möglich."

Grübelnd standen die beiden Männer nebeneinander, mit ihrem Latein am Ende. Da fuhr General O'Neill im Befehlston an die drei sitzenden Männer vor ihm fort: „Meine Herren, Ihre Befehle lauten wie folgt: Sie werden das gesamte Umland in einem Radius von hundert Meilen auskundschaften, begutachten und kartografieren. Sie achten und melden umgehend jede irgendwie geahndete Ungereimtheit. UND, Ihre Meldung geht ausschließlich an Vizegeneral Harrison oder mich! Ich muss wohl nicht extra erwähnen, dass bis auf Weiteres vollkommenes Stillschweigen über die Situation herrscht, oder?!"

„Verstanden, Sir!", antworteten die Männer, militärisch korrekt im Chor.

Kurz abgenickt, wandte sich General O'Neill wieder Vizegeneral Harrison zu: „Gut Markus, lassen wir die Männer in Ruhe arbeiten. Gehen wir wieder zu den anderen und überlegen am Weg beziehungsweise mit ihnen, wie es jetzt weitergeht und wie wir damit umgehen sollten."

Vizegeneral Harrison antwortete nicht weiter und setzte sich sofort in Bewegung. Wohl vor allem, um sich schnell und schmerzlos von den Bildschirmen loszureißen. General O'Neill konnte gar nicht so schnell sehen, wie Vizegeneral Harrison aus der Tür geschritten war. Hastig hechtete er hinterher und ging mit ihm die metallene Treppe wieder hinab. Eilig hasteten sie weiter durch die weiten Hallen, auf der Suche nach den anderen Offizieren. General O'Neill hatte Mühe, Schritt zu halten. Mit einem beherzten Satz sprang er an Harrisons rechte Seite, packte ihn an der Schulter und mahnte ihn, stehen zu bleiben, bevor sie auf die anderen treffen würden: „Markus warte! Einen Moment bitte. Lass uns mal überlegen, wir können den anderen nicht einfach so vor versammelter Mannschaft die Neuigkeiten entgegen rufen. Die halten uns doch für völlig irre!"

„Ja gut, verstehe ich. Aber was oder wie willst du es ihnen dann sagen?"

Der General überlegte kurz und antwortete dann entschlossen: „Geh rauf in die Kommandozentrale und ruf die drei aus, sie mögen für eine kurze Besprechung, *Anfallendes/Laufendes*, in unseren Raum kommen. Ich richte den Besprechungstisch inzwischen her. Dann erklären wir ihnen in aller Ruhe und ohne jede Aufregung den Stand der Dinge und beraten, wie es weitergehen soll."

„Verstanden! Geht in Ordnung", bestätigte Vizegeneral militärisch korrekt und machte sich zugleich auf den Weg zurück zur Kommandozentrale.

Es dauerte keine drei Minuten, bis Harrisons Stimme lautstark aus den Lautsprechern hallte: „Mögen sich bitte Professor Stevens, Dr. Foster und Colonel Miller umgehend zur Besprechung im Besprechungssaal der Offiziere einfinden! Professor Stevens, Dr. Foster und Colonel Mille, bitte!"

General O'Neill war noch nicht einmal im Besprechungssaal angelangt, als die Durchsage ertönte. Angespornt hastete er los und lief schnell die Treppe hinunter zum Besprechungssaal. Schnell passierte General O'Neill den großen Besprechungstisch zur Linken und ging zu einer kleinen Anrichte, öffnete die linke von zwei Schubladen und holte einen kleinen Stofffetzen heraus. Flink umgedreht wischte er hastig über die große Tischtafel und tat seinerseits das Möglichste, den Tisch vom eingewirkten Staub zu befreien. Danach rückte er noch schnell die Stühle zurecht. Als er bei seinem Stuhl an der Stirnseite des Tisches anlangte und diesen zurück schob, sah er kurz zu Boden, was ihm plötzlich ein leichtes Schmunzeln ins Gesicht zauberte. Er bückte sich langsam und hob einen Kugelschreiber auf. Der Kugelschreiber war nichts wirklich Besonderes. Ein handelsüblicher Stift aus Messing, das mittlerweile kaum mehr als solches zu erkennen war. Aber für General O'Neill war es, zumindest in diesem Moment, alles andere als ein normaler Kugelschreiber. Es war der Kugelschreiber, den er bei seiner ersten Besprechung vor dem Kryoschlaf in diesem Saal verloren glaubte. Er hatte damals überall nach ihm gesucht, ihn aber nicht finden können. Er erinnerte, dass er immer sehr gerne mit dem Kugelschreiber schrieb. Er lag gut in der Hand, schmierte oder kratzte nicht. Er hatte eigentlich keine besondere Bindung zu diesem Stift, er hatte ihn auch schnell vergessen und einfach einen anderen verwendet, aber ihn hier einfach so wiederzufinden und das nach all dem, er konnte einfach nur schmunzeln und sich doch freuen, ihn wiedergefunden zu haben. Kurz wollte ihm durch den Kopf gehen: „Wieder ein Überlebender sicher geborgen."

In diesem Moment kam auch schon Doktor Foster zur Tür herein. Sie ging an der rechten Seite des Tisches entlang und trat an General O'Neill heran, der nach wie vor schmunzelnd den Kugelschreiber in seiner Hand betrachtete.

„Alles OK, Sir?", fragte Doktor Foster fürsorglich.

Da riss General O'Neill seinen Blick von seiner Hand los und sah Doktor Foster seelenruhig an: „Ja klar, danke. Ach, haben Sie zufällig ein Stück Papier bei sich?"

„Tut mir leid, nein. Warum?"

„Ach, nur so. Passt schon."

In dem Moment trat Vizegeneral Harrison zur Tür herein, dicht gefolgt von Colonel Miller und Professor Stevens.

„Ah, da sind ja alle. Sehr gut, bitte setzen Sie sich meine Herren.", begrüßte General O'Neill die eintretenden Herren herzlich, die sich zugleich, leicht verdutzt drein blickend, ob des herzlichen Empfangs, auf die Stühle verteilten.

Kaum dass alle ihre Plätze eingenommen hatten, blickte der General wieder wie gebannt auf den Kugelschreiber in seiner Hand und die Blicke aller anderen fixierten ihn. So saßen alle einige, ewig erscheinende Sekunden da, ohne ein Wort zu verlieren. Als Vizegeneral Harrison die Anspannung nicht mehr ertrug, räusperte er sich lautstark, um die Aufmerksamkeit des Generals auf sich zu ziehen. Ohne Erfolg.

Ratlos sahen sich die Versammelten an, als der General plötzlich laut aufschrie und aus seinem Stuhl aufsprang: „Ahhh, natürlich!!"

Alle zuckten erschrocken zusammen und starrten den General erstaunt an, wie dieser den Stuhl nach hinten rückte und mit einem großen Satz zu der kleinen Anrichte hechtete, ohne ein Wort zu verlieren.

Schnell riss er die rechte Schublade auf und fing an aufgeregt, darin zu stöbern. Kurz darauf: „Na also, wusst ich's doch!", freute er sich, als er einen, altersbedingt verrunzelten und halb vergilbten Schreibblock hervorholte. Sichtlich erfreut über seinen Fund präsentierte er ihn stolz vor den anderen, die nur verblüfft nickten. Ohne ein Wort zu sagen, ging General O'Neill zurück zu seinem Stuhl, rückte ihn wieder zurecht und nahm Platz. Ohne die anderen zu beachten, schlug er den alten Schreibblock auf und nahm seinen Kugelschreiber zur Hand. Erste Schreibübung, klassisch: die Unterschrift. Doch leider, der Kugelschreiber funktionierte nicht. Jeder am Tisch verfolg-

te wohl denselben Gedanken: „Kein Wunder nach all der Zeit."
Doch General O'Neill gab nicht auf. Ein kurzer prüfender Blick
auf die Mine, ein ebenso kurzer Tipp mit der Mine an die Zunge, um sie wieder zu befeuchten, dann versuchte er es erneut.
Aber auch diesmal funktionierte der Stift zunächst nicht. Aber
dann, ein erstes Lebenszeichen, ein kurzer blauer Strich unter
dem ganzen Rumgekritzel des Generals. Dann, ein Zweiter, ein
Dritter, schließlich, sah General O'Neill erleichtert und zufrieden auf und sah stolz auf seinen Kugelschreiber. Alle anderen
staunten nur über das bizarre Schauspiel, das ihnen ihr General hier lieferte.

Nach einigen Sekunden konnte sich General O'Neill doch
wieder von seinem *Experiment* losreißen und wendete seinen
Blick wieder seinen Offizieren zu, die ihn nach wie vor ungläubig angafften.

Er warf ihnen einen freundschaftlich-beruhigenden Blick
zu und begann dann ebenso beruhigend mit der Besprechung
beziehungsweise mit seiner Erklärung seines Verhaltens: „Vor
nunmehr über 500 Jahren habe ich diesen Kuli als verloren geglaubt. Gerade eben habe ich ihn hier unter dem Tisch wiedergefunden. Und, er funktioniert. Er ist, wie wir, wieder auferstanden. Wie wir, und wie die Außenwelt. Fragt mich bitte nicht,
wie, aber Vizegeneral Harrison und seine Techniker haben vor
wenigen Minuten die Aufklärungsdrohnen gestartet und wahrlich Unglaubliches entdeckt", kurz hielt er inne und blickte in
die Runde, die wie gebannt an seinen Lippen hing, dann ließ er
die Bombe platzen: „Die Erde hat sich regeneriert!"

„Hääää????", ließ Doktor Foster lauthals durch den Raum
schallen.

„Das kann nicht sein General. Rein physikalisch kann sich
die Welt nicht binnen tausend Jahren wieder regenerieren!",
argumentierte Professor Stevens mit sarkastischem Tonfall.

Da sah ihn Vizegeneral Harrison tief in die Augen und entgegnete mit ernster Stimme: „Das ist mir klar Professor! Und
dennoch, ich, wir wissen, was wir gesehen haben. Die Drohnen
können nicht lügen, die Drohnen können keine Fake-Bilder ge-

nerieren. Was auch immer mit der Welt passiert ist, wie auch immer das möglich sein kann, das von uns Gesehene ist Fakt!" „Na ja, könnt ihr uns die Bilder auch zeigen? Es ist nicht so, dass wir euch nicht glauben wollen, aber ihr müsst zugeben, wie unglaublich sich eure Schilderungen anhören", schlichtete Doktor Foster.

General O'Neill sah Doktor Foster gelassen an und nickte zustimmend in die Runde: „Natürlich wollen und werden wir euch alles zeigen. Wir wollten uns nur vorab mit euch beraten, wie es aufgrund dieser neuen Tatsachen weitergehen soll. Wie unsre nächsten Schritte aussehen sollen?"

„Na, wenn das alles so stimmt, wie ihr berichtet, dann sind die nächsten Schritte doch klar! Wir wecken alle Überlebenden auf und verlassen diesen Bunker endlich!", preschte Doktor Foster vor.

„Gut und wie erklären wir das alles den Überlebenden? Es hieß, die Welt ist für die nächsten 5000 Jahre unbewohnbar. Es hieß, alle Eingefrorenen werden es locker überstehen. Was wird los sein, wenn wir die Überlebenden aufwecken und sie feststellen, dass sie die einzigen Überlebenden ihrer Familien sind? Wenn sie trotz unserer Garantie die Kapseln ihrer Kinder neben den ihren leer vorfinden. Und das ganze nach gerade einmal 500 Jahren! Was wollen Sie denen sagen? Was soll's, ist halt blöd gelaufen? Freut euch, es waren nur 500 Jahre! Prosit Neujahr!", konterte Vizegeneral Harrison aggressiv.

„Ich hab nicht gesagt, dass es einfach wird. Aber was wäre die Alternative? Alle auf ewig eingefroren zu lassen, um lästigen Fragen aus dem Weg zu gehen?"

Da schaltete sich auch Colonel Miller in die Diskussion ein: „Bitte bedenkt vor allem, wir wissen noch immer nicht, wieso wir so früh erweckt wurden. Auch wenn ich zur Zeit einigermaßen sicher sagen kann, dass wir die übrigen Kapseln normal weiterlaufen lassen können, Garantie für die langfristige Zukunft kann und will ich nicht abgeben. Wenn es also möglich sein sollte, den Bunker sicher zu verlassen, dann, ja, bin ich für diese Option."

General O'Neill verfolgte gespannt die Diskussion und hielt sich gewollt zurück. Nachdem aber auch Colonel Miller seine Meinung abgegeben hatte und nachdenkliche Gesichter in der Runde zurückließ, sah der General seine Stimme gefordert. Gelassen betrachtete er wieder seinen Kugelschreiber in seiner Hand und hielt ihn sogleich den anderen als Beispiel entgegen: „Seht euch meinen Stift an. Das Messing ist ermattet, er sieht aus, als wäre er die letzten 500 Jahre im Dauereinsatz gewesen. Genauso seht auch ihr im Moment aus. Ihr brauchtet ein paar Minuten, um wieder in die Gänge zu kommen, habt dann aber gleich wieder, als wäre nie etwas gewesen, eure Arbeit aufgenommen. Genau wie dieser Stift. Keinen Menschen kommender Generationen braucht es zu wundern, wenn wir uns in dieser Situation verwundert oder gar überfordert gezeigt haben. Alles, was zählt, alles was immer zählen wird, ist, dass wir niemals aufgeben und immer weiter machen, egal was kommt. Genau wie dieser Stift. Ich habe diesen Kugelschreiber heute wieder gefunden und werde ihn nun, nach 500 Jahren, weiterverwenden, so wie ich, entschuldigt die Wortwahl, auch euch weiterverwenden. Die Welt hat sich, scheinbar, schneller, viel schneller regeneriert, als wir erwarteten. Sei's drum. Was es damit auf sich hat, werden wir ergründen, genauso wie die Tatsache, warum wir 4500 Jahre zu früh erweckt wurden. Das weiß ich ganz sicher, ganz einfach, weil ich mich auf euch fünf stets verlassen kann – wie auf meinen Stift."

Kurz ließ er seine Ansprache wirken und wartete, ob einer zum Konter ausholen würde, doch hingen ihm alle wie gebannt an den Lippen. So fuhr er weiter fort: „OK, Colonel Miller, danke für die Situationsanalyse. Ich stimme zu, dass wir die Überlebenden nicht länger in den Kapseln belassen sollten als notwendig. Aber gut zu wissen, dass es unter kontrollierten Bedingungen möglich ist. Also, ich schlage vor, wir gehen jetzt dann gemeinsam rauf in die Kommandozentrale, wo ihr euch alle selbst über die Drohnenbilder überzeugen könnt. Anschließend, Colonel Miller, benötigen wir ein Technikerteam, das alle Systeme des Haupttors überprüft und die Öffnung des

Haupttores vorbereitet. Laut Sensoren sollte die Atmosphäre draußen intakt sein und die Luft atembar. Wenn alles so weit ist, werde ich die Außenwelt betreten. Das heißt, das Haupttor muss geöffnet und gleichzeitig das Tor zur Haupthalle luftdicht verschlossen werden können. Das müssen Sie mir garantieren können, Colonel. Sollte ich ohne Probleme draußen überleben und gesund wieder hereinkommen, werden wir, nach ihrer Diagnose über meinen Zustand und ihrer Freigabe, Doktor Foster, anfangen, einen Überlebenden nach dem anderen zu erwecken. Wir haben keinen Stress, wir haben alle Zeit der Welt, alle so sicher wie möglich auf die Neue Welt vorzubereiten. Erst wenn das alles erledigt ist, haben wir Zeit, uns über alles weitere Gedanken zu machen. Einverstanden?", fragte der General in die Runde. Da kein Konter als zustimmendes Nicken kam, schloss er die Besprechung mit: „Also gut, dann los!"

Wie aufs Stichwort standen alle von ihren Stühlen auf und verließen den Besprechungssaal, um sich kurze Zeit später in der Kommandozentrale bei den drei Technikern wiederzufinden. Was folgte, war Stille. Erstaunte Stille. Auch wenn General O'Neill und Vizegeneral Harrison sie schon darauf vorbereitet hatten, keiner der drei konnte glauben, was sie da auf den großen Bildschirmen sahen. Es war schließlich Doktor Foster, die das Schweigen brach. Nicht mit Worten, übermannt von dem Anblick, brach sie in Tränen aus und fiel dem neben ihr stehenden Professor Stevens in die Arme, der ebenso sichtlich erschüttert war. Stevens presste Doktor Foster fest an sich, wohl mehr, um seine eigene Überwältigung zu verbergen, als um Doktor Foster zu trösten. Im gleichen Moment schüttelte Colonel Miller ungläubig den Kopf und musterte verstört seine drei Untergebenen: „Was soll das, das kann einfach nicht sein. Was zeigt ihr uns da? Habt ihr die Drohnen untersucht? Und das ganze System, was ist mit ..." „Sie haben vorbildlich gearbeitet und alles korrekt kontrolliert Colonel. Ich war dabei!", maßregelte Vizegeneral Harrison seinen Untergebenen, der ihn daraufhin entgeistert anstarrte und sich devot entschuldigte: „Sorry, es ist einfach unvorstellbar." „Das ist es Colonel, da gebe ich ihnen recht, se-

hen Sie sich mal diese Bäume da am linken unteren Bildschirmrand an, die müssen mindestens achtzig Jahre alt sein, oder?"
„Stimmt Vizegeneral, das bedeutet, die Erde muss bereits vor, ich schätze mal, hundertfünfzig Jahren begonnen haben, sich wieder vollständig zu regenerieren." „Sie sagen es, vollständig. So wie ich das sehe, muss der Regenerationsprozess, um nach so kurzer Zeit so ein Resultat zu erbringen, bereits kurz nach dem Abgang der Menschheit eingesetzt haben."

„Wenn Sie jetzt ein Umweltschützer von damals hören würde!", warf Professor Stevens witzelnd ein, der sich allmählich wieder fing, was leichtes Gelächter in der Runde auslöste.

Nach einiger Zeit beendete General O'Neill das mittlerweile recht ausgelassene Treiben in der Kommandozentrale und rief zur Ordnung. Bevor aber alle wieder die Kommandozentrale verließen, warf Colonel Miller noch ein: „General, was ist mit meinen restlichen Männern? Sollen wir sie auch gleich aufklären?"

„Ja, unbedingt. Guter Punkt, Colonel. Teilen Sie Ihre Männer in kleine Gruppen von fünf bis zehn Mann ein und schicken Sie sie im Abstand von dreißig Minuten herauf. Bitte ohne ihnen vorab etwas zu sagen. Ich will nicht, dass unnötig Unruhe aufkommt. Vizegeneral Harrison und ich werden sie hier erwarten und ihnen alles erklären."

Colonel Miller tat im Anschluss wie ihm befohlen und schickte eine Gruppe nach der anderen hoch in die Kommandozentrale. Professor Stevens blieb ebenfalls noch länger in der Zentrale und kontrollierte penibelst jede Anzeige und jeden Sensorwert, der ihm ausgegeben wurde. Er wusste selbst, was er auch bereits Doktor Foster eingestand, dass er ein unverbesserlicher Skeptiker ist, der jeder Meldung und jedem Wert, der ihm vorgelegt wurde, selbst nachgehen musste. Auch wenn er sich, wie selbst erwartet, eingestehen musste, dass keine Fehler vorlagen. Es gab offenbar keine Verschwörung, keine manipulierten Drohnenbilder, keine gestörten Sensor-Berichte. Er versuchte seine Enttäuschung darüber zu verstecken. Vergebens.

So vergingen einige geschäftige Stunden, die allen aufgrund ihrer Arbeit wie im Flug vergingen. Bis schließlich die Meldung seitens Colonel Miller an General O'Neill erging: „Bunkertor sicher, Innenschleuse sicher!"

Das war das Signal dafür, dass der nächste Schritt eingeleitet würde. So fanden sich die fünf Offiziere am großen Bunkertor ein, während eine Schar an Technikern wie wild umhereilte und sämtliche kritische Stellen am Tor und rundherum kontrollierten und nachkontrollieren.

Alle fünf starrten gebannt das riesige Tor an. Dieses große Tor, das vor 500 Jahren in letzter Sekunde verschlissen wurde, um ihr Überleben zu sichern. Und dieses Tor waren sie nun im Begriff, 4500 Jahre früher als geplant wieder zu öffnen. Kein anderer Gedanke als *Irrsinn* ging ihnen durch den Kopf. Aber was soll's, es musste nun sein, *nun oder nie*, dachten sich alle.

„OK, ich muss es jetzt sagen!", unterbrach Doktor Foster die schon stoische Ruhe: „Sie können das Risiko nicht auf sich nehmen, General! Sie müssen unser Volk anführen."

Die anderen drei nickten nur verlegen. Verlegen darüber, dass sie sich nicht trauten, als erste diese Tatsache auf den Tisch zu bringen.

Da sah sie General O'Neill mit seinem, mittlerweile fast schon typischen gelassenen Blick an und antwortete ebenso gelassen: „Bitte, was redet ihr? Ihr seid es, die wichtig seid, um die Menschheit in die Zukunft zu führen, ich bin der einzige Entbehrliche hier. Sollte mir wider allem Erwarten gleich doch etwas passieren, wird mich General Harrison problemlos ersetzen", argumentierte General O'Neill und deutete seinem Vize sein vollstes Vertrauen, bevor er fortfuhr: „Und jetzt, meine Lieben, ich werde mich nicht schon wieder von euch verabschieden. Geht einfach hinter das nächste Tor, so Gott will, sehen wir uns in wenigen Minuten wieder."

So befohlen, schritten die vier zurück in die Haupthalle und sahen zu, wie sich das Tor der Halle langsam schloss und so den General in der Vorhalle alleine einschloss.

„OK, kommt, gehen wir rauf in die Kommandozentrale, da können wir alles auf den Bildschirmen verfolgen!", gab Vizegeneral Harrison vor.

Gesagt, getan, fanden sie sich kurz darauf in der Kommandozentrale wieder, kurz bevor sich die großen Bunkertore erstmals wieder öffneten.

Gespannt verfolgten sie, wie General O'Neill eisern vor dem großen Tor Aufstellung nahm und auf das Unausweichliche wartete. Auf einmal ertönte bei General die ohrenbetäubende Sirene, die er zuletzt beim Schließen der Tore vernahm. Nur, dass er sie damals nicht ansatzweise so laut empfand, aufgrund der ganzen Nebengeräusche. Heute war es hingegen totenstill in der ganzen Halle, was die laute Sirene nur noch mehr betonte. Dazu tauchten die Alarmleuchten die Halle noch in tiefes Orange.

Und dann, öffnete sich langsam das riesige Tor und ein greller Lichtblitz strahlte General O'Neill entgegen. Gespannt klebten die anderen in der Kommandozentrale an den Bildschirmen und verfolgten die Ereignisse.

General O'Neill kniff seine Augen wegen des grellen Lichtes fest zusammen, als wäre es das erste Mal gewesen, dass er die Sonne sah. Dann öffnete sich das Tor immer weiter und gab dem General immer mehr Blick auf die Außenwelt preis. Langsam gewöhnten sich die Augen des Generals an das grelle Licht und er konnte sie wieder weiter öffnen. Die anderen verfolgten das Geschehen ganz genau. Alle waren zutiefst gespannt und auf den General fixiert, als sich dieser plötzlich in Bewegung setzte und an das Tor trat. Noch ein, zwei Schritt weiter und er würde die Pforte überschreiten. Was er dann auch sogleich tat.

Das riesige Tor öffnete sich Zentimeter für Zentimeter, langsam nur vermochten sich die Augen des Generals auf die Helligkeit, die ihm entgegentrat, einzustellen. Weiter und weiter, mehr und mehr, gab das Tor von der Außenwelt preis. Dem General stockte der Atem. Zögerlich setzte er einen Schritt nach den anderen und schritt so langsam durch die Pforte.

Dieses Grün, dieses Blau, diese Farben, dieses allerlei ... General O'Neill war vollends unfähig, einen klaren Gedanken zu fassen. Überwältigt, schon von den aller ersten Eindrücken der „Neuen Welt", die sich ihm direkt am großen Bunkertor boten.

Langsam tastete er sich vor. Langsam löste er seinen Griff vom massiven Bunkertor und wagte den Schritt ins Ungewisse. Das Bild, welches sich General O'Neill bot, übertraf all seine Erwartungen. Wann hatte er zuletzt solch grüne Wiesen gesehen? Wann zuletzt solch gesunde Wälder, die die Wiesen liebevoll umschmeichelten. General O'Neill tat nur wenige Schritte raus aus dem Bunker, bevor er die Augen schloss, die Arme zur Seite reckte, tiiiieeeff durchatmete und schließlich einfach nur Glück erfüllt da stand.

Es war keine Illusion, keine Fata Morgana, kein mutwillig generiertes Trugbild. Nein, es war real.

General O'Neill sah sich einige Minuten im Umland um den Bunker um. Bis auf vereinzelte Knochenfragmente konnte er keinerlei Hinweis auf ein anderes menschliches Wesen feststellen. Es kümmerte ihn keine Sekunde. Er holte tief Luft. Frische Luft, er vermisste sie so sehr. Warum? Er wusste es selbst nicht wirklich. Als er in den Bunker kam, war die Luft ja noch weitestgehend in Ordnung. Der General kümmerte sich nicht weiter darum, die Situation, diese Situation. Einfach unglaublich!

Je länger General O'Neill draußen blieb, desto ungeduldiger wurden die anderen des Offiziersstabs.

Nach einigen Minuten, besann sich General O'Neill doch auf seine Fähigkeiten und trat den Rückschritt in den Bunker an.

Schnell schritt er durch das riesige Tor und wartete dann einige Sekunden, bis es sich hinter ihm wieder schloss und sich die Innenschleuse öffnete. Alles gesteuert, von den drei Technikern in der Kommandozentrale, die weiterhin jeden Schritt des Generals gespannt auf den Bildschirmen verfolgten. Die anderen vier hielten es nicht länger aus und stürmten umgehend zur Schleuse, als sie auf den Bildschirmen verfolgten, wie General O'Neill sich wieder zurück in den Bunker aufmachte. An der Innenschleuse angelangt, warteten sie ungeduldig, wie sich diese langsam öffnete und der General durchgeschlüpft kam, als sich die Schleuse gerade erst einen kleinen Spalt geöffnet hatte.

General O'Neill verlor keine Sekunde und gab sofort seine weiteren Befehle aus: „Professor Stevens, Doktor Foster, bitte sorgen Sie dafür, dass alle Überlebenden erweckt werden, und dass sich alle Erweckten aufgeklärt in der großen Halle versammeln!"

Doktor Foster starrte den General verblüfft an und entgegnete: „Ähm, ja gut, wird gemacht. Aber nicht, bevor ich Sie untersucht habe!"

„Das können wir auch später noch ..."

„Nein, das können wir nicht später machen, General! Wir können niemanden erwecken und nach draußen lassen, bevor wir nicht ohne Bedenken sagen können, dass es keine unmittelbaren negativen Folgen für sie hat!", argumentierte Doktor Foster angespannt und ergänzte scharf: „In medizinischen Angelegenheiten habe ich volle Weisungsbefugnis, der auch Sie unterliegen, General O'Neill!"

General O'Neill und alle anderen sahen Doktor Foster mit bewunderungsvoll, verblüfftem Blick an.

„OK, ist ja gut. Sie haben ja recht, Doktor. Also bitte, machen Sie Ihre Untersuchungen", willigte der General demütig ein: „Professor Stevens, bereiten Sie und Colonel Miller aber bitte mal alles Weitere für die Erweckung der Überlebenden vor."

Die beiden Herren nickten dem General zu und machten sich sogleich auf in Richtung Schlafsäle. Zugleich bedeutete Doktor Foster entschlossen dem General, ihr zu folgen, was er auch brav tat.

Schnellen Schrittes gingen die beiden zur Krankenstation des Bunkers, welche sich an der linken Seite der großen Halle, unterhalb der Kommandozentrale befand. In der Krankenstation angelangt, nahm General O'Neill artig auf der Behandlungsbahre inmitten des Raums Platz und fragte Doktor Foster ungeduldig: „Und was wollen Sie nun genau untersuchen, Frau Doktor?"

Doktor Foster trat an ihre Anrichte und öffnete eine der Schubladen vor sich, um eine Spritze herauszuholen. Sie drehte sich rasch, mit der Spritze in der rechten Hand, um und lächelte den General verschlagen an, der seine Augen beim Anblick der für ihn riesig wirkenden Nadel weit aufriss. Bewusst grazil, näherte sich Doktor Foster mit der großen Nadel im Anschlag, dem General, frei nach dem Motto: *Ein bisschen Spaß muss sein!*

Als sie dann direkt vor dem General stand, beäugte sie ihn kurz und musterte: „Nun, Blutdruckmessen bringt's momentan wohl nicht, dann zapf ich Ihnen mal ein paar Ampullen Blut ab! Das beruhigt den Blutdruck sicher wieder", witzelte sie, ganz in ihrem Element.

Starr gefroren, als befände er sich noch im Kryoschlaf, hockte der General da und harrte des Unausweichlichen.

„Na, na, nicht so verkrampft, Herr General, sonst tut's weh!", stichelte Doktor Foster weiter ihren Patienten.

Kurz darauf hatte sie die Nadel aber auch schon injiziert und füllte drei Ampullen Blut ab.

Anschließend zog sie die lange Nadel wieder heraus und schloss mit: „Sodale, das war's schon. Lolli hab ich leider keinen hier. Zumindest keinen aus diesem Jahrhundert."

Der General war kreidebleich im Gesicht und stammelte nur: „Und nun?"

„Das war's schon. Ich werde ihr Blut auf etwaige Anomalien untersuchen. Vor allem möchte ich mir die Strahlungswerte genau ansehen. Sollten diese nach der kurzen Zeit draußen merkbar in die Höhe geschnellt sein, können wir die weiteren Schritte betreffend der restlichen Überlebenden vergessen. Wenn sich die Werte aber, wie ich hoffe, im Rahmen halten, steht dem Erwecken der restlichen Überlebenden aus medizinischer Sicht nichts im Wege."

Langsam senkte sich der Blutdruck des Generals wieder und er bekam wieder Farbe im Gesicht, sodass er sich bemächtigt fühlte, wieder das Wort zu ergreifen: „OK, Doktor. Bitte teilen Sie mir die Ergebnisse umgehend mit!", befahl er und erhob sich langsam von der Liege.

Noch leicht benommen, torkelte General O'Neill Minuten später in den großen Kryosaal, in dem sich Vizegeneral Harrison und Colonel Miller aufhielten. Schon von Weitem bemerkten die beiden ihren sichtlich mitgenommenen Vorgesetzten und verkniffen sich angestrengt jeden hämischen Grinser, als er sich ihnen langsam näherte. Als der General schon fast vor ihnen stand, richtete Vizegeneral Harrison hastig das Wort an Colonel Miller: „Sehr gut, Colonel. Kümmern Sie sich bitte, wie besprochen, um die Einteilung der Teams und die weiteren Einstellungen auf den einzelnen Etagen!" Und bedeutete ihm das Abtreten von seiner gegenwärtigen Position mit militärischer Akkuratesse.

Colonel Miller ließ kurz seinen Blick schweifen, verstand dann aber den direkten Befehlston des Vizegenerals und zog zügig ab, ohne General O'Neill eines weiteren Blickes zu würdigen. Dieser nahm an seiner statt an Vizegeneral Harrisons rechter Seite Stellung und bedachte ihn mit trägem Blick. Vizegeneral Harrison sah hingegen am General vorbei und vergewisserte sich schnell, ob Colonel Miller außer Hörweite war, bevor er sich sichtlich amüsiert dem General widmete: „Na, alles senkrecht? Siehst ein wenig groggy aus. Hat dir die frische Außenluft doch nicht so bekommen?"

„Ach halt die Klappe oder ich steck dich eigenhändig zurück in deine Kapsel! – Sag schon, wie sieht's bei euch aus?"

„Alles Roger soweit. Können jederzeit loslegen. Miller teilt seine Leute in einzelne Teams ein, denen wir dann jeweils einzelne Gruppen von Überlebenden zuteilen können. Beziehungsweise kümmern sich die Teams auf den einzelnen Etagen um den reibungslosen Ablauf. „

„Großartig", gratulierte General O'Neill zufrieden, während er sich an die Schläfe griff: „Wie wär's dann, wenn ich mich wieder für ein paar Stunden in die Kapsel lege?"

Da konnte sich Vizegeneral Harrison nicht mehr weiter am Riemen reißen und brach in schallendes Gelächter aus, was durch den ganzen riesigen Saal hallte.

„Hahaha, sorry! Sorry!", mäßigte sich Harrison selbst, mäßig erfolgreich und grinste seinen völlig erledigten Vorgesetzten weiter unverhohlen an: „So schlimm kann die Untersuchung doch wohl nicht gewesen sein, Mann!?"

O'Neill öffnete müde die Augen und sah Harrison grimmig an: „Ich hasssssse Nadeln! Ich hasssssse Untersuchungen!! Ich hassssssssse es auf Untersuchungsergebnisse zu warten!!!"

„Ich weiß, ich weiß. Da bist ja wohl nicht der Einzige", beschwichtigte Vizegeneral Harrison und kommandierte seinen Vorgesetzten weiter: „Mach schon, verzieh dich rauf in die Kommandozentrale und entspann dich mal ,ne Weile vor den Bildschirmen! Ich hol dich, wenn Doktor Foster mit ihren Ergebnissen antanzt und wir weitermachen können!"

Kurz überlegte General O'Neill, ob er diesem freundschaftlichen Rat wirklich nachkommen konnte, nickte dann aber Vizegeneral Harrison schnell dankend zu und schlich von dannen.

Auf dem Weg zur Kommandozentrale beobachtete er all die eifrigen Techniker, wie sie durch die große Halle wieselten und ihren Arbeiten nachgingen. Kaum einer von ihnen schenkte General O'Neill Beachtung, was ihn auch absolut nicht störte. Nur ein-, zweimal drehte sich ein Grüppchen nach O'Neill um und salutierte höflich, was auch den General ermahnte, mit selber gebotener Höflichkeit Haltung anzunehmen.

Aber auch das hielt den General nicht lange auf und so kam er seinem Ziel, einem Sessel, immer näher. Ihm selbst kam es allerdings allmählich so vor, als wäre er bereits Stunden auf dem Weg. Als er dann endlich am Treppenabsatz ankam und er kaum noch seine Augen offenhalten konnte, wurde ihm erst schmerzlich bewusst, dass er noch zwei Stockwerke an Stufen vor sich hatte. Mühsam zog er sich am Geländer Stufe für Stufe in die Höhe. In Gedanken zählte er Namen von bekannten Bergmassiven und Gebirgen auf, an deren harten Aufstieg er sich nun erinnert fühlte. Aber er hielt wacker durch, bis er nur noch drei Stufen vor sich sah, die er sogleich gebührend zählte: „Kangjunga –, K2 –, Everest!!"

Geschafft, erleichtert atmete der General durch und eilte geschwind weiter in die Kommandozentrale. Wider allen Erwartens weckte die körperliche und geistige Anstrengung beim Treppensteigen neue Kräfte in ihm, weshalb er sich schon darauf freute, wieder ein paar schöne Bilder von der Außenwelt zu genießen.

In der Kommandozentrale war alles, wie es der General zuletzt gesehen hatte. Die drei Techniker hockten weiter in ihren Stühlen und kommandierten die unzähligen Drohnen quer über die Landkarte. General O'Neill beäugte die drei kurz, die ihn aber keines Blickes würdigten und sich nur auf ihre Bildschirme konzentrierten. Dennoch bemühte sich der General einer kurzen beiläufigen Frage an die Männer, auch wenn ihn die Antwort selbst nicht wirklich interessierte: „Na Jungs, gibt's was Neues da draußen? Irgendwelche interessanten Funde?"

Die drei Techniker sahen einander kurz aus dem Augenwinkel an, abschätzend, wer von ihnen wohl als Erster zur Antwort ausholen würde. Währenddessen nahm General O'Neill entspannt auf einem der Stühle, die um den kleinen Tisch in der Ecke des Raums standen, Platz, und richtete seinen Blick auf den großen Bildschirm an der Wand. Dann war es schließlich der Techniker, der in der Mitte der drei saß, der das Wort als Erster ergriff. Unfair, irgendwie, wurde er ja von beiden Seiten von Blicken durchbohrt.

„Melde gehorsam, keine besonderen Vorkommnisse, Herr General! Nur ein perfekter, gesunder, einwandfreier Garten Eden. Als wär nie etwas gewesen."

Müde und abgekämpft nickte General O'Neill dem jungen Techniker zu und antwortete mit sanfter Stimme: „Keine Sorge, was es mit dieser perfekten Umwelt auf sich hat, werden wir auch noch herausfinden. Alles zu seiner Zeit."

„Ja. Und auch, wieso wir absolut keinen einzigen Hinweis auf die Alte Welt vorfinden können", ergänzte der Techniker auf dem rechten Stuhl.

Kurz vor dem Einnicken nickte der General den Kommentar noch ab. Als ihm dieser dann aber nochmal durch den Kopf ging, schreckte er plötzlich wieder auf: „Wie, absolut keinen Hinweis? Wie meinen Sie das?"

„Na ja, General", drückte nun der ganz links sitzende Techniker herum: „Wir haben mit den Drohnen nun einen Umkreis von gut dreißig Meilen untersucht und nichts, keine Ruinen, keine unnatürlichen Landschaftsbilder, gerade mal ein paar noch leicht zu erkennende Straßendämme, wo sich einst die Highways durchs Land zogen. Dabei müssten die Drohnen längst Bilder der großen Metropolen an der Küste einfangen, aber nein, alles sauber leergefegt. Ich kann es mir echt nicht erklären."

Nachdenklich saßen die vier da und gafften ins Leere, bis General O'Neill das Schweigen brach: „Verstehe. Also nein, ich versteh's ebenso wenig wie Sie, aber auch dafür muss es eine sinnvolle Erklärung geben. Wir werden demnächst jeden Wissenschaftler und sonstige kluge Köpfe erwecken, irgendeiner von denen wird schon eine schlaue Idee dazu haben. Umso wichtiger ist eure Arbeit hier und dass ihr euch einmal ein genaues Bild über die Lage draußen verschafft. Keine Sorge, das wird schon."

Recht ratlos, aber doch sehr dankbar dafür, dass sie der General so offen und ehrlich aufklärte, sahen die drei Techniker weiter einander an, als plötzlich die Lautsprecher ertönten und eine laut dröhnende männliche Stimme den Raum durchflutete: „General O'Neill bitte zum Terminal im großen Kryosaal kommen! General O'Neill, bitte!"

Aufgeschreckt sprang der General von seinem Stuhl auf und taumelte mürrisch maulend zur Tür hinaus: „Super, sehr erholsam! Das hat sich jetzt echt ausgezahlt!"

Wenige Minuten später traf er, wie gefordert, am Saal ein, in dem bereits Vizegeneral Harrison gemeinsam mit Doktor Foster am Terminal der Anlage auf ihn wartete. Schon von Weitem musterte Vizegeneral Harrison seinen Vorgesetzten akribisch von oben bis unten, und war, als er näher kam, wie immer um keinen sarkastischen Kommentar verlegen: „Na, gut geschlafen? Herr General sehen TOP erfrischt aus!"

„Klar, voll erholt! Frisch wie der sonnige Morgen! Danke der Nachfrage Herr, ähm ... Colonel, war der Dienstgrad, oder?!", konterte General O'Neill mehr oder weniger amüsiert.

Wenigstens Doktor Foster hatte ihren Spaß an der Posse und versuchte sehr amüsiert, die Herren wieder zur Raison zu bringen: „Alles klar, dann wären wir ja nun alle hier! Also, Herr General O'Neill, ich hab mir Ihre Blutwerte und sonstigen Daten genau angesehen. Glückwunsch, Sie sind kerngesund."

„Und seine akute Müdigkeit, Frau Doktor? Ich mache mir echt Sorgen. Sie wissen, das Alter, der Stress!"

„DANKE für die Fürsorge HERR MAYOR!", fauchte General O'Neill grimmig, während sich Vizegeneral Harrison neben ihm vor Lachen krümmte.

Da konnte dann auch Doktor Foster nicht mehr widerstehen: Ja, das ist mir auch aufgefallen. Sehr bedenklich! Herr General, leiden Sie momentan vermehrt unter beruflichem Druck? Haben Sie Probleme in Ihrem sozialen Umfeld? Wollen Sie darüber sprechen?"

General O'Neill lief rot an und polterte: „Ja, ich habe immense Probleme mit meinen direkten Kollegen! Die sind nach dem Erwecken zu verblödeten Party-Clowns mutiert!!"

Lautes, ungezügeltes Gelächter hallte durch den Saal. Vizegeneral Harrison und Doktor Foster konnten sich nicht mehr halten und so sehr er auch versuchte, böse und verärgert zu wirken, nahm es auch General O'Neill mit Humor und begann zu schmunzeln.

Da versuchte sich Vizegeneral Harrison selbst am Riemen zu reißen, wischte sich eine Freudenträne aus dem rechten Augenwinkel und beendete die Lachorgie: „Also gut, Doktor Foster hat mir, bevor Sie eintrafen, berichtet, dass sie auf Basis ihrer Untersuchungen und Ihrer guten Testergebnisse *grünes Licht* für weitere Schritte in Hinblick auf die restlichen Überlebenden geben kann. Also, sollen wir fortfahren und alle anderen Überlebenden erwecken?"

General O'Neill sah nachdenklich hoch zu den unzähligen Kapseln: „Colonel Miller meinte, wir könnten die Kapseln nacheinander beziehungsweise in einzelnen Gruppen öffnen."

„Ja schon, aber wieso sollten wir nicht alle auf einmal erwecken? Würde uns das nicht einiges an Verwaltungsarbeit und Zeit sparen?", fragte Doktor Foster nach.

„Schon möglich, dass es aufwendiger ist. Auf der anderen Seite vermeiden wir so die Gefahr von Massenpanik, Unruhe und Tausenden kluger Meinungen auf einmal. Wenn wir uns vorher überlegen, wen wir für die nächsten Schritte benötigen, um die Infrastruktur für die nächsten aufzubauen, können wir, denke ich, am effizientesten und zielführendsten vorgehen."

Vizegeneral Harrison nickte wortlos, das Gehörte abwägend. Doktor Foster hingegen harkte interessiert nach: „Das hört sich natürlich logisch an, General. Aber können wir dieses Vorgehen auch menschlich verantworten und rechtfertigen? Wie können wir entscheiden, wer, um es drastisch zu formulieren, *leben* darf und wer nicht."

„Mit Verlaub, Frau Doktor, aber meinen Sie nicht, dass wir über diese Frage längst hinaus sind?", warf Vizegeneral Harrison ein: „Darüber, wer Leben darf und wer nicht, haben wir bereits mit dem Schließen der Bunkertore vor 500 Jahren entschieden."

Schlagartig schoss General O'Neill das Bild der kleinen Lisa ins Gedächtnis, was ihn unterbewusst dazu verleitete, seinen Kopf wieder nach oben zu reißen und nach ihrer Kapsel zu suchen, auch wenn er keine Ahnung mehr hatte, wo sich diese befand.

„Ja, schon klar. Mir ist schon bewusst, dass wir in diesen *Tagen* nicht scheinheilig von der Einhaltung irgendwelcher Menschenrechte mehr reden brauchen. Dennoch, bitte lasst uns nicht leichtfertig über so wichtige Fragen der Menschlichkeit entscheiden. Wir müssen nicht so weitermachen, wie *wir* aufgehört haben", appellierte Doktor Foster eindringlich in Richtung Vizegeneral Harrisons.

„Sie haben vollkommen recht, Doktor", brachte sich General O'Neill bestätigend ins Gespräch ein und fuhr, seinen Blick eindringlich auf Doktor Foster richtend fort: „Wir haben nicht das Recht, den zahllosen Menschen, die hier um uns herum auf unsere Hilfe warten, ein Fortsetzen ihres Lebens zu verwehren, welches ihnen ohnehin ohne deren Zutun so abrupt unterbrochen wurde. Gleichwohl, ebenso wie es in unserer Verantwortung liegt, diese Menschen wieder gesund ins Leben zurückzuführen, liegt es auch an uns, diesen Menschen überhaupt die Möglichkeit zu schaffen, ihr Leben wieder ehest lebenswert aufzunehmen. Wir sprechen nicht davon, einzelne Überlebende quasi als eiserne Reserve in der Hinterhand zu behalten und einstweilen zu verstauen. Nein, wir drei haben alle die Bilder von draußen gesehen, ich war persönlich draußen und habe mich von der Realität überzeugt. Die Welt ist wieder bereit für uns – für uns alle. Aber das bedarf umfangreicher Vorbereitung und Vorarbeit. Vorarbeit, bei der es nicht hilft, wenn Tausende Menschen, die einfach nicht helfen können, im Weg stehen und selbst Ressourcen verbrauchen. Colonel Miller weiß haargenau, wer in welcher Kapsel liegt und er kann jede Kapsel gesondert ansteuern und davon müssen und werden wir Gebrauch machen. Markus, ruf bitte den Colonel über die Sprechanlage aus und zitiere ihn her. Die Menschheit wird am heutigen Tage die Erde wiederbevölkern."

Vizegeneral Harrison zögerte keine Sekunde. Routiniert ergriff er das Mikrofon an der Konsole vor ihm und drückte den entsprechenden Knopf: „Colonel Miller, bitte umgehend zum Terminal im großen Kryosaal kommen! Colonel Miller bitte!"

Es dauerte keine Minute, bis der Colonel durch das große Tor schritt und so den Saal betrat. Er war nur wenige Meter vom Tor mit einigen Technikern mit Wartungsarbeiten beschäftigt.

„Melde mich wie befohlen!", salutierte der Colonel korrekt.

Ebenso salutierte General O'Neill militärisch höflich zurück und begann: „Colonel, wir haben nun eine Entscheidung getroffen, wie es weitergehen soll. Wir werden die restlichen Überlebenden gruppenweise erwecken, was bedeutet, dass wir zunächst Gruppen bilden müssen, die Überlebenden also ihren jeweiligen Funktionen gemäß gruppieren. Sie wissen am besten, was wir an *Menschenkraft* benötigen, um die ersten Schritte nach draußen machen zu können und den restlichen Überlebenden einen guten Neustart zu ermöglichen."

Der Colonel zögerte kurz, resignierte aber schnell, dass ihm seine beiden Vorgesetzten und Doktor Foster vollstes Vertrauen entgegenbrachten und auf ihn und seine Fähigkeiten vertrauten. So atmete er kurz durch und holte zur Antwort aus: „Gut, als Erstes benötigen wir sämtliche Techniker. Damit meine ich nicht nur mein Personal, sondern auch alle Überlebenden, die technische Berufe ausübten. Elektriker, Computertechniker, aber auch Maurer, Ingenieure und dergleichen. Alle, die sich darauf verstehen, Infrastrukturen zu errichten und zu erhalten."

„OK, aber woher wissen wir, wer diese Voraussetzungen erfüllt?", warf Doktor Foster ein.

„Hier am Terminal können wir direkt auf die Personaldaten aller Überlebenden zugreifen", erklärte Colonel Miller weiter und klickte sich gleichzeitig durch den Terminal-Computer, um den anderen das weitere Vorgehen zu veranschaulichen.

Alle sahen dem Colonel aufmerksam zu. Dann ergriff General O'Neill wieder das Wort: „Passt, machen wir. Und dann?"

„Wenn die Infrastruktur steht, brauchen wir vor allem Nahrung. Die eingelagerten Reserven sind alle in Ordnung, das haben sich meine Leute schon angesehen, aber reichen wird das, wenn erst alle erweckt wurden, nicht allzu lange."

„Das heißt, nach den Technikern kommen die Landwirte und Agronomen dran."

„Genau. Denke, jagen können wir auch. Wenn es denn etwas zu jagen oder fischen gibt. Wir haben aber jede Menge an verschiedenen Getreiden und Samen eingelagert, die angebaut werden können."

„Ja gut, aber da sind wir dann schon bei einigen Dutzend, wenn nicht Hunderte Menschen. Die kann ich nicht alle versorgen. Die dritte Gruppe müssen also alle Mediziner sein. Ärzte, Pfleger, Hebammen, alle mit Erfahrung im Pflegedienst", warf Doktor Foster ein.

„Da haben Sie vollkommen recht", nickte Colonel Miller eifrig zu.

„Na sehr gut, dann haben wir ja schon einen guten Plan für die ersten Schritte", freute sich General O'Neill erleichtert.

„Ja schon, aber diese drei Gruppen umfassen nur vielleicht fünfzehn Prozent der Überlebenden. Was ist mit dem Rest?", fragte Colonel Miller besorgt.

„Die kommen später dran. Wenn die erste Infrastruktur steht und wir perfekt auf alle vorbereitet sind", erklärte General O'Neill erneut: „Keine Sorge, die ersten Schritte sind die schwersten. Danach wird's immer leichter."

Der General sah den anderen tief in die Augen, etwaige Reaktionen abwartend. Mittlerweile konnte er in ihren Mimiken lesen wie in einem Buch. Da nichts als Zustimmung kam, fuhr er weiter fort: „Alles klar. Doktor Foster, ich übertrage Ihnen die Aufgabe, die Datenbank zu sondieren und Gruppen, wie eben besprochen, zu bilden. Schnappen Sie sich Professor Stevens zur Unterstützung. Zeitfenster, sagen wir, drei Stunden. Priorität hat freilich die erste Gruppe. Nennen wir sie allgemein *Techniker*. Bitte um Meldung, sobald Sie diese Gruppe festgelegt haben. Das wird der Startschuss für die Wiederkehr der Menschen an die Außenwelt. Markus, wir kümmern uns dann in erster Linie um den Ablauf während und nach der Erweckung. Direkt bei den Kapseln. Colonel, dafür werden wir Ihre Leute abkommandieren. Ihnen brauche ich ohnehin nichts weiter befehlen, Sie wissen, was zu tun ist."

Erneut war Colonel Miller mehr als dankbar für das ihm entgegengebrachte Vertrauen und nickte seinem Vorgesetzten nur dankbar zu. Auch Doktor Foster verlor keine weitere Sekunde und wandte sich sofort der Konsole zu. Auch ohne jegliches Verständnis für Technik arrangierte sie sich schnell mit der Konsole und rief auch sofort über die Sprechanlage nach Professor Stevens. General O'Neill beobachtete Doktor Foster zufriedenen Blickes und da richtete Vizegeneral Harrison hämisch grinsend das Wort an General O'Neill: „Alter, geh mal liegen, du schaust müde aus!"

„Danke, CAPTAIN!! Du mich auch!"

Doch Zeit sich auszuruhen hatten die beiden Generäle kaum. Keine volle Stunde später meldete sich bereits Doktor Foster mit der Erfüllung ihrer Aufgabe. So fanden sich General O'Neill, Vizegeneral Harrison, Colonel Miller, Professor Stevens und Doktor Foster wieder am Terminal im großen Kryosaal ein.

„Doktor Foster, Sie haben gerufen, hier sind wir, was haben Sie zu berichten", begann der General gut gelaunt.

„Professor Stevens und ich haben die erste Gruppe ausgewählt, die wir erwecken sollten."

„Ausgezeichnet …"

„Aber ich muss gestehen, wir haben ein wenig eigenmächtig eine andere Herangehensweise gewählt."

„OK?"

„Wir haben uns im Zuge der Auswahl gedacht ... vielmehr sind wir beim Durchstöbern der Lebensläufe der Überlebenden drauf gekommen, dass einige Menschen auch mehrere unserer Kriterien erfüllen. Die zum Beispiel sowohl medizinisch geschult beziehungsweise im sozialen Sektor tätig waren als auch Erfahrung im Umgang in technischen Gebieten aufweisen. So sind wir zur Überlegung gelangt, auch den *Technikern* kann etwas passieren, auch diese benötigen Verpflegung."

„OK, ich verstehe Ihren Denkansatz, Doktor, aber worauf wollen Sie hinaus, wie sieht Ihre Gruppe aus?", unterbrach General O'Neill ungeduldig.

„Wir haben uns schon an unsere Einteilung von zuvor gehalten, haben aber je fünfzig *Technikern* jeweils drei *Mediziner* und einen *Landwirten* in die Gruppe der zuerst zu Erweckenden aufgenommen."

Der General überlegte ein paar Sekunden lang, sie erschienen den anderen wie eine Ewigkeit. Dann platzte er plötzlich los: „Sehr gut! Find ich super. Danke für die Initiative, Doktor! Machen wir's so!"

Erleichtert nickten alle den Plan ab. Woraufhin Doktor Foster Colonel Miller zur Konsole zitierte und ihm die Liste der zu erweckenden Personen zeigte. Colonel Miller wusste am besten, wie die ausgewählten Personen nun gesammelt werden konnten. Kurz stöberte der Colonel durch den Computer und verkündete dann erleichtert, dass sich die ausgewählte Gruppe recht kompakt auf zwei der fünf Etagen verteilte, was eine einfache Betreuung erleichterte.

Die weiteren Schritte waren schnell gefasst. Die beiden Generäle übernahmen, wie versprochen, jeweils die Übersicht über eine Etage, gemeinsam mit mehreren Technikern, die sich, so gut es ging, um ein oder zwei Kapseln kümmerten. Dann gab General O'Neill das *GO*, und mit einem Knopfdruck seitens Colonel Miller reagierten alle Kryokapseln wie geplant. Ein lautes Zischen erfüllte den Saal. Mit einem Mal öffneten sich zahllose Kapseln und der Dampf aus dem Inneren der Kapseln entwich und sammelte sich zu einer zwar nur kurz anhaltenden, aber doch recht dichten Nebelwolke.

Als sich der Nebel lichtete, sahen General O'Neill und Vizegeneral Harrison zahllose Hände und Köpfe langsam aus den Kapseln hervorragen. Unweigerlich fühlte sich General O'Neill an die alten Zombiefilme seiner Jugend erinnert. Es hatte schon was recht Makabres. Aber nein, es waren keine Untoten, die aus ihren Särgen stiegen, nein, diese Menschen waren sehr lebendig, was O'Neill, wie auch Vizegeneral Harrison, eine Etage unter ihm, sehr, sehr freute. Schnell eilten die beiden unabhängig voneinander zu den verständlicherweise verwirrt dreinblickenden Überlebenden, um ihnen zur Seite zu stehen. O'Neill und Harrison gaben sich alle Mühe, die Überlebenden zügig zur Treppe zu geleiten, um möglichst alle aufkommenden Fragen betreffend der ganzen leeren Kapseln zwischen ihren eigenen zu vermeiden. General O'Neill war sich ohnehin bewusst, dass diese Frage früher oder später ohnehin auf ihn zukommen würde. Er wollte sich diese Erklärung nur wenigstens so oft wie möglich ersparen. Bei dieser Gruppe hatten er wie auch Vizegeneral Harrison Glück. Alle verhielten sich folgsam und kooperierten vorschriftsmäßig. So dauerte es kaum fünf Minuten, bis sich alle im Erdgeschoss des Saals wieder vor dem Terminal sammelten.

Die beiden Generäle stiegen auf das Terminalpodest und beäugten ihr *Publikum*, bevor General O'Neill zur Instruktion ausholte: „Guten Morgen!", versuchte er die Stimmung zu lockern, wissentlich, dass das Folgende einschlagen würde wie eine Bombe: „Lassen Sie es mich kurz machen, ich will von Anfang an ehrlich mit ihnen sein ..."

Vizegeneral Harrison riss die Augen auf und war kurz davor, seinem Vorgesetzten vor allen Leuten ins Wort zu fallen.

„Sie haben es geschafft! Eine Tatsache, die leider nicht auf alle Eingefrorenen zutrifft. Wir wussten ob der Risken und gingen sie ein. Sie, wie Sie hier stehen, gehören zu den Ersten, die wiedererweckt wurden. Wir Offiziere und der Technikerstab haben den Bunker wieder in Betrieb genommen und alles für Ihr Erwecken vorbereitet. Der Bunker funktioniert weiterhin wie geplant und so sahen wir uns befähigt, Sie alle schrittweise aus Ihren Kapseln zu holen."

„Und wie sieht es mit der Außenwelt aus?", meldete sich plötzlich einer der Überlebenden.

General O'Neill suchte kurz die Quelle der Meldung in der Masse und richtete sein weiteres Wort dann gezielt an den jungen Mann im hinteren Drittel des Pulks: „Die Außenwelt hat sich wie erwartet wieder regeneriert!", stieß er mit heroischer Sicherheit aus: „Die Erde erwartet ihre Kinder wieder mit offenen Armen."

„Das sagen Sie, General, aber woher sollen wir wissen, dass Sie uns das nicht nur sagen, um uns in Sicherheit zu wiegen?", hielt der junge Mann weiter entgegen, was von einigen der Überlebenden zurückhaltend, aber doch abgenickt wurde.

General O'Neill sah den jungen Mann eindringlich an und fixierte ihn mit seinem Blick: „Sie können es mir ruhig glauben, ich weiß, wovon ich spreche."

„Woher wollen Sie das wissen? Wir haben nur Ihr Wort! Das Wort eines Militärs!"

Da platzte Vizegeneral Harrison der Kragen. Blutrot im Gesicht übernahm er das Wort und entgegnete dem Mann energisch: „Wenn jemand weiß, wovon er spricht, dann General O'Neill! Er riskierte seine Gesundheit und sein Leben entgegen allen Ratschlägen aller anderen Offiziere und begab sich selbst als Erster vor wenigen Stunden nach draußen! – Nicht, um der Erste zu sein, sondern um Sie alle zu schützen und uns allen die Ungewissheit über die Außenwelt zu nehmen. Keiner von Ihnen hat das Recht, dem Ihnen gegebenen Wort derartiges Misstrauen entgegenzubringen!" Das Folgende hätte er sich selbst am liebsten verkniffen, aber es musste einfach raus: „Wir hätten Sie auch einfach in Ihren Kapseln lassen können!"

Es folgte nur Schweigen. Drückendes Schweigen.

„Danke, Vizegeneral Harrison", bedankte sich General O'Neill und wandte sich wieder der Menschenmasse vor ihnen zu: „Bitte, meine Damen und Herren, begeben Sie sich nun in aller Ruhe nach draußen in die Haupthalle, wo Doktor Foster bereits auf

Sie wartet, um sich von Ihrer Gesundheit zu vergewissern. Alles Weitere wird sich im Anschluss rasch klären."

Damit war die Instruktion beendet und alle Überlebenden befolgten die Worte des Generals artig.

Überraschenderweise verliefen die folgenden Stunden wenig ereignisreich. Alle Erweckten verhielten sich recht ruhig, unterzogen sich Doktor Fosters Untersuchungen und trugen die ihnen gegebenen Informationen mit Fassung.

So ging es verhältnismäßig schnell, dass sich alle bis dahin Erweckten vor dem großen Bunkertor wiederfanden. Allen voran General O'Neill, der sich seiner Sache bewusst, heroisch aufrecht, dem versammelten Volk präsentierte, um die *letzte Ansprache* im Bunker zu halten: „Meine Lieben, nun ist es so weit, wir werden nun die ersten Schritte in eine neue Welt wagen. Sie, wie Sie hier stehen, wurden unter Tausenden als die, für diese ersten Schritte wichtigsten Personen ausgewählt. Es wird Ihre Aufgabe sein, den Weg für die Ihnen noch nachkommenden Siedler, ja, ich nenne Sie nicht mehr Überlebende, denn sobald Sie durch dieses Tor treten, haben Sie überlebt und machen sich nun daran, die Welt neu zu besiedeln, und den Weg in eine neue Welt für die folgenden Generationen zu ebnen. In wenigen Augenblicken wird sich diese Schleuse hinter mir öffnen und wir werden gemeinsam die ersten Schritte in die Neue Welt wagen."

Mit einem Deut nach hinten seitens des Generals war Colonel Miller alles Weitere klar. Mit einem schnellen Knopfdruck setzten sich die riesigen Tore hinter General O'Neill wie durch Geisterhand in Bewegung.

Mit jedem Zentimeter, den sich die riesigen Tore langsam öffneten, weiteten sich simultan auch die Augen aller Anwesenden. Als der erste Sonnenstrahl durch den sich weitenden Spalt stieß, ging ein Raunen durch die Menge. Es war eine Mischung aus Hysterie und Ekstase. Eine schier unbeschreibliche Szenerie. So surreal wie hoffnungsvoll glückselig. Einige der Anwesenden konnten es einfach nicht begreifen, sollte die unendlich erschienene Zeit des Krieges und Todes nun tatsächlich so ohne Weiteres vorbei sein und die Erde ihnen ihre Vergehen an ihr *so mir nichts, dir nichts* vergeben haben? Einige andere, denen der erste Sonnenstrahl direkt ins Gesicht schoss, erfuhren direkt eine Art göttliche Erlösung. Ihre Gesichter saugten jedes Photon auf, es schien ihre Gesichter direkt um Jahrhunderte zu verjüngen. Prompt strahlten sie mit der Sonne um die Wette. So öffneten sich die Tore langsam weiter und gaben die ersten Blicke auf die Außenwelt frei. Was unfassbare Jubelrufe und ungezügelten Applaus erschallen ließ. Kurz darauf war es schließlich so weit. Die Tore hatten sich vollständig geöffnet. General O'Neill drehte sich am Stand um hundertachtzig Grad und tat erneut den ersten Schritt über die große Schwelle. Alle anderen Anwesenden sahen dem General doch noch recht ungläubig, verängstigt nach, bevor sich der erste von ihnen ein Herz fasste und mutig dem General folgte. Zögerlich, aber doch, sahen sich die Siedler um. Wenige Augenblicke später fanden sie sich schließlich alle außerhalb des Bunkers wieder. Als Letzte folgten Vizegeneral Harrison, Doktor Foster und Professor Stevens den Siedlern. Alle erleichtert, zufrieden lächelnd.

Scheinbar für Stunden standen alle Siedler im Pulk zusammen und begutachteten mit staunenden Blicken die doch so fremde Welt. Es fiel kein einziges Wort. Nur das sanfte Rauschen der Blätter im Wind brach idyllisch die Stille. Vereinzelt fielen einige Siedler auf ihre Knie, um nach den saftig grünen Grashalmen zu greifen oder ihre Finger in die weiche, gesunde Erde zu bohren. Wie kleine Kinder, aber mehr als verständlich, konnten die Siedler es erst für real begreifen, wenn sie es mit und in ihren Händen spürten. Es war ein rundum friedliches Bild der Eintracht.

Und dann, auf einmal, es war kein Aufschrecken, zumindest kein panisches. Ein vertrauter Klang ließ alle hellhörig die Köpfe zum Himmel recken. Aufgeregt überwachten alle aufmerksam den wolkenlosen Himmel, bis einer der Ingenieure mit dem rechten Arm auf einen Punkt deutete: „Dort drüben!"

Alle folgten dem Deut und konnten ihren Augen kaum glauben. Ein Adler. Ein ausgewachsener Steinadler, mit gut zwei Meter Flügelspannweite, segelte majestätisch in der Luft.

Wie war das bloß möglich? Wie konnte dieser, schon damals vom Aussterben bedrohte, Raubvogel den atomaren Winter überleben? Wovon konnte sich dieser Gigant der Lüfte all die Jahre ernährt haben?

So viele Fragen, die allen durch den Kopf gingen, die aber kein Einziger aus- und ansprechen wollte. „Nur nicht den Moment zerstören!", schien sich jeder in Gedanken zu sagen. So beobachteten alle seelenruhig den Adler, wie er in aller Ruhe seine Runde über den Köpfen der Siedler drehte, um dann langsam weiter über die endlose, weite Wiese vor den Siedlern, der untergehenden Sonne entgegen, davon zu segeln. Erst dann, als der Adler langsam am Horizont in der leuchtend orangen Sonnenscheibe verschwand, kamen die scheinbar hypnotisierten Siedler wieder zu sich und wendeten ihre Blicke wieder, im Chor, wortlos um Antwort bittend, General O'Neill zu. Der, ebenso überwältigt wie alle anderen, sah sich in der Runde um. Sein Blick allein strahlte eine beruhigende und wärmende Wirkung auf die Siedler aus. Keiner der Siedler wagte es, das Wort zu erheben. Dann aber fasste sich der General doch und sprach zu den Siedlern mit zuvor nie von ihm gehörter Ruhe und Eintracht: „Ein Zeichen."

Dann folgte wieder Stille. Jeder wusste, wovon er sprach. Ein Jeder machte sich sein eigenes Bild. Ein Jeder bestätigte den General für sich selbst in diesem Moment als dessen Anführer.

So standen die Siedler weiter lange Minuten beisammen und erfreuten sich der Gesellschaft der anderen. Erst als die Sonne immer schneller am Horizont verschwand und die Temperaturen absanken, kamen sie wieder zu sich und General O'Neill ergriff wieder ruhig das Wort: „So, Leute, ich denke, den ersten Tag draußen haben wir würdig zelebriert. Gehen wir wieder rein und morgen früh beginnen wir mit der Neubesiedlung der Erde."

So gehorchten alle artig den gegebenen Befehlen und trotteten langsam wieder durch die riesige Pforte in den Bunker. Nicht, dass dies auch nur einer von ihnen wollte, aber allen war bewusst, ab sofort gibt es nur ein Ziel, nur einen Strang, an dem alle gemeinsam ziehen würden.

So geschah es am nächsten Morgen, alle Siedler sammelten sich wieder am großen Tor und betraten dann gemeinsam erneut die Neue Welt. Nicht um wieder kurz frische Luft zu schnappen, sondern um draußen zu bleiben. An den kommenden Tagen und Wochen folgten keine Diskussionen, keine Unklarheiten über das Vorgehen oder die Hierarchie, kein Gemecker, kein Gezeter. Alle Siedler arbeiteten in absoluter Eintracht zusammen und halfen einander. Jeder war beschäftigt, jeder hatte seinen Part zu tun, jeder konnte am Abend nach getaner Arbeit zufrieden zu Bett gehen. Zu Bett gehen war zugegeben in der ersten Zeit eher unbequem. Der Bunker war nie dafür ausgelegt, Überlebende so zu beherbergen, da ja alle im Kryoschlaf gehalten wurden, was General O'Neill auch lauthals bekrittelte, als ihm dieses Problem schlagartig bewusst wurde. Zum Vorwurf machte es ihm jedoch keiner der Siedler. Generell, Zweifel an der Führung gab es in diesen Tagen kurzum nicht. Eine klassische Aufbruchsstimmung. So war auch das Problem der Schlafplätze schnell und unbürokratisch gelöst. Zuerst klassisch Schicht-Schlaf-Betrieb und währenddessen entwarfen, planten, konstruierten, bauten die Siedler gemeinsam das erste Haus, man sollte es wohl eher Baracke nennen, der Neuen Welt. So kam es schließlich zur ersten Nacht, die die Siedler in der Neuen Welt verbrachten. Sie waren sich schnell einig, es sollte ein Feiertag werden. Der *Tag der ersten Nacht*. Gut, der Name war hastig beschlossen, den könne man ja noch ändern. Das Datum hatte aber General O'Neill zu bestimmen, da ja keiner der Siedler wusste, wo im Kalender sie sich gerade befanden. Diese Aufgabe akzeptierte General O'Neill zunächst als große Ehre, doch wurde ihm so auch schnell wieder bewusst – die Jahreszahl! Das allgemeine Datum war schnell ermittelt, der Computer rechnete ja verlässlich. So konnte es sich der General passend einteilen, wann er vor die Menge trat, um die Frage nach der kalendarischen Zeiterfassung zu klären.

Er ließ noch vier Tage verstreichen, vier Tage, in denen die erste Siedlung soweit fertig gestellt sein sollte. Die Siedler errichteten in der Zeit, mit den vorhandenen Materialien, Reparatur-Inventar des Bunkers und Holz zwei weitere Schlafbaracken, einen Vorläufer eines Rathauses beziehungsweise Versammlungsraumes, sowie ein Lager und eine kleine externe Praxis für Doktor Foster. General O'Neill war mehr als überwältigt, was seine Siedler in der kurzen Zeit zustande brachten, und ließ sich das auch gerne anmerken, als er vor sie trat.

„Meine Lieben, ich bin überwältigt!", begann er, auf einer kleinen Bühne stehend, die die Siedler hastig vor dem großen Bunkertor aufgebaut hatten: „Vor vier Tagen war es so weit, dass Ihr die erste Nacht wieder *draußen* verbracht habt. Nein, als Ihr euch die Erde wieder Untertan gemacht habt. Ihr seid daraufhin berechtigterweise an mich herangetreten, um ein Datum für den ersten, neuen Feiertag zu bekommen. So will ich nicht viele weitere Worte verlieren und darf euch, als erste Siedler der Neuen Welt, in Vertretung für all jene, die noch folgen werden mit euren Ehrentagen zunächst der ersten Toröffnung am 3. Mai und zum *Tag der ersten Nacht*. Leute, da brauchen wir wirklich einen besseren Namen: am 7. Juni des Jahres EINS."

Leicht angespannt wartete General O'Neill die Reaktionen ab. Es war kaum eine Sekunde der Stille, bevor tosender Applaus losbrach. General O'Neill atmete erleichtert durch und überlegte ob der ohnehin überschäumenden Euphorie eine Erklärung, fuhr dann aber doch fort: „Wir, eure Offiziere haben lange gegrübelt, welche Jahreszahl nun korrekt wäre, und ich muss ehrlich mit euch sein. Ein Neubeginn wie dieser erfordert einen klaren Break mit allem, was damals war. Wir haben eine neue Welt, ein neues Leben, eine neue Chance. Nur natürlich, dass wir auch bei der Jahreszahl von vorne beginnen. Professor Stevens Team setzt in diesem Moment alles daran, den Computer entsprechend umzuprogrammieren, damit auch künftige Generationen diese unsere Feiertage als den Beginn eines Neuen ansehen mögen und werden."

Die Menge tobte. Solche Worte wollten sie hören. Motivation und Zuspruch. Die Siedler feierten die ganze Nacht sich und ihre Anführer.

Erst später am Abend regten sich wieder ernstere Gedanken und Überlegungen, wie es weitergehen sollte. Nun, da die ersten

Grundstrukturen angelegt waren, ging es den Siedlern um die Frage der Versorgung. Wasser und auch Strom, da die Generatoren des Bunkers eine externe Stadt, die kontinuierlich wachsen würde, niemals versorgen könnten, dem Colonel Miller prompt beipflichtete. General O'Neill sah dies auch gleich als nächsten Arbeitsauftrag an sich. Die nächste Siedlergruppe müsse und werde nun folgen.

Gleich am nächsten Tag besprachen sich die fünf Offiziere, welche Überlebenden nun zu Siedlern werden sollten. Die Auswahl war schnell getroffen, hatten ja Professor Stevens und Doktor Foster schon längst eine fundierte Einteilung getroffen. So kam es, dass bereits am nächsten Tag, es bestand ja keine Eile, Kontrollen und Absicherungen gingen vor, die nächsten Kapseln geöffnet wurden. Diesmal wurden alle Wassertechniker, Energieingenieure und weitere Pflegekräfte erweckt. Den Offizieren kam es wie ein Déjà-vu-Erlebnis vor, dieselben Handgriffe, dieselben Fragen. Aber eines war nun anders, eines machte alles einfacher. Sie waren nicht die Ersten. Vizegeneral Harrison geleitete die Überlebenden umgehend nach draußen, nachdem General O'Neill sie mit kurzen Worten in der Neuen Welt begrüßt hatte. Die übrigen Siedler erledigten den Rest. Es entwickelte sich ein eingespielter Ablauf, eine Routine quasi. Die Siedler wussten immer besser mit der Neuen Welt umzugehen und zehrten an den Erfolgen, mochten sie auch noch so klein sein. Es waren ihre!

So vergingen die weiteren Monate. Eine neue Gruppe folgte auf die nächste und simultan dazu wuchs die Siedlung rund um den Bunker weiter. Es waren, keiner der Siedler oder der Offiziere konnte es anders ausdrücken, Zeiten des puren Glücks.

Die Siedler durchlebten ihren ersten *neuen* Sommer, Herbst und Winter. Und sie waren perfekt. Keine Anzeichen von Klimaerwärmung oder unnatürlichen Unwettern. Es wurden zwar bei einem heftigen Herbststurm im September vier Hausdächer abgedeckt, aber alle waren sich einig – das passiert!

Schließlich war es so weit, dass so gut wie alle Siedler aus dem Bunker ausgetreten waren und sich vor dem Bunker eine neue Stadt bildete. Eine Stadt, die einen Namen verlangte. So trat General O'Neill erneut vor die nunmehr doch weit größere Menge: „Meine Lieben ...", die Menge unterbrach ihren Helden bereits durch ihren Jubel. Doch ein kurzes Deuten mit der Hand mäßigte die Menge wieder und er konnte sichtlich gerührt fortfahren: „Was wir ... Was IHR in den letzten Monaten vollbracht habt, ist einfach unvorstellbar. Ich und die anderen Offiziere haben uns sooooo unendlich viele Szenarien überlegt, wie die Neubesiedlung ablaufen würde, aber Ihr habt uns eines absolut Besseren belehrt. Ich bin einfach nur sprachlos, wenn ich mir ansehe, was ihr in so kurzer Zeit aufgebaut habt. Eine vollständige funktionierende Stadt. -Ich könnte nicht stolzer sein. Was ausständig ist – wir brauchen einen Namen. Einige Vorschläge sind eurerseits an mein Ohr gelangt, wir Offiziere haben lange überlegt. Ein Bezug zur Alten Welt, ein *New New* einer alten Stadt, quasi in memoriam? Nein, wir befinden uns im Jahre 1, wir fangen von vorne an. So soll unsere neue, erste Stadt den Namen unserer Herkunft tragen: ZITADELLE – Wir wurden aus unserem Bunker *Zitadelle* neu geboren und so wollen wir auch in ihrem Gedächtnis in die Zukunft schreiten!

Es folgte eine zügellose Euphorie. In einem Ausmaß, das den General zutiefst überwältigte. Mit Zustimmung hatte er durchaus schon gerechnet, aber im Laufe der so ereignisreichen Monate hatte er das Ausmaß der erweckten Siedler schlicht vergessen. Und wenn er sich auch noch so dagegen sträubte, jedermann zwängte ihn stets in die Rolle des absoluten Herons hinein. Eine Rolle, in der er sich nie wohlfühlte, aber in die er sich selbst aufgrund kühler Berechnung verwickeln ließ, um die Siedler zu leiten. O'Neill hatte immer die Befürchtung, all seine Anstrengungen, die Menschheit wiederzubeleben, könnten falsch oder zu intensiv ausgelegt werden, er so, wie es in der Vergangenheit zu oft der Fall war, als eine Art Gottheit stilisiert werden. Nein, General O'Neill wollte nichts mehr von alldem wissen. Die Stadt entwickelte sich prächtig. Und so sollte es auch weitergehen. Er ernannte Vizegeneral Harrison zum ersten Bürgermeister der Zitadelle und alle Offiziere zum ersten Stadtrat. Vizegeneral

Harrison konnte diesen Schritt seines langjährigen Vorgesetzten nie nachvollziehen, er sprach es auch oft an, aber General O'Neill entgegnete immer nur mit: „Es ist richtig so."
Es waren wahrlich Jahre des Glücks. Alle arbeiteten und kooperierten in völliger Eintracht. Keiner der alten *Generation* dachte mehr an den Krieg und was sie an diesen Punkt gebracht hatte. Die zweite Generation der Siedler wuchs völlig unbehelligt von der Geschichte auf.

Es schien dem versammelten Stadtrat direkt surreal, als an einem alltäglichen Donnerstagabend plötzlich das Thema aufkam: „Was ist eigentlich mit den anderen, die sich noch im Kryoschlaf befinden?"

Es war Doktor Foster, die die Frage in den Raum warf. Alle starrten sie gebannt an, bis Bürgermeister Harrison die Stille brach: „Ach ja, das haben wir ja komplett aus den Augen verloren. Doktor, wer befindet sich denn noch alles im Bunker?"

„Nun, es sind nicht mehr allzu viele. Vor allem der alte Klerus und eine Handvoll Kinder."

„Der Klerus, so, so."

„Es stellt sich die Frage, ob wir diese überhaupt wieder erwecken sollten!", mischte sich Professor Stevens ein.

„Wer sind wir, dass wir entscheiden dürfen, wer leben darf und wer nicht?!", brüllte Doktor Foster entgegen.

Prompt fühlte sich jeder der Stadträte an die Anfangstage im Bunker nach ihrer eigenen Erweckung erinnert. So hielt jeder kurz nachdenklich inne, bis sich plötzlich General O'Neill erhob. Er hielt sich in den letzten Monaten äußerst bedeckt und ließ stets Bürgermeister Harrison alle Entscheidungsgewalt. Doch nun: „Sie haben Recht, Frau Doktor. – Wer sind wir, zu entscheiden, wer leben, an unserer neuen Gesellschaft teilhaben darf, und wer nicht. Wie können wir entscheiden, wer den ewigen Schlaf verdient. Wenn wir uns zu solchen Überlegungen hinreißen lassen, sind wir um nichts besser als die, denen wir den ganzen Schlamassel zu verdanken haben. Obgleich einige dieser Personen eben in diesen Kapseln liegen. Wir sind es, die sich weiterentwickelt haben und eine neue Welt gegründet haben. Die Bezeichnung *perfekte Gesellschaft* ist in der Geschichte viel zu oft missbraucht worden. Wir aber haben es nunmehr geschafft, all dies hinter uns zu lassen, uns weiterzuentwickeln und uns von den damaligen Dogmen des Krieges zu lösen. Ich will und werde heute keinen Befehl erteilen, aber bitte, lasst uns besonnen und überlegt die folgenden Schritte setzen. Sie mögen entscheidend sein."

Es folgte andächtige Stille. Alle sahen General O'Neill bewundernd an. Jedes weitere Wort der Zustimmung war unnötig. Doch fasste sich schließlich Dr. Foster, ermuntert durch die zustimmenden Worte des Generals, ein Herz und fuhr fort: „Danke General O'Neill, ich danke Ihnen. Nicht für diese Ansprache, ohne Ihre Führung wäre keiner von uns heute hier. Und das, vergessen Sie gefälligst alle nicht, die Sie hier stehen. Diese neue Welt, die wir in den letzten Monaten aus dem Nichts erschufen, ist unser. Sie ist unser! Wie der General sagte, niemand hat das Recht, uns diese neue Welt zunichte zu machen. Obgleich sind wir es nun, als Herren dieser, unsrer neuen Welt, die die Verantwortung für alles Leben tragen. Wir müssen auch den restlichen Menschen die Chance geben, sich zu beweisen, dieser neuen Welt würdig zu sein. Bitte lasst sie uns erwecken!"

„Ich verstehe dein Anliegen Evelin", entgegnete Bürgermeister Harrison in freundschaftlicher Vertrautheit und fuhr fort: „Aber kannst du Gewähr dafür übernehmen, dass diese letzte Gruppe von Überlebenden unserer Gesellschaft nicht abträglich ist? Kannst du sicher sein, dass diese Gruppe, bestehend aus Individuen, ohne die wir bislang gut auskamen, die offenkundig keinen existenziellen Nutzen für uns darstellen, zumindest bisher, uns nicht in irgendeiner Art und Weise doch schaden werden?"

„Nein, das kann ich nicht, aber die Frage bleibt die gleiche: Wer sind wir, über das Leben dieser Menschen zu richten? Wir dürfen ihnen die Wiedererweckung schlicht nicht verwehren. Das steht uns einfach nicht zu. Und JA, ich bin bereit, Gewähr für diese Gruppe zu übernehmen. Ich bin bereit, sie in unser neues Wir-Gefühl, unsere neue Welt einzuführen und ihnen beim ersten Schritt zur Seite zu stehen. Und ihnen auch die heute geltenden Grenzen aufzuzeigen!"

Bürgermeister Harrison nickte Doktor Foster sachte zu. Sein Vertrauen war ihr sicher. Das Vertrauen aller des ehemaligen Offiziersstabs war ihr sicher. So kam es, wie es kommen musste und sollte.

Bürgermeister Harrison ergriff wieder das Wort: „So sei es also, Doktor Foster, ich lege das Schicksal dieser letzten Überlebenden in Ihre Hände. Erwecken Sie sie und machen Sie aus ihnen wahre Bürger der Zitadelle. Ich hoffe, es sind kluge und weise Köpfe unter ihnen, die deiner Güte und Menschlichkeit auch nur ansatzweise gerecht werden, Evelin. Und es zu schätzen wissen, was sie dir zu verdanken haben."

Doktor Foster sah Bürgermeister Harrison zu Tränen gerührt an. Mit so einem Zuspruch hatte sie nun wirklich nicht gerechnet. Gerne hätte sie sich ad hoc dafür bedankt, doch stockte ihr schlicht der Atem. So war es General O'Neill, der sich wieder ins Gespräch einbrachte: „Ich helfe dir, an mein Gesicht werden sie sich erinnern."

Selig strahlend und ewig dankbar nickte Doktor Foster General O'Neill zu. Die Bitte um Beistand seinerseits wäre ihr erster Schritt gewesen, wenn sie wieder einen klaren Gedanken hätte fassen können. Seine Wirkung auf die Menschen als General, vor allem auf die frisch erweckten, war stets unbestritten. Auch wenn sich General O'Neill in den letzten Monaten immer mehr von seiner Führungsrolle distanzierte, er war immer für alle der Anführer der Neuen Welt geblieben.

So kam schließlich der Tag, Doktor Foster, Professor Stevens und General O'Neill ließen sich bewusst Zeit, es drängte ja nichts mehr. Professor Stevens kontrollierte jede Kapsel separat und stimmte alle benötigten Komponenten ideal aufeinander ab, bevor er das „GO" für die Erweckung gab. So fanden sich die drei nach vier Tagen im großen Kryosaal des Bunkers an der Steuerkonsole wieder.

Doktor Foster musterte andächtig das Kontrollfeld vor ihr und strich mit ihrem Zeigefinger eine dicke Staubspur ab, die sie dann umgehend dem neben ihr stehenden General O'Neill unter die Nase hielt: „Kommt's nur mir so vor, oder verstaubt der Bunker heutzutage viel schneller als in den 500 Jahren zuvor?"

General O'Neill grinste sie an: „Tja, in den 500 Jahren war der Bunker luftdicht versiegelt und niemand geisterte durch seine Hallen."

„Hm, Staub, Zeichen des Lebens!", philosophierte Doktor Foster in den Raum, was prompt laut schallendes Gelächter bei den dreien auslöste.

„Also technisch alles soweit okay, Professor?", wandte sich General O'Neill an den zu seiner Linken stehenden Professor Stevens.

„Jap, kann losgehen. So gut waren wir bisher noch nie vorbereitet", konterte dieser vergnügt.

Da übernahm Doktor Foster hastig das Wort: „Nein, warte, da fällt mir ein, kannst du bitte noch das Bunkertor schließen und sichergehen, dass niemand in den Hallen herumstreunt? Ich finde, wir sollten die Überlebenden behutsam auf die Neue Welt vorbereiten und sie nicht gleich reinstoßen. Kontrolle ist alles."

Professor Stevens empfand diesen Vorschlag zwar leicht übertrieben, wollte deshalb aber auch nicht diskutieren oder den Befehl hinterfragen. So machte er sich sofort auf den Weg, um die gestellten Aufgaben zu erfüllen.

Kaum war der Professor zum Tor hinaus, wandten sich Doktor Foster und General O'Neill wieder einander zu.

„Ich wollte ihn nur kurz loswerden", beantwortete Doktor Foster, General O'Neills fragende Blicke: „Ich hab mir die Liste der letzten Überlebenden durchgesehen, da ist von unbedenklich bis oje alles dabei."

„Ich weiß, was glaubst du, warum diese sonst übrig blieben?"

„Ja schon, dennoch, keiner hat es verdient, auf ewig in den Kapseln zu bleiben, oder?"

„Stimmt schon, allerdings hätte ja eigentlich keiner von uns schon wach sein sollen. Die Kapseln waren ja, wenn du dich erinnerst, alle auf 5000 Jahre programmiert."

„500, 5000, macht jetzt wohl kaum mehr einen Unterschied, oder?"

„Nein, da hast du recht. Darum bin ich ja auch hier. Dennoch, die Sorge, dass es ein Fehler sein könnte, stirbt wohl zuletzt."

„Darum bist du hier? Ich hätte ja eigentlich einen anderen Grund in Verdacht. Du weißt, dass das kleine Mädchen, das als Letztes in den Bunker gerettet wurde, noch in einer dieser Kapseln steckt?"

„Ja, stimmt. Auf der zweiten Etage, ziemlich in der Mitte. Ich habe sie nicht vergessen."

„Warum haben wir sie nicht längst erweckt?"

„Du kennst die Antwort, sie hätte nichts zum Aufbau der Neuen Welt beitragen können. Auch wollte ich ihr die entbehrungsreiche Zeit des Aufbaus ersparen. War das falsch von mir?"

„Nein, nein, das war völlig richtig gedacht", antwortete Doktor Foster, das Gespräch bewundernd abschließend.

In dem Moment kam Professor Stevens zurückgeeilt und nahm wieder zur Linken des Generals Aufstellung, der ihn kurz beäugte und dann energisch ausgab: „Also dann, los geht's!", sprach er und betrachtete neugierig die Steuerkonsole vor ihm, bevor er sich wieder, fast flüsternd Professor Stevens zuwandte: „Jaaaa, guuut, ähm könnte es sein, dass ich den Eindruck erweckt habe, ich wüsste, was ich zu tun hätte?"

Alle drei lachten heiter auf, bevor sich Professor Stevens vorbeugte und auf dem Computerdisplay die notwendigen Befehle eingab. Die anderen beiden sahen ihm neugierig zu, bis sich Professor Stevens wieder aufrichtete und den General ansah: „So, alles bereit. Bitte General, der letzte Knopfdruck, mit dem die letzten Kapseln deaktiviert werden, gebührt Ihnen."

Professor Stevens deutete mit der rechten Hand auf eine große Schaltfläche auf dem Display. Bedächtig folgte General O'Neill der Hand und näherte sich dann langsam mit seinem rechten Zeigefinger dem Display. Kurz hielt er noch inne, sah hoch zu den Kapseln, dann nach rechts und links zum Professor und Doktor Foster. Die Luft knisterte vor Anspannung und Nervosität. Dann aber drückte General O'Neill schließlich die Schaltfläche und schloss gleichzeitig kurz und andächtig die Augen.

Wie geplant setzte sich der Automatismus wie programmiert in Gang und mit lautem Zischen gingen die Kapseln nacheinander auf, was die drei Offiziere schlagartig erleichtert aufatmen ließ. Gleichzeitig fragte sich jeder in Gedanken selbst, warum sie bloß so nervös waren. Was sollte ausgerechnet dieses letzte Mal anders laufen als bei den Dutzenden Erweckungen zuvor? Zumal sie sich diesmal ja, entgegen den meisten anderen Malen, in aller Ruhe und ohne Druck vorbereiten konnten. War es womöglich schlicht die Tatsache, dass es das letzte Mal war? Dass es der Abschluss einer so langen Episode ihrer Geschichte war, dass sie wider allem Erwarten nun doch so positiv beschlossen? Sie konnten es sich nicht erklären. Sie wollte es eigentlich auch gar nicht. *„Man muss ja nicht alles immer erklären und wissen!"*, dachte sich Doktor Foster und schloss das Thema für sich ab.

„Na dann, meine Herren, ich kümmer mich um die Kapseln auf der unteren Ebene, ok.", warf Doktor Foster in den Raum und startete umgehend los, ohne auf die Antwort ihrer Begleiter zu warten.

„Ok, ich ähm ..."

„Oberste Ebene, Richard", unterbrach Professor Stevens den General.

„Oberste Ebene?", fragte dieser ungeduldig nach und setzte sich auch sofort in Bewegung.

Professor Stevens nickte ihm deutlich und rief ihm nach: „Es ist die vierzehnte Kapsel von rechts!"

General O'Neill reagierte nicht mehr auf den Professor, hörte die Anweisung aber genau. Hastig eilte er die Stahltreppe empor und zählte dann Kapseln vor ihm ab. Natürlich hätte er auch gleich zur ersten noch belegten Kapsel gehen können, im Nachhinein würde ihn das aber auch nicht mehr beschäftigen. So langte er kurz darauf bei besagter Kapsel ein, die sich in diesem Moment unter lautem Zischen öffnete. General O'Neill stand kurz im dichten Kryonebel, der sich aber schnell lichtete und seinen Blick auf die Insassin der Kapsel freigab. Da war sie, die kleine Lisa, noch genauso, wie er sie in Erinnerung hatte. Just in diesem Moment öffnete Lisa zaghaft die Augen und wie versprochen war es das Gesicht des Generals, das sie als Erstes sehen würde, wenn sie wieder erwachte.

„Guten Morgen, Lisa, gut geschlafen?", flüsterte ihr der General sanft zu, was das kleine Mädchen mit liebevollem Lächeln und zur Umarmung weit herausgestreckten Armen belohnte. General O'Neill zögerte nicht und griff sofort in die Kapsel, um die kleine Lisa in seine Arme zu schließen. An der starken Schulter des Generals dösend, gähnte Lisa selig erleichtert tief durch und schüttelte sich den Kälteschlaf zufrieden ab. Auch der General fühlte sich schlagartig verwandelt und rundum glücklich. Er konnte es sich schwer erklären, schließlich kannte er das kleine Mädchen ja so gut wie gar nicht. Dennoch, die Umarmung allein und wohl auf einfach der simple Gedanke für ein so hilfloses und reines Geschöpf nach all dem Unglück der Alten Welt und den Strapazen beim Aufbau der Neuen Welt da und verantwortlich zu sein, gaben dem General alles.

Aber die kleine Lisa war natürlich nicht die einzige Erweckte auf dieser Ebene. Er musste sich auch um die anderen kümmern, die zum Teil schon aus ihren Kapseln gestiegen waren und sich umsahen.

„Kommen Sie bitte alle. Folgt mir!", sprach er leise in Richtung der anderen Überlebenden, die es sich gegenseitig in einer Art *Stillen Post* weitergaben.

General O'Neill, Professor Stevens und Doktor Foster waren ja mittlerweile ein eingespieltes Team und hatten es bereits bestens im Gefühl, wie lange die anderen brauchen würden und sich alle auf der untersten Ebene der Halle einfinden würden. So kamen sie alle gut koordiniert nacheinander vor der Steuerkonsole an, wo sich die drei wieder trafen, um die nächsten Instruktionen an die zu ihnen aufschauenden Überlebenden auszugeben. Wobei, eines war diesmal anders, diesmal waren sie zu viert auf dem Podest der Steuerkonsole. Um nichts hätte General O'Neill wieder von Lisa abgelassen.

Was folgte, war Routine. Doktor Foster bat alle Überlebenden nacheinander zur Untersuchung. Professor Stevens deaktivierte wieder die Kryoeinheit und kontrollierte alle technischen Einrichtungen, um Colonel Miller Bericht zu erstatten, dass eh alles noch korrekt funktionierte. Und General O'Neill sorgte für die Erstversorgung. Also die erste Nahrung nach dem Kryoschlaf. Aus Erfahrung wusste er, wie der Schlaf den Körper auszehrte. So überreichte er jedem Überlebenden nach dessen Untersuchung einen fest eingeschweißten Energieriegel und eine rehydrierte Essensration, eine letzte kleine Erinnerung an die Alte Welt, bevor sie mit der Neuen Welt konfrontiert würden. Die Offiziere beziehungsweise später die Stadträte haben sich zuvor darauf verständigt, dass es klüger sei, wenn die Überlebenden, solange sie noch im Bunker seien, auch als solche zu behandeln wären, und sie nicht Hals über Kopf in die Neue Welt gestoßen werden sollten. Es würde ohne Zweifel zahllose aufwühlende Fragen aufwerfen, wenn ein gerade erweckter Überlebender, der als letzte Mahlzeit noch irgendeine alte Konservendose Dosen mit Bohnen und Speck oder dergleichen bekam, nun frisches Obst, knackigen Salat und frisch gefangenen Fisch vorgesetzt bekäme.

Den dreien war der Plan klar und was sie zu tun hatten. Die Überlebenden würden eine Nacht, also ihre erste Nacht, noch im Bunker verbringen und dann am nächsten Morgen auf die Neue Welt losgelassen werden. Dies gab den dreien die Möglichkeit, sich ein Bild von den Erweckten zu machen und im Notfall entsprechend zu intervenieren. Wenn ein Überlebender zum Beispiel durchdrehen und die anderen Überlebenden attackieren sollte oder dergleichen. Ein Umstand, der in der Vergangenheit bereits mehrfach vorgekommen war. Was aber von allen stets mit Verständnis und Nachsicht aufgenommen wurde, da es einfach auf die Psyche und das Gemüt stößt, wenn man am einen Tag in einem apokalyptischen Weltkrieg lebt, dann aus diesem Leben gerissen und in Kryoschlaf versetzt wird, um dann in einer völlig anderen und über dies in einer intakten, friedlichen Welt wieder erwacht.

Diesmal schienen aber alle Überlebenden die Erweckung gut verkraftet zu haben und sich vernünftig zu verhalten. So befolgten alle die Anweisungen des Generals und folgten geordnet Doktor Foster zur Krankenstation und ließen sich untersuchen. Auch hier hatte die Routine bereits Einzug gehalten. Zwei Assistenten, oder besser gesagt, des Doktors erste Doktorandengeneration, sie hatte einige Monate zuvor begonnen, interessierte Siedler, die bereits Vorkenntnisse auf dem Gebiet mitbrachten, ehemalige Pfleger oder Sanitäter, tiefer in die Materie des Arztberufes einzuführen und auszubilden, waren während der Erweckung in den Bunker nachgekommen, und hatten die Krankenstation vorbereitet. Sie wussten bereits von früheren Erweckungen, was zu tun war, und teilten einander selbstständig für die einzelnen Aufgaben ein. So gingen die Untersuchungen zügig vonstatten und die Überlebenden kamen einer nach dem anderen wieder aus der Krankenstation heraus in die große Halle, wo General O'Neill bereits mit der ersten Verpflegung auf sie wartete. Im Akkord teilte er die Packungen aus und wies die Überlebenden an, sich in einer der Nebenhallen zu sammeln und niederzulassen. Die Siedler hatten darin schon vor einiger Zeit ein Bettenlager, einerseits für die noch ausständigen Erweckungen, andererseits aber vor allem als sicheren Unterschlupf bei Unwettern installiert. Es waren die alten militärischen Feldbetten aus dem Bunkerarsenal, die sie in Reih-und-Glied aufstellten. Alle mit entweder alten Decken aus dem Arsenal, viele aber bereits mit neu gewobenen Decken, da viele der alten die Jahre nicht überstanden hatten und zum Teil regelrecht in der Hand zerbröselten. Auch die alten Kissen waren kaum noch zu gebrauchen. Diese wurden von den Siedlern aufgearbeitet und mit Stroh statt der längst zu Staub zerfallenen Daunenfedern gefüllt. Es waren nicht die bequemsten Kissen, aber für den Notfall gut genug.

So folgten auch dieses Mal alle Überlebenden den Anweisungen des Generals und zogen im Gänsemarsch durch die große Halle zur anderen Bunkerseite und betraten die kleinere Nebenhalle, nachdem sie sich ihre Ration höflich dankend bei General O'Neill und seiner Assistentin abholten. Die kleine Lisa hatte allen voran die Schulter des Generals gegen die Doktor Fosters eingetauscht und hat sich als Erste den Untersuchungen des Doktors unterzogen, um so schnell wie möglich wieder zu General O'Neill zurückzukommen, der sie umgehend zu seiner Assistentin und Chefin der Überlebendengruppe ernannte. Eine Position, die das kleine Mädchen neu beflügelte und all ihre Scheu fallenließ. So stand sie dem General aufrecht zur Seite und gab ihm zunächst die Rationspakete zu, bevor sie selbst die Initiative ergriff und die Packungen selbst austeilte und IHRE Gruppe in die Nebenhalle verwies. Begeistert zauberte der Einsatz des kleinen Mädchens dem General ein breites Lächeln ins Gesicht. Stolz wie ein Vater bewunderte er den Eifer der Kleinen und überließ ihr zunehmend das Feld. Sie hatte eindeutig alles im Griff.

„General O'Neill, da sind Sie ja! Was geht hier vor? Ich verlange Antworten!", halte es plötzlich lautstark durch die Halle.

General O'Neill sah durch die Reihe und erkannte den Ursprung der Meldung gleich. Ein älterer, weißer Mann, Ende sechzig. Er hatte nahezu weißes, kurzes Haar. Glattrasiert, mit einem düsteren Gesichtsausdruck, der einem das Blut zu Eis werden ließe. Der Mann hatte ein Auftreten gleich eines strengen Mathelehrers nach einer misslungenen Klassenarbeit.

„Eure Eminenz", entgegnete General O'Neill eingeschüchtert.

Es war der oberste Kleriker, Bartholomäus Richter. Die höchste Instanz nach dem Präsidenten in der Alten Welt und nach dessen Tod bei einem der unzähligen Angriffe, der direkte Vorgesetzte des Generals. General O'Neill hatte es schon erfolgreich verdrängt, dass auch er in einer der Kapseln lag. Er war ihm in all den Monaten des Siedlungsaufbaus nicht abgegangen. Insgeheim musste er sich eingestehen, dass er wohl durchaus darauf gehofft hatte, seine Kapsel möge eine der Versagten gewesen sein und er wäre längst zu Staub zerfallen. Es wäre ein Ärgernis weniger gewesen.

Doch nun stand er ihm wieder gegenüber. Zur Salzsäule erstarrt, standen sich die beiden Männer gegenüber, während Lisa die Überlebenden vor dem Kleriker abfertigte. Erst als keiner mehr nachrückte, weil sich alles hinter dem Kleriker staute, wurde sie auf die beiden Männer aufmerksam.

„Ich warte General O'Neill!", forderte Kleriker Richter schroff. O'Neill stand wie versteinert da. Zum ersten Mal seit, na ja, Jahrhunderten, war er sprachlos und nicht Herr der Lage. Der Kleriker hatte ihn *kalt erwischt*.

In dem Moment durchzog ein heller lauter Schrei die Halle: „Hey! Wird's bald! Weitergehen, alter Mann! Sie halten den Verkehr auf, was soll das!?!" Lisa stand mit zornigem Blick vor den beiden verdutzt dreinblickenden Männern, die Arme in die Hüfte gestemmt, laut schnaubend. Ihr war die Beklommenheit ihres Generals nicht entgangen und sie wusste sofort, wie sie reagieren sollte.

Brüskiert sah Kleriker Richter das kleine Mädchen an und holte zur Maßregelung aus: „Was erlaubst du dir, du ..." „Was ich mir erlaube? Was ist mit Ihnen, Sie alter Stinkstiefel?! Sie sind hier nicht alleine und sicher nicht der Wichtigste! Schauen Sie, dass Sie weiterkommen! SOFORT!!", brüllte Lisa den gut fünfzig Jahre älteren Herren fauchend an und schmiss ihm sein Rationspaket entgegen. Schlagartig riss es den General aus seiner Trance: „Sie haben das Fräulein gehört, eure Eminenz. Bitte folgen Sie den Anweisungen Ihrer Gruppenleiterin und begeben Sie sich in die Nebenhalle. Für Erklärungen ist später noch genug Zeit."

Zähneknirschend gehorchte der Kleriker den Anweisungen und zog ab, was den General erleichtert durchatmen ließ. Zutiefst dankbar und stolz trat er hinter Lisa und drückte ihr einen innigen Kuss auf den Kopf, den sie mit einem herzigen Lächeln belohnte. Beiden war klar, ein *Dreamteam* hatte sich gefunden und sie würden für immer so zusammenhalten.

Kurz darauf waren auch schon alle Überlebenden abgefertigt und der ereignisreiche Tag näherte sich seinem Ende. So trafen sich die dreieinhalb Offiziere zuletzt wieder in der großen Halle, um den nächsten Tag zu besprechen.

„Na dann, das hätten wir", eröffnete General O'Neill die Besprechung: „Professor Stevens, Sie kümmern sich bitte um die Beleuchtung und die restliche Elektronik im Bunker. Licht aus, wenn alle in Ihren Betten sind. Lisa, du sagst deiner Gruppe bitte Bescheid, dass Schlafenszeit ist, und dass sie morgen früh alle gemeinsam geweckt werden. Keiner hat den Schlafsaal ohne Meldung bei dir und die Erlaubnis von mir zu verlassen! OK?"

Lisa nickte eifrig und rief aufgekratzt: „Sir, verstanden, Sir!"

„Sehr gut, sehr vorbildlich Fähnrich!", lächelte O'Neill zurück, bevor er sich wieder den anderen widmete: „Doktor Foster, Sie kehren heute Nacht, wenn alle schlafen, wieder in die Stadt zurück, erstatten Bürgermeister Harrison Bericht und bereiten alles für unsere morgige Ankunft vor. Wir werden das Tor so gegen 07:30 Uhr öffnen, wäre gut, wenn ihr uns dann gleich am Tor erwarten würdet."

„Sir, verstanden, Sir!", antwortete Doktor Foster witzelnd.

„Alles klar! Dann wünsch ich mal eine gute Nacht. Wir sehen uns morgen. Fähnrich, bitte gehen Sie vor."

Kaum hatte der General ausgesprochen, spurtete Lisa auch schon los in Richtung Schlafsaal, um ihre Befehle in die Tat umzusetzen. General O'Neill sah ihr kurz erstaunt nach und vermutete gleich einige schrille, unkoordinierte Kinderschreie durch die Hallen tönen zu hören und ging ihr verwundert nach, als dem nicht so war. Als er am Schlafsaal ankam, nahm seine Verwunderung nur noch weit mehr zu, als er das kleine Mädchen wie den härtesten militärischen Ausbilder gleich, zwischen den Bettenreihen steifen Schrittes auf und ab marschierend, die Arme auf dem Rücken verschränkt und mit einer Miene zum Blutgefrieren in ihrem Gesicht sah. Wie jahrelang darauf geschult, musterte sie ihre Gruppe und verwies alle auf ihre Plätze. Und es wagte niemand ein Widerwort. Alle parierten vorbildlich und begaben sich zu Bett. Selbst Kleriker Richter ließ sich auf keine weitere Diskussion mit Lisa ein, wohl auch einfach aus Müdigkeit und mit dem Wissen, dass General O'Neill der Kleinen sofort zur Seite stand. General O'Neill stand jedenfalls in der Tür, also im großen Torbogen, und wagte es kaum, Lisa bei ihrer Arbeit zu unterbrechen. Irgendwie fühlte er sich in dem Moment recht an seine Rekrutenzeit in der Kaserne erinnert. Damals ging es auch nie gut aus, wenn man versuchte, mit dem Ausbilder zu diskutieren. Schließlich drehte sich Lisa aber doch nach dem General um und bemerkte ihn, was ihm die Chance gab, das Wort zu übernehmen: „Danke, Fähnrich! Gute Arbeit! Wir werden nun die Energie absenken und die Beleuchtung herunterfahren. Damit es nicht völlig lichtleer hier herinnen ist, werde ich das Tor einen Spalt geöffnet lassen. Wie Sie bereits alle von Fähnrich Lisa instruiert wurden, hat niemand diesen Saal ohne meine klare Erlaubnis zu verlassen. Ich hoffe, das war für alle verständlich, der Fähnrich kennt da kein Pardon!"

Irgendwie rechnete der General an dieser Stelle mit Gelächter, aber nichts da, alle lagen brav in ihren Feldbetten. Womöglich weil Lisa mit finsterem Blick neben ihm Aufstellung genommen hatte und die Situation aufs Schärfste beäugte. Mit zufriedenem Schmunzeln im Gesicht legte General O'Neill seinen Arm um Lisas Schulter und flüsterte ihr liebevoll zu: „So, jetzt wird's aber auch für uns Zeit fürs Bett. Morgen wird ein langer und ereignisreicher Tag."

Lisa nickte nur sachte, fiel dem General zur Umarmung um die Hüfte und zeigte mit dem rechten Arm auf zwei freie Feldbetten, die sie bereits nebeneinander geschoben hatte. O'Neill wusste Bescheid und nickte ihr ebenfalls liebevoll zustimmend zu. Woraufhin Lisa von ihm abließ und sich schleunigst in ihr Nachtlager begab. General O'Neill betätigte währenddessen die Türsteuerung und schloss das Tor bis auf einen schmalen Spalt, in dem er stehen blieb und auf Professor Stevens wartete, der nicht lange auf sich warten ließ. Zumindest ging kurz, nachdem General O'Neill das Tor geschlossen hatte, das Licht in der großen Halle aus. Wenige Minuten später erschien auch Professor Stevens bei General O'Neill: „Echt arg, mittlerweile komme ich schon problemlos in der totalen Finsternis durch den Bunker."

„Ja, ich weiß, was du meinst. Irgendwie schon fast Alltag, oder?", antwortete O'Neill grinsend.

„Evelin ist auch schon draußen, gemeinsam mit unseren drei Drohnenjungs, übrigens."

„Was, die waren immer noch herinnen?"

„Die nehmen ihre Arbeit eben ernst."

„Das schon! Na gut, übernimmst du die erste Wache? Ich will sehen, dass Lisa durchschläft. Ich lös dich dann in drei Stunden ab."

„Geht klar, General."

So schleppte sich General O'Neill zum Feldbett neben Lisa und begab sich zur kurzen Ruhe. Professor Stevens verharrte indessen am Tor und wachte über die Gruppe. Und wie befohlen weckte er den General nach seiner Schicht mit mehr oder weniger sachtem Schulterrütteln: „Hey, aufgewacht."

Prompt riss General O'Neill die Augen auf und gaffte den Professor entgeistert an.

„Hey, es wird Zeit. Die Leute wachen nach und nach auf."

„Was, wieso?!"

„Na ja, laut Computer ist es halb sieben morgens."

„Was? Wieso hast du mich nicht geweckt, verdammt?!"

„Und riskieren, dass mich unser Fähnrich neben dir zur Sau macht? Nein danke. Passt schon, du hast jetzt wieder das Kommando und genug zu tun."

„Danke."

So erhob sich General O'Neill sachte, um Lisa nicht zu wecken – was ihm nicht gelang: „Guten Morgen, Ihre Befehle?"

O'Neill sah Lisa mit einer Mischung aus Verwunderung und absoluter Begeisterung an und blieb dann doch militärisch korrekt: „Nun, Fähnrich, es ist so weit. Ruft eure Gruppe zum Apell und führt sie dann in die große Halle vor das große Haupttor. Eine neue Welt wartet auf uns!"

Da riss Lisa ihre Augen weit auf und sprang wie von der Tarantel gestochen aus dem Feldbett: „ACHTUNG!!! Alle Mann raus aus den Betten!! Es geht los. Sofort angetreten in Reih und Glied, wenn ich bitten darf!"

Und ein wirklich jeder spurte bedingungslos. Es dauerte keine fünf Minuten, bis Lisa ihre Gruppe aus dem Schlafsaal in die große Halle geführt hatte und sich dann nach dem großen Haupttor umsah. Was auch kein Problem darstellte, da Professor Stevens bereits Spalier stand und ihr den Weg wies. General O'Neill war bereits vorgeeilt, um die Gruppe am Tor zu empfangen. Schnell fanden sich so alle in der kleinen Vorhalle vor dem großen Haupttor wieder und warteten auf General O'Neills weitere Instruktionen.

Am Tor angekommen, nahmen die Überlebenden unter Lisas scharfen Blicken vor General O'Neill Aufstellung. Lisa und Professor Stevens stellten sich neben den General und beäugten die Überlebenden aufmerksam. General O'Neill verschaffte sich kurz einen Überblick über die Gruppe vor ihm und begann dann, nach einem tiefen Atemzug, mit seiner Rede zur Öffnung des Tores. Wie oft war er in den letzten Monaten bereits hier gestanden und hat seine Rede geschwungen? Es waren meist immer dieselben Worte, die er wählte. Aber doch, etwas war dieses Mal anders. War es zum einen das letzte Mal, dass er hier stehen und diese Rede halten würde, aber auch die Gruppe der Überlebenden war eine andere. Zuvor waren stets Spezialisten und benötigte Siedler unter den Erweckten, die sofort nach der Erweckung oft nur auf die Befehle des Generals zum Siedlungsbau warteten. Auch war diesmal Kleriker Richter unter den Überlebenden. Allein dessen Präsenz ließ die Nervosität in General O'Neill steigen.

General O'Neill verlor sich beinahe in diesen Gedanken. Da spürte er plötzlich einen leichten Schlag an seinem linken Oberschenkel. Als er an seiner linken Seite hinuntersah, blickte er in das ungeduldige Gesicht der kleinen Lisa, die ihn so zur Konzentration ermahnte. Schlagartig zauberte ihr Blick ihm ein Lächeln ins Gesicht und er begann mit seiner Rede: „Guten Morgen, werte Damen und Herren! Ich begrüße Sie alle ganz herzlich hier, am Haupttor des Bunkers *Zitadelle*. Dasselbe Tor, durch dass Sie alle diesen Bunker vor so langer Zeit betreten haben, soll nun auch das Tor sein, durch das Sie eine neue Welt betreten. So viel vorweg, wie sich sicher schon einige von Ihnen gedacht haben, Ihre Gruppe ist nicht die erste, die erweckt wurde." Kurz hielt General O'Neill inne, um die Reaktionen der Überlebenden abzuwarten. Wie erwartet nahmen es die meisten mit verständnisvoller Gefasstheit auf und blieben weiter aufmerksam. Nur Kleriker Richter schien überaus überrascht darüber zu sein, dass er nicht bei der allerersten Gruppe von Erweckten dabei war. Dementsprechend verfinsterte sich sein Blick, den er General O'Neill entgegenwarf. Dieser ließ sich an dieser Stelle aber nicht mehr verunsichern und aus dem Konzept bringen: „Diese Tatsache mag einige von Ihnen verwundern, geschah jedoch alles auf Basis eingehender Überlegungen und eines strategischen Vorgehens, um Sie bereits in einer neuen, funktionierenden Siedlung empfangen zu können. Und das ist uns auch gelungen! In wenigen Minuten wird sich das große Tor hinter mir öffnen und Sie werden von den anderen Siedlern empfangen werden. Und wie diese Menschen zuvor, werden mit dem Öffnen des Tores auch Sie von Überlebenden des Bunkers *Zitadelle* zu Siedlern der neuen Stadt *Zitadelle* werden!", beschloss General O'Neill seine Rede und wendete sich in Richtung Professor Stevens, der bereits an der Torsteuerung Aufstellung genommen hatte: „Professor Stevens, darf ich bitten!"

Dieser zögerte keine Sekunde und betätigte den großen Schalter zum Öffnen des großen Tores. General O'Neill nahm währenddessen Lisa bei der Hand und trat mit ihr zur Seite, um allen den Blick auf das sich langsam öffnende Tor freizugeben.

Gebannt beobachteten die nunmehrigen Siedler das Tor und den immer breiter werdenden Lichtstrahl, der zu ihnen hereindrang. Und langsam vermochten die Siedler neben dem lauten Lärm des Tores auch immer lauter werdende Jubelrufe von jenseits des Tores zu vernehmen. Zunächst vernahmen nur wenige die Jubelrufe, dann aber, nachdem sich das Tor immer weiter öffnete, konnten alle die Rufe von außerhalb des Bunkers hören, was die freudige Ungeduld bei den neuen Siedlern ins Unermessliche steigerte. Schließlich war es so weit, dass sich die Augen der Siedler an das einfallende Tageslicht gewöhnten und sie zum ersten Mal die jubelnden Siedler außerhalb des Bunkers sehen konnten.

Ungeduldig warteten alle darauf, bis sich das Bunkertor vollständig geöffnet hatte. Dann aber konnte die letzte Siedlergruppe endlich zu ihren Vorgängern stoßen. Wie versprochen, wurden sie von allen herzlich empfangen und in die Stadt geführt. Die Siedler zeigten einander alle neuen Errungenschaften und Einrichtungen, die sie geschaffen hatten, und wo sie was finden würden. Auch Bürgermeister Harrison stellte sich bei allen neuen Siedlern mit Handschlag und einladendem Lächeln vor. Er konnte gar nicht so schnell schauen, wie seine Hand von einem Siedler zum nächsten weitergereicht wurde. Jeder der Siedler stellte sich namentlich bei Harrison vor und er versuchte, es den Siedlern ebenfalls gleichzutun. Er war so im Ablauf gefesselt, dass er gar nicht merkte, dass er auf einmal nach der Hand von General O'Neill griff und sich bei ihm vorstellte. Als der General Harrisons Hand jedoch nicht mehr losließ, bemerkte er erst, wer vor ihm stand. Was bei beiden heiteres Gelächter auslöste. Doch mit einem Mal wurde General O'Neill wieder ernst und bedeutete Harrison mit seinen Augen und einem sachten seitlichen Nicken, über seine linke Schulter zu blicken. Da erschrak Bürgermeister Harrison und zuckte zusammen: „Kleriker Richter!"

General O'Neill nickte unauffällig zustimmend.

„Den habe ich völlig vergessen. Da wird wohl noch was auf uns zukommen, was?"

„Das fürchte ich auch. Mal sehen, vielleicht verhält er sich ja ruhig und akzeptiert die Ordnung der Neuen Welt", antwortete General O'Neill mit ruhiger Stimme.

In diesem Moment bemerkte Bürgermeister Harrison, wie ihn der Kleriker in der Menge erkannte und auf die beiden zukam.

„Vizegeneral Harrison!"

„Wenn ich gleich aufklären darf. Vizegeneral Harrison bekleidet mittlerweile das Amt des Bürgermeisters unserer neuen Gesellschaft", unterbrach General O'Neill den vor ihnen stehenden Kleriker Richter.

„So, so, Bürgermeister Harrison, ist dem so?", musterte der Kleriker herablassend, ohne sich eine Antwort zu erwarten, und fuhr deshalb unmittelbar fort, bevor einer der beiden Herren Luft holen konnte: „Na, da gratuliere ich aber. Eine hübsche kleine Siedlung haben sich die Herren da aufgebaut. Mein Glückwunsch. Ich bin gespannt, ob sie auch hält, was sie auf den ersten Blick verspricht. Wir sprechen uns später noch, meine Herren", sprach der Kleriker und ging, den Blick schweifen lassend, seiner Wege.

„So viel zu ruhig verhalten und akzeptieren", kommentierte Bürgermeister Harrison entmutigt.

„Na ja, Zeit für einen Stimmungsheber", antwortete General O'Neill, beugte sich zu Boden und griff nach Lisa, die inzwischen ihren General in der Menge wiedergefunden hatte und zu den Männern lief. General O'Neill packte das Mädchen am Arm und hob sie mit einem Ruck in die Höhe, um sie Bürgermeister Harrison vorzustellen: „Darf ich vorstellen, das ist Lisa, die Gruppenleiterin dieser Siedlergruppe. Lisa, das ist Vizegeneral Harrison, der Bürgermeister der Zitadelle."

Prompt lächelte Lisa den Bürgermeister freudestrahlend an, was auch seine Miene schlagartig aufhellen ließ.

Artig reckte Lisa ihren rechten Arm zum Gruß nach vorne. Bürgermeister Harrison lächelte sie weiter entzückt an und ergriff ihre Hand zum Gruß: „Du hattest recht, Richard", sprach er, ohne die Augen von Lisa zu lassen: „Es besteht noch Hoffnung."

So fügte sich auch die letzte Gruppe aus dem Bunker den Siedlern an. Die nächsten Jahre sollten so erfüllt von Frieden und Eintracht vergehen. Alle arbeiteten zusammen und lebten in Harmonie. Der Stadtrat administrierte mit weiser Hand und wurde nie seitens der Siedler in Frage gestellt. Nur einer der Siedler war nie bereit, sich der neuen Ordnung unterzuordnen. Kleriker Richter war von Beginn ein Stammgast vor dem Stadtrat.

Der Kleriker setzte aus Sicht des Stadtrates dort an, wo er vor 500 Jahren aufgehört hatte. Der Kleriker sah sich nicht eine Minute zur Feld- oder Handarbeit berufen. Es brauchte kaum zwei Monate, bis er sich ein Bild über die Bevölkerung verschaffte und Anhänger fand, die ihm eine Kirche bauten, was dem Stadtrat, allen voran Bürgermeister Harrison, zutiefst missfiel.

Zumal der Kleriker keine Genehmigung beim Stadtrat einholte und mit seinen religiösen Hetzen immer wieder versuchte, die Bevölkerung zu entzweien. Und die Lage spitzte sich über die Jahre immer weiter zu. Ein schmerzlicher Vorfall ereignete sich, als die Siedler ein Sommerfest veranstalteten. Ein ungezügeltes, aber doch harmloses Fest zur Sonnenwende mit gebranntem Alkohol und Tanz. Alle amüsierten sich prächtig, bis sich einige der Anhänger des Klerikers unter die Gäste mischten. Aggressiv rissen sie den Gästen die Gläser aus den Händen und zerschlugen alle Flaschen Alkohol, denen sie habhaft werden konnten. Eng umschlungen tanzende Pärchen trennten sie gewaltsam voneinander und beschimpften alle Gäste lauthals als gottlose Ketzer. Das Szenario endete, wie es enden musste, in einer großen Schlägerei. Die zahlenmäßig überlegenen Gäste überwältigten die religiösen Störenfriede und vertrieben sie vom Festgelände. Jedoch wurde allen Siedlern durch diesen Vorfall die Kluft zwischen den *normalen* Siedlern und den religiös eingestellten Anhängern des Klerikers schlagartig schmerzhaft bewusst.

Wieder einmal waren zwei Lager entstanden. Wie immer war die Menschheit nicht in der Lage gewesen, sich die Welt in Frieden zu organisieren.

Die Tage nach diesem Vorfall waren geprägt von beklemmender Unruhe in der Bevölkerung. Während sich die allermeisten vorsichtig ruhig verhielten, um nicht noch mehr Öl ins Feuer zu gießen, wurden gleichzeitig die kritischen Stimmen immer mehr und lauter, die ein härteres Vorgehen gegen die religiösen Anhänger des Klerikers seitens des Stadtrates forderten. Der Unmut über den ihrer Meinung nach zu zahnlosen Umgang mit dem Kleriker, vor allem von Bürgermeister Harrison und General O'Neill, nahm immer weiter zu. Auf der anderen Seite trafen sich die Anhänger des Klerikers mittlerweile täglich zum *Gebet* in ihrer Kirche. Dass dabei wirklich nur gebetet würde, glaubte absolut niemand. Auch die Anhänger des Klerikers zeigten sich keineswegs zurückhaltend oder demütig auf ihrem Weg zur Kirche. Hetztiraden und plumpe Versuche der Bekehrung waren an der Tagesordnung. Dies alles trug so immens zur Verunsicherung der Bevölkerung und zur Destabilisierung der doch so fantastischen Neuen Welt bei. Eine neue Welt, die daran war, ihre Unschuld zu verlieren.

„Die Zitadelle hat ihre Unschuld verloren!" Mit diesen drastischen Worten eröffnete Bürgermeister Harrison die einberufene Sitzung des Stadtrates zu den jüngsten Ereignissen. Ein Satz mit Wirkung. Er ging jedem Teilnehmer der Sitzung durch Mark und Bein. Jedem von ihnen lag ihre Siedlung – ihre Stadt – ihre Zitadelle, die sie unter solchen Strapazen und Entbehrungen aufbauten, so am Herzen und es brach ihnen dasselbe, wenn sie sie nun in solch einem Zustand sahen.

„Kein Grund zu verzweifeln, meine Freunde, wir haben bei Gott größere Gräben überwunden, um nun hier zu sitzen und uns mit solchen Problemen zu beschäftigen", versuchte General O'Neill, die Stimmung wenigstens ein wenig zu heben: „Eine immer weiter wachsende Stadt zu führen und zu regieren, bedeutet auch, sich mit all ihren Bewohnern auseinanderzusetzen und auf die Anliegen aller einzugehen. Dass dabei auch mal Reibereien entstehen, liegt schlicht in der Natur des Menschen."

Besonders gehoben wirkte die Stimmung danach nicht. Doktor Foster sah den General skeptisch und antwortete dann mit leicht sarkastischem Unterton: „Richard, lass Gott bitte im Dorf! Hast du schon vergessen, was uns überhaupt hierher brachte? Müssen wir nun wirklich wieder damit anfangen?"

„Du kannst das nicht mit damals vergleichen, Eli. Das waren andere Zeiten."

„Ja, das waren andere Zeiten! Lange vergangene Zeiten, die wir uns nicht wieder zurück wünschen! – Was ich aber nicht bei jedem so sehe."

„Was meinst du damit?"

„Richard, sei jetzt bitte ehrlich- wie stehst du zu Kleriker Richter und seinen Anhängern?"

General O'Neills Mine verfinsterte sich akut: „Bei allem, was mir heilig ist. Ich habe diese Stadt nicht für einen exklusiven Kreis von Auserwählten gegründet, sondern für alle, die die Apokalypse überlebt haben, und zu diesen gehört nun mal auch Kleriker Richter. Ob es uns nun passt, oder nicht! Und ja, ich denke, auch diese Stimmen müssen angehört werden, um eine vielfältige und aufgeschlossene Bevölkerung zu bilden!"

Da sah ihn Professor Stevens besorgt an und mischte sich in die Debatte ein: *„Auch diese Stimmen müssen angehört werden* – willst du den Kleriker in den Stadtrat berufen? Oder was meinst du genau?"

General O'Neill schnaubte tief durch und ließ den Kopf sinken: „Meine Freunde, ich verstehe eure Verunsicherung und eure Angst davor, dass alles, was wir uns aufbauten, im Handumdrehen wieder vernichtet wird. Bitte seid euch gewiss, mir geht es nicht anders. Es läuft mir kalt den Rücken herunter, wenn mir Bilder der brennenden Städte von damals gleichzeitig mit Bildern der Zitadelle durch die Gedanken fahren und ich bin definitiv bereit alles, wirklich alles Menschenmögliche dagegen zu unternehmen, dass so ein Horrorszenario nicht mehr eintritt. Und wenn dies bedeutet, dass wir einen ultrakonservativen Geist wie den Kleriker vor diesem Rat sprechen lassen, dann soll es eben so sein."

In dem Moment erhob sich Bürgermeister Harrison langsam aus seinem Stuhl: „Meine werten Mitglieder dieses Rates, wir kennen uns nun schon eine so unendlich lange Zeit, und was wir gemeinsam durchlebt und vollbracht haben, hätten sich frühere Generationen nicht einmal ansatzweise vorstellen können. Ihr und eure so unterschiedlichen Meinungen sind von so unfassbar großem Wert, wie ich es kaum in Worte zu fassen vermag", sprach er und richtete seinen Blick direkt auf General O'Neill: „Richard, keinem, absolut keinem von uns steht es zu, dein Urteilsvermögen anzuzweifeln. Stets führtest du uns weise und besonnen in die Zukunft. Der potenziellen Gefahr, die vom Kleriker und dessen Anhängern ausgeht, bin ich mir definitiv bewusst und ich verstehe und sehe es auch so wie du – die Stimmen dieser Fraktion zu ignorieren, wäre das Schlimmste, was wir machen könnten."

Da wendete Bürgermeister Harrison seinen Blick wieder vom General ab und wendete sich wieder der gesamten Versammlung zu: „Kleriker Richter erhält keinen Sitz in diesem Stadtrat! Aber er darf wie alle anderen Bürger seine Meinung vor uns kundtun – und sie wird angehört werden! Ich werde den Kleriker persönlich zur nächsten Sitzung in einer Woche einladen, damit er sieht, wie besonnen wir unsere junge Gesellschaft leiten und dass uns seine Meinung dazu auch sehr viel bedeutet.“ Daraufhin ließ Bürgermeister Harrison das Gesagte kurz sacken, bevor er fortfuhr: „Ich hoffe, es versteht sich von selbst, dass wir, wie wir hier sitzen, uns einig darüber sind und werden, wie wir mit den Aussagen des Klerikers umgehen, und vor allem, was und wie wir das dazu Besprochene nach außen tragen!“

Nach einer weiteren kurzen Pause, um die Reaktionen darauf abzuwarten, beendete er schließlich die Sitzung.

Kurz verharrte die Versammlung noch teilnahmslos auf ihren Stühlen und starrte ins Leere. Allmählich fassten sie sich aber einer nach dem anderen wieder und verließen das Rathaus. Nur Bürgermeister Harrison und General O'Neill verblieben noch nachdenklich auf ihren Plätzen.

Als der Letzte der übrigen Räte zur Tür hinausgetrottet war, seufzte General O'Neill vernehmlich und schlug seine Hände vors Gesicht: „Was haben wir eigentlich verbrochen, verdammt?!“

„Interessante Frage, zwischen Angehörigen unserer Generation, mein General. Vielleicht musste es ja so kommen. Vielleicht haben wir, hat es die Menschheit einfach nicht anders verdient.“

„Wenn wir es verdient haben, was brächte es uns dann überhaupt noch, weiterzumachen? Es immer wieder zu versuchen. Alles immer wieder neu aufzubauen.“

„Es liegt einfach in der Natur des Menschen. Schätze ich.“

„*In der Natur des Menschen.* Ja, da gebe ich dir recht. Es liegt in unserer Natur, ständig alles zu wollen, alles zu versuchen, das Beste zu hoffen und doch immer die gleiche Scheiße zu bauen!“

„Tja, aber gegen die Natur kommt man eben nur schwer an.“

„Sagt der 563 Jahre alte Ratsherr.“

„Na ja, dass unser Dasein wider die Natur ist, darüber brauchen wir ja wohl nicht diskutieren. Wir, du und ich, sind nur mehr hier, um der nächsten Generation einen möglichst guten Start in die Neue Welt zu bereiten. Wir selbst haben unseren Anspruch an einer friedlichen, besseren Welt längst verspielt."

Daraufhin konnte General O'Neill nur mehr zustimmend nicken, rang sich dennoch ein paar letzte Worte zum Abschluss ab, bevor er sich erhob, um ebenfalls seiner Wege zu gehen: „Du hast vollkommen recht, mein Freund. Diese Welt gehört nicht unserer Generation, sondern unseren Kindern. So soll es sein!"

Bürgermeister Harrison sah dem General verwundert nach, als dieser aufgekratzt zur Tür hinauseilte. Harrison blieb noch gut eine halbe Stunde im großen Sitzungssaal des Rathauses sitzen und versuchte, seine Gedanken zu sortieren. Eine Lösung auf die Schnelle zu finden, versuchte er erst gar nicht. Schnelle Lösungen, die überraschenderweise dann auch sehr oft funktionierten, waren stets Spezialität vom General gewesen und so gut kannte er den General jedenfalls, um zu wissen, dass dessen Verstand längst drei Maßnahmen weiter war, die er alle zugleich verfolgte. So verfuhren sie schon ihre ganze gemeinsame Laufbahn. O'Neill, der hastige Lösungsorientierte und Harrison, der überlegte Ruhepol der beiden. Er wusste immer, die Lösungen des Generals aufzunehmen und zielgerichtet in die Tat umzusetzen. Und das in einer überlegten Art und Weise, zu der der General selbst niemals in der Lage gewesen wäre, was dieser auch stets dankbar bewunderte. So konnte Bürgermeister Harrison auch dieses Mal beruhigt durchatmen und darauf vertrauen, dass der General schon sehr bald mit dem nächsten irrwitzigen Plan vor ihm stünde und sich wieder einmal wider allen Erwartens alles zum Guten ändern würde.

O'Neill hätte gar nicht so beherzt loszueilen müssen, denn kaum zur Tür hinaus und im Foyer des Rathauses angelangt, wurde er bereits von Lisa empfangen: „Also, was war! Sag an!"

Damit traf sie ihren Ziehvater am falschen Fuß. Just blieb dieser sprachlos stammelnd stehen. Er brauchte einige Sekunden, bis er sich wieder gefasst hatte und antworten konnte: „Hey du. Du, ich komm später auf dich zurück und beantworte dir all deine ..."

„Ja, die Leier kenn ich schon! Ich bin kein Kind mehr, Richard! Sag mir bitte, was ihr betreffend den Kleriker und dessen Bande beschlossen habt."

„Ich verspreche dir, ich werde dir alles im Detail erläutern, Lisa, aber nicht jetzt. Okay?", fragte O'Neill seine gar nicht mehr so kleine Lisa, tief in ihre großen, rehbraunen Augen blickend.

Lisa kannte General O'Neills Gebaren inzwischen sehr genau und wusste, wie sie mit ihm umgehen beziehungsweise wie weit sie bei ihm gehen konnte, um zu bekommen, was sie wollte. Einmal große Rehaugen und Schmollmund aufgesetzt und sie würde alles erfahren.

„Sieh mich nicht so an!"

„Wie denn?"

„Das weißt du genau! Ich verspreche dir, wir reden über alles in Ruhe. Aber jetzt habe ich erstmal einiges zu tun, damit ich dir etwas zu berichten haben", wimmelte General O'Neill seine Lisa mit Müh und Not ab und ging schnell weiter, um die Situation auch physisch zu entschärfen.

Wie angestochen, hastete der General über den kleinen Vorplatz des Rathauses und weiter die Hauptstraße hinunter. Lisa eilte ihm noch bis zur Rathaustür nach und blickte ihm verwundert hinterher. Lisa war zweifelsohne klar, dass O'Neill irgendeinen Plan verfolgte, welcher auch sie selbst einschließen würde. Umso mehr schossen ihr die Gedanken durch den Kopf und sollten sie noch den ganzen Tag beschäftigen. Langsam trat auch sie nun aus der Tür und trottete langsam über den Vorplatz. Fast zwanghaft richtete sie ihren Blick in den Himmel, um die Wolken zu beobachten. Danach auf das im Wind raschelnde Blattwerk der Bäume auf dem Platz. Und anschließend begutachtete sie jedes Haus an der Hauptstraße im Detail. Sie versuchte wirklich alles, um auf andere Gedanken zu kommen, doch keine

Chance. Stundenlang schlenderte sie gedankenverloren durch die Stadt und dachte angestrengt darüber nach, w der General bloß im Schilde führte.

Bis Lisa plötzlich den General drei Kreuzungen weiter vor ihr aus einem Haus und über die Straße in die nächste Seitengasse laufen sah. Kaum war dieser in der Seitengasse verschwunden, eilte Lisa vor zu dem Haus. Bereits nach wenigen Schritten fiel ihr ein, aus welchem Haus der General da gelaufen kam. Es war das Haus der Smiths. Die Smiths waren eine der wenigen vollständigen Familien der Alten Welt. Franzis Smith war Technik-Unteroffizier in Colonel Millers Stab und seine Frau Miriam Smith wurde als Expertin der Agrarwissenschaft für das Kryoprogramm ausgewählt. Zudem waren sie die Eltern des damals dreijährigen Christopher Smith. Christopher war mit Lisa in der Neuen Welt aufgewachsen und hat sich auch mit ihr über die Jahre angefreundet.

Am Haus angekommen sprang sie die beiden Stufen zum Haustor hoch und hämmerte mit voller Wucht dagegen. Keine fünf Sekunden später öffnete ein 1,65 Meter großer Junge mit braunen, zotteligen Haaren und einigen reifen Pickeln im Gesicht die Tür: „Hey Lisa, was gibt's?"

„Hey Chris, ich wollte nur fragen, ähm..."

„Jaaa?"

„... was wollte General O'Neill von dir?!"

„Von mir, ähm?"

„Komm schon! Mir kannst du's ja wohl sagen, oder?"

„Ähhmm!"

„Also?"

„OK, hör bitte auf mich zu löchern! Ich kann dir gar nichts sagen, bitte frag ihn selbst!"

„Aber ...!"

In dem Moment schlug Christopher aufgeregt die Tür vor Lisas Nase zu und ließ sie unbeantworteter Dinge zurück. Perplex machte Lisa daraufhin kehrt und taumelte die beiden Stufen wieder hinunter.

„Und was jetzt?", dachte sie sich, als sie enttäuscht die Straße weiter trottete. Sie kam zu keinem Ergebnis, bis sie bei General

O'Neills und ihrem Haus ankam. Betrübt schleppte sie sich die Treppe hoch in den ersten Stock, wo sich ihr Zimmer befand, und warf sich darin auf ihr Bett, wo sie angespannt die folgenden Stunden ausharrte, bis der General nach Hause kommen würde. Dieser ließ aber lange auf sich warten, sodass Lisa schließlich auf ihrem Bett eindöste.

Die Nacht war bereits hereingebrochen, als sie das Zuknallen der Eingangstür aufweckte. Aufgeregt richtete sich Lisa auf, sah aus dem Fenster, um zu bemerken, dass es bereits finster war, sprang aus dem Bett und riss sogleich die Zimmertür weit auf. Kurz wog sie im Gedanken ab: *„Nach ihm rufen, die Treppe runter oder doch auf ihn im Zimmer warten?"* Die Entscheidung war blitzschnell getroffen. Mit einem Satz war Lisa beinahe die halbe Etage hinuntergesprungen, mit einem zweiten Satz fand sie sich auch schon im Erdgeschoß wieder. Kurz nach rechts in die Küche geblickt, begab sie sich schleunigst ins Wohnzimmer zu ihrer Linken.

Das Wohnzimmer war klassisch mit einem schlichten Teppich eingerichtet, auf dem ein ebenso schlichter Couchtisch stand. Zwischen diesem und dem Wohnzimmerfenster, raus zur Straße, stand eine grüne Samtcouch mit hohen Armlehnen. An der Wand, rechts von der Couch, befand sich noch eine kleine Anrichte mit drei Schubladen der gleichen Stilrichtung wie der Couchtisch.

Lisa kam so hastig in das Zimmer geeilt, dass ihr Blick gar nicht hinterherkam. Erst als sie schon vor dem Couchtisch stand, bemerkte sie den General, der an der rechten Armlehne der Couch saß und sich etwas in aller Ruhe in seinem kleinen Notizheft notierte.

Als auch der General Lisa bemerkte, sah er langsam zu ihr hoch und lächelte sie an: „Hey Kleines, na komm, setz dich, lass uns reden."

Da warf Lisa dem General einen zutiefst verdutzten Blick zu und fuhr ihn an: „Ach, jetzt willst du auf einmal reden?!"

„Wie versprochen", antwortete er belustigend: „... oder willst du etwa nicht mehr?"

Angespannt schloss Lisa die Augen, zählte innerlich bis zehn und atmete tief durch, bevor sie gehorchte und sich an die linke Armlehne der Couch setzte. Einen weiteren Atemzug später fixierte sie schließlich den General mit ernster Miene und antwortete gezwungen ruhig: „Na schön, Richard. Würdest du mich nun bitte aufklären, was ihr heute in der Ratsversammlung besprochen habt und was du daraufhin den ganzen Tag getrieben hast! Was hast du mit Christopher Smith besprochen, was er mir nicht erzählen durfte?!"

General O'Neill überlegte kurz und legte sich die richtigen Worte im Kopf zurecht, bevor er antwortete: „Wir stehen, mal wieder vor tiefgreifenden Veränderungen in unserer Gesellschaft, Lisa."

Lisa zog skeptisch die rechte Augenbraue hoch und wurde zunehmend ungeduldig, als General O'Neill fortfuhr: „Die religiöse Gruppierung rund um Kleriker Richter ist nicht zu unterschätzen und gleichzeitig dürfen wir sie nicht ignorieren, geschweige denn, ausschließen."

Da steigerte sich Lisas Nervosität ins Unerträgliche. Aufgeregt zappelte sie auf der Couch herum und rang nach Worten, doch der General gab ihr keine Gelegenheit zum Konter. So fuhr er zügig weiter fort: „Ich habe meinen heutigen Nachmittag, also nach der Ratsversammlung, dafür gewidmet, die verschiedenen Gruppen unserer Gesellschaft, seien es nun die Religiösen rund um den Kleriker, wir alten Überlebenden aus der Alten Welt, ihr jungen Erwachsenen, oder die erste wirkliche Generation der Neuen Welt, zu eruieren und schriftlich festzuhalten."

„Zu welchem Zweck?", unterbrach ihn Lisa begierig.

„Lisa, als ich vor mittlerweile über zehn Jahren gemeinsam mit Harrison und den anderen den Stadtrat gründete, war uns allen bewusst, dass das nur eine temporäre Lösung sein könne. Eine immer schneller wachsende Gesellschaft, die immer weiter expandieren will, braucht auch eine dementsprechende Führung. Ehrlich gesagt, wundert es mich, dass es so lange so reibungslos, funktioniert hat."

„Aber es ist doch immer alles gut gelaufen, Richard. Das einzige Problem liegt doch schlicht bei diesen ..."

„Es ist immer alles gut gelaufen, weil nie einer kritische Fragen gestellt hat und wir alle Ungereimtheiten unserer kleinen Gemeinschaft immer schnell und heimlich in kleinem Rahmen beseitigt haben", fuhr General O'Neill Lisa ins Wort, um sie gezielt zur Rede zu stellen: „Denk mal nach, Lisa, du weißt doch am allerbesten, dass sich die Zitadelle in den letzten Jahren weiterentwickelt hat. Die Jugend, allen voran du selbst, ihr seid schon lange nicht mehr zufrieden damit, wie die Zitadelle geführt wird, oder?"

Da wandte Lisa ihren Blick nachdenklich ab und seufzte laut: „Richard, du bist nicht nur Mitglied des Stadtrates, du ..."

„Bitte verschon mich mit dieser ewigen Helden-Verklärung, von dir bin ich anderes, Ehrliches gewohnt!"

Lisa rappelte sich auf, setzte sich aufrecht hin und startete: „Na schön, Richard, du hast recht, ihr habt bis hierhin hervorragende Arbeit beim Aufbau der Stadt geleistet, aber unsere Generation, die in dieser Stadt aufgewachsen ist, sieht sich immer weniger repräsentiert, sieht ihre Bedürfnisse nicht ausreichend behandelt und möchte einfach mitreden."

„Siehst du, genau das habe ich gemeint. Meine Generation kann diese Gesellschaft, diese Stadt, die Zitadelle, nicht länger allein regieren."

„Was also schlägst du vor?"

„Das gilt es eben nun zu überlegen."

„Na, willst du den Stadtrat auf uns Jüngere erweitern?"

General O'Neill schmunzelte verhohlen: „Nein, denk nach Lisa, ihr habt doch in der Schule auch *politische Bildung der Alten Welt* durchgemacht, oder?"

„Ja schon, aber eher als abschreckendes Beispiel", konterte Lisa witzelnd.

Da wurde der General noch einmal ernst: „Es war nicht alles falsch und schlecht damals!"

„Nein, das wollte ich damit auch nicht sagen, aber, wenn es Veränderungen, wirkungsvolle Veränderungen geben soll, dann musst du dir auch eingestehen, dass die junge Generation so einiges anders handhaben will und wird als ihr Alten!"

So diskutierten die beiden noch einige Stunden weiter um den sprichwörtlich heißen Brei, ohne auf einen grünen Zweig zu kommen. Es war bereits weit nach Mitternacht, als sie, sichtlich geschlaucht, ihre Debatte beendeten und sich, vom jeweils anderen durchaus verstanden und ernstgenommen, zufrieden zu Bett begaben. Nichtsdestotrotz ließ General O'Neill Lisa schlussendlich über seine konkreten Pläne weitestgehend im Unklaren. Weiter darüber nachdenken wollte an diesem Abend aber keiner der beiden. Lisa war schließlich durchaus zufrieden damit, dass sie ihr Ziehvater so ernsthaft aufklärte und ihr auf einer Ebene begegnete. Der General war zufrieden, Lisa damit erfolgreich vertröstet zu haben, sein geplantes, weiteres Vorgehen bei der nächsten Stadtratsversammlung kundzutun, und dass Lisa, egal wie es weitergehen sollte, ein Sitz im Stadtrat sicher sei.

Die kommende Woche war gezeichnet von Anspannung. Natürlich sickerten die Diskussionen der letzten Stadtratsversammlung in die Öffentlichkeit und verbreiteten sich wie *Stille Post* in der Bevölkerung. So fieberten wirklich alle der nächsten Versammlung entgegen.

Am Morgen vor der Versammlung, diese sollte um sechzehn Uhr beginnen, kamen General O'Neill und Lisa beim Frühstückskaffee erneut auf das Thema zu sprechen, obwohl sie es die ganze Woche über zwanghaft umschifften, um ja keinen unnötigen Streit zu provozieren.

„Hey Kleines, na, gut geschlafen?"

„Morgen, ja klar und selbst?"

„Eh, und was steht bei dir heute noch am Plan bis zum Abend?"

„OK Richard!", unterbrach Lisa das aufgesetzte Geplänkel: „Tun wir nicht so, als wäre das ein normaler Tag. Gehst du wie immer um fünfzehn Uhr ins Rathaus?"

„Ja, und ich dachte, heute würden wir das gemeinsam tun?"

Da hielt Lisa kurz inne – für eine dramatische Pause – bevor sie antwortete: „Nein! Nein, ich werde dann direkt um sechzehn Uhr zur Versammlung stoßen. Ich habe davor noch etwas zu tun."

„Was hast du so Wichtiges vor? Wir haben doch wohl genug über die Wichtigk..."

„Ja, mir ist bewusst, worum es heute geht, Richard! Umso mehr bitte ich dich, mir zu vertrauen, OK?"

General O'Neill schüttelte leicht enttäuscht den Kopf, aber wissentlich darauf vertrauend, dass Lisa das Richtige machen würde: „Natürlich Lisa, nur bitte, sei pünktlich bei der Versammlung."

Lisa nickte nur noch zustimmend und nahm einen großen Schluck Kaffee. Kurz darauf, sie vermieden jedes weitere Gespräch, ging jeder der beiden seiner Wege.

Der Tag verging und General O'Neill begab sich wie geplant kurz vor fünfzehn Uhr ins Rathaus. Im Rathaus angelangt, nahm er in einem kleinen, mit einigen schlichten Stühlen und Tischen eingerichteten Besucherbereich Platz und harrte aus. Kurze Zeit später kam Doktor Foster zur Tür herein und bemerkte den sichtlich nervös da hockenden General. Sie trat an seinen Tisch heran und setzte sich ungefragt.

„Hi, gar so nervös heute?", versuchte sie, den General witzelnd aus seinen Gedanken zu reißen.

„Hallo, nein, geht schon. Ich warte nur auf jemanden."

Logischerweise ging Doktor Foster davon aus, er spräche von Lisa: „Keine Panik, sie wird schon kommen. Kennst sie ja!"

Da sah General O'Neill Doktor Foster skeptisch an. Er wusste freilich, was sie meinte, wollte aber auch nicht näher darauf eingehen. In diesem Moment stieß auch Bürgermeister Harrison zu ihnen: „Hey Leute, alles bereit für heute?"

„Hallo Markus, bis wann dürfen wir heute Kleriker Richter erwarten?", band Doktor Foster den vor ihnen stehenden Bürgermeister in die Runde ein.

„Ich habe ihn direkt für sechzehn Uhr zum Sitzungsbeginn eingeladen. Ich gehe davon aus, dass er die ganze Sitzung verfolgen und daran teilnehmen will. Ich denke, dass können und sollten wir ihm schon zugestehen. Oder was meinst du, Richard?"

General O'Neill zögerte kurz mit seiner Antwort, ging dann aber doch auf Harrisons Frage, vielleicht nicht ganz ehrlich, ein: „Ja, da hast du recht, Markus. Ein bisschen müssen und können wir ihm und seiner Gruppe schon entgegenkommen."

Ein wenig versuchten die drei, sich noch mit belanglosen Themen abzulenken, bis sie sich kurz vor sechzehn Uhr in den Sitzungssaal begaben.

Ab diesem Moment stieg die Nervosität in General O'Neill von Sekunde zu Sekunde. *„Wo bleibt bloß Lisa!"*, geisterte ihm unaufhörlich durch den Kopf.

In dem Moment, die Stadträte hatten noch gar nicht richtig Platz genommen, ging auch schon die Tür auf und Kleriker Richter, samt vierköpfigem Gefolge, standen vor ihnen.

„Gott zum Gruße, meine ehrenwerten Ratsherren", begrüßte Kleriker Richter mit dezent verächtlichem Unterton den Stadtrat. In weitem, schwarzem Talar gekleidet, wirkte jeder Handdeut des Klerikers doppelt so groß und ausdrucksstark, wessen er sich selbstverständlich bewusst war.

„Bitte, werter Herr Bürgermeister, wo finden meine treuen Begleiter und ich Platz an Ihrer Tafel", deutete der Kleriker wissentlich auf einen gravierenden Organisationsfehler des Stadtrats hin. Sie hatten nicht an weitere Stühle im Sitzungssaal gedacht. Prompt sprang Colonel Miller auf, der sich, ohne dass ihn jemals jemand dafür eingeteilt hätte, der Stadtrat war, also die ehemaligen Offiziere waren einfach ein eingespieltes Team. Schleunigst drängte er sich an der Gruppe des Klerikers vorbei, um Sekunden später mit vier Stühlen in den Armen wieder vor ihnen zu stehen. Diese schnell abgestellt, verschwand er auch gleich wieder und organisierte die nächsten vier. Diesen Vorgang wiederholte er dreimal, bis der Sitzungssaal vor Stühlen beinahe überging. Erst der Stopp-Ruf von Bürgermeister Harrison mahnte Colonel Miller, noch mehr Stühle zu suchen.

„Danke, Stadtrat Miller, das dürfte ausreichen", bedeutete ihm Bürgermeister Harrison, wieder Platz zu nehmen.

Dies taten ihm dann auch der Kleriker und dessen Gefolge gleich. Einige Minuten lang saßen alle Anwesenden wortlos an dem großen Besprechungstisch und beäugten sich gegenseitig. Alle hatten ein aufgesetztes, verlegenes Schmunzeln im Gesicht. Die Situation war jedem sichtlich unangenehm. Nur Kleriker Richter schien die Unbehaglichkeit der anderen regelrecht zu genießen.

In dem Moment richtete er seinen Blick auf Bürgermeister Harrison: „Nun, werter Herr Bürgermeister Harrison, ich darf mich nochmal für die Einladung und den herzlichen Empfang bedanken. Bitte lassen Sie sich aber durch unsere Anwesenheit nicht behelligen und walten Sie Ihres Amtes. Wir werden alle gespannt Ihren besonnenen Ausführungen lauschen."

Harrison sah sich im Raum um, die Abneigung allein gegen den unfassbar herablassenden Tonfall des Klerikers, war deutlich zu spüren, das konnte auch dem Kleriker nicht entgangen sein. Allen stand derselbe ablehnende Ausdruck ins Gesicht geschrieben. Und auch Harrison musste sich eingestehen, ihm ging es kaum anders. Aber es half nichts, so schnaufte er nochmal tief durch und begann die Sitzung: „Danke, ehrenwerter Herr Kleriker Richter, und danke für euer aller Erscheinen zur heutigen Sitzung des Stadtrates. Wie ihr alle wisst, haben wir den heutigen Termin aus einem bestimmten Grund angesetzt: die zunehmende Instabilität und Unsicherheit in der Bevölkerung. Zu diesem Zweck darf ich nun Kleriker Richter und dessen Begleiter offiziell in der Runde begrüßen. Ich möchte heute gerne mit euch allen Themen und Möglichkeiten erarbeiten, um die Zustimmung in der Bev..."

In dem Moment durchzog ein lautes Räuspern den Raum und unterbrach die Ansprache des Bürgermeisters. Augenblicklich richteten alle Anwesenden ihre Blicke auf den Kleriker, der sich zugleich erhob: „Erneut möchte ich Ihnen, Herr Bürgermeister Harrison, meinen und auch den Dank meiner Begleiter für die heutige Einladung zu dieser schicksalsträchtigen Zusammenkunft aussprechen. Ich bin mir sicher, dass wir eminent zu einer positiven und nachhaltigen Verbesserung der Gesellschaft beitragen werden und bin äußerst guter Dinge, dass heute der erste Schritt in eine bessere Zukunft getan wird."

Sichtlich stolz auf seine eigenen Worte nahm der Kleriker daraufhin wieder Platz und begutachtete die einzelnen Blicke, die ihm zugeworfen wurden. Es erweckte zweifellos den Eindruck, als würde er die zunehmende Verachtung, die ihm entgegengebracht wurde, zu genießen. Als würde er sich am Missfallen der anderen laben. Und auch Bürgermeister Harrison ging es nicht anders als den anderen. Doch versuchte er verbissen, seine staatsmännische, stoische Ruhe zu bewahren, um weiter konstruktiv fortzufahren: „... ähm, gut, danke, Herr Kleriker Richter für diese erhellenden Worte der Begrüßung. Seien Sie gewiss, dass jedes Ihrer Worte und jedes Wort Ihrer Begleiter, so sie zu Wort kommen, ernstgenommen und berücksichtigt wird."

„Ich bedanke mich dafür im Voraus und gebe dieses in gleichem Maße zurück, werter Bürgermeister Harrison", schleimte der Kleriker abwertend.

Bis zu diesem Punkt konnten sich noch alle Anwesenden einigermaßen zurückhalten, aber dann platzte Doktor Foster der Kragen: „Ich darf den Kleriker an dieser Stelle erinnern, dass er und sein Gefolge hier nur zu Gast ist, ihnen aber kein Sitz im Rat geboten wurde!"

„Wie kann sie es wagen!?!", brüllte der rechts des Klerikers sitzende junge Mann in die Runde, ohne Doktor Foster auch nur eines Blickes zu würdigen.

„Evelin!", rief Bürgermeister Harrison laut zur Mäßigung, bevor der Kleriker mit kühlem Grinsen im Gesicht zuerst mit einem sanften Handstreich seinen rechten Begleiter zur Ruhe ermahnte und dann Doktor Foster antwortete: „Meine liebe Frau Doktor, bitte denken Sie nicht, wir würden Ihren Einsatz und Ihre ganze Rolle in der Anfangszeit der Zitadelle nicht zu schätzen wissen. Die Menschheit kann und wird Ihnen ewig dankbar sein und Anerkennung zollen. Aber Frau Doktor, sind Sie wirklich der Meinung, dass Sie in diesen Rat gehören?"

Diese Meldung traf Doktor Foster wie ein Hammerschlag. Mit einem derart direkten Angriff hatte nicht einmal sie gerechnet.

Aber auch für alle anderen war dies der Schritt zu viel. In einer Welle der Entrüstung schrien alle Anwesenden wild um sich. Professor Stevens gegen den rechten Begleiter des Klerikers, Colonel Miller gegen den Kleriker selbst, Doktor Foster, den Tränen nahe, gegen alle auf einmal. Nur Bürgermeister Harrison, zunehmend schockiert von der Situation, General O'Neill und überraschenderweise auch der links neben dem Kleriker sitzende junge Mann, bewahrten die Fassung und stiegen nicht auf das Gebrüll der anderen ein. General O'Neill hob schlussendlich seinen Kopf und blickte zu Bürgermeister Harrison, der sofort verstand, was der General erwartete.

„Es reicht!!!!", brüllte er lauthals, woraufhin alle Anwesenden erschrocken zusammenzuckten und verstummten.

Es folgten einige Sekunden der Stille. Sekunden der Anspannung, eines alten Wild-West-Duells gleich. Die beiden Parteien beobachteten einander argwöhnisch und warteten nur auf einen Fehler des jeweils anderen.

Doch dann unterbrach General O'Neill, der wieder in sich gekehrt, mit Blick zu Boden, zusammengekauert in seinem Stuhl saß, die drückende Stille: „Sie haben recht, Kleriker."

Alle, allen voran Doktor Foster, rissen die Augen auf: „*Was hat er da gesagt?*"

„Sie haben vollkommen recht damit, dass Doktor Foster eine Heldin der Wiedergeburt unseres Volkes ist und ihren Teil zum Erfolg der Zitadelle beigetragen hat. Doktor Foster bat nie darum oder bestand gar darauf, in den Stadtrat aufgenommen zu werden. Ebenso wenig wie irgendeiner von uns. Es war damals schlicht die logische Konsequenz, dass wir ehemaligen Offiziere das Ruder in der Anfangszeit der Zitadelle übernehmen. Diese Anfangszeit ist nun vorüber."

„Da habt ihr recht, General O'Neill. Danke für diese weise Beurteilung", kommentierte der Kleriker siegessicher, während allen anderen die Kinnlade herunterfiel.

„Ich war noch nicht fertig, Kleriker!", konterte O'Neill ungewohnt aggressiv, was den Kleriker aus seiner aufkommenden Euphorie riss.

„Ich habe in der Alten Welt Verbrechen begangen. Verbrechen an der Menschheit, die mich zeitlebens verfolgen werden. Verbrechen, die ich im Namen Gottes und der heiligen Kirche begangen habe. Verbrechen, die auch von Ihnen angeordnet und gewünscht wurden. Wir alle, die wir hier sitzen, mal ausgenommen von Ihren Begleitern, haben derartige Verbrechen begangen. Zum Teil, weil wir keine andere Möglichkeit sahen, zum Teil schlicht als Konsequenz des Krieges. Ich und der Rest der ehemaligen Offiziere hatten, und das können Sie mir glauben, genug Zeit in den letzten Jahren, all das Erlebte aus der Alten Welt gemeinsam zu besprechen, aufzuarbeiten und uns darüber klar zu werden, dass wir ein solches System wie damals um jeden nur erdenklich Preis verhindern würden. -Doch egal wie wir es betrachten und es uns schönreden, diese Geister werden unsere Generation auf ewig verfolgen. Sie haben also vollkommen recht, Kleriker Richter: Doktor Foster gehört nicht in diesen Stadtrat. Mehr noch, keiner von uns verdient weiterhin das Recht, über die Zukunft der Welt zu richten. Wir haben in unserem früheren Leben bewiesen, dass das nicht in unserer Macht liegt. Und, Kleriker Richter, damit sind auch Sie gemeint! Diese Welt gehört nicht uns, wir hatten nur das Privileg, der nächsten Generation den Weg in diese Welt zu bereiten."

In diesem Augenblick verstand Bürgermeister Harrison, wovon General O'Neill zuletzt sprach und was ihn eine Woche zuvor so verstört aus dem Rathaus verschwinden ließ. Schlagartig erhellte sich seine Miene, ebenso schnell, wie sich die des Klerikers verfinsterte. Die anderen Stadträte standen zu diesem Zeitpunkt nur mehr neben sich und waren über alle Maßen überfordert.

„So, und was also schlagen Sie vor, wer dieses Volk führen soll, wenn nicht ..."

„Wenn nicht wer, Kleriker?!", spie Doktor Foster in all ihrem Frust aus.

Da sahen sich plötzlich General O'Neill und der junge Begleiter des Klerikers zu dessen Linken über den Tisch hinweg an, ohne ein Wort zu verlieren. Doch reichte allein der Blick der beiden, um vollends Verwirrung im Raum zu schaffen. Als sich dann der Kleriker in all seiner Rage zu seinem Begleiter umdrehte und zum nächsten Rundumschlag ausholen wollte, öffneten sich plötzlich beide Flügel der Saaltür und eine Gruppe von Jugendlichen, angeführt von Lisa, betrat erhobenen Hauptes den Saal.

General O'Neill atmete erleichtert auf, als wollte er einfach nur *„Na endlich!!!"* rufen und stand auf. Auch Bürgermeister Harrison tat es dem General gleich, nun wusste er mit Bestimmtheit, was O'Neill eingefädelt hatte, was ihm zur weiteren Verwunderung der anderen ein breites Grinsen ins Gesicht zauberte.

O'Neill streckte seinen rechten Arm in Richtung Lisa aus, deutete mit dem rechten Zeigefinger auf sie und antwortete auf Kleriker Richters Äußerung: „Die da, Kleriker! Das ist die nächste Generation!"

Alle Augen richteten sich auf die insgesamt acht jungen Zitadeller, drei Jungen, fünf Mädchen, alle zwischen fünfzehn und fünfundzwanzig. Allen voran Lisa, die umgehend nach ihrem Ziehvater Ausschau hielt, aber sich bewusst nicht zu ihm stellte, sondern mit ihren Leuten klar eine dritte Position im Saal übernahm.

„Die? Wollen Sie mich verschaukeln, General O'Neill? Das sind Kinder, nichts weiter!", polterte Kleriker Richter erzürnt.

„Das ist die erste Generation, die in der neuen Welt geboren oder zumindest aufgewachsen ist", erklärte General O'Neill ruhig: „Sie genießen mein vollstes Vertrauen und ich weiß, sie werden uns alle positiv überraschen."

„Und Sie sehen sich also, als der grooooße General O'Neill, der große Kriegsheld, der dies einfach so beschließt und die gesamte Macht über das Volk an diese Bande von Halbwüchsigen übergibt?!", fauchte der Kleriker seine erhoffte Machtposition abrupt schwinden sehend.

„Nein, werter Herr Kleriker Richter, ich beschließe gar nichts. Noch hat der Stadtrat das Sagen", antwortete O'Neill und erhob sich aus seinem Stuhl, um das Wort an alle Stadträte zu richten: „Werte Stadträte, zum Wohle und zur Festigung unserer Gesellschaft und der ganzen Zitadelle beantrage ich und stelle zur sofortigen Abstimmung die Übergabe sämtlicher Machtbefugnisse und Führungsrollen des Rates an die Regierung unter der Führung von Frau Lisa Meyer. Bitte Hände hoch für ein „JA"!"

Sofort, ohne auch nur eine Viertelsekunde zu warten, gingen die Hände aller Stadträte geschlossen in die Höhe. Worauf Bürgermeister Harrison ebenfalls nicht eine Sekunde zögerte: „Antrag einstimmig angenommen! Die Regierungsgewalt der Zitadelle wird mit sofortiger Wirkung an die Regierungspartei von Lisa Miller übertragen. Ich gratuliere, Abstimmung beendet!"

Kleriker Richter wusste nicht, wie ihm geschah, alle Wendungen am heutigen Tag hatte er eingeplant und erwogen, doch einen derart radikalen Schritt seitens des Generals hatte er schlicht nicht auf der Rechnung.

So wirkte es bereits als Verzweiflungstat, als er sich erneut aufbäumte und predigte: „Nun, das haben sich die Herrschaften ja schön zurechtgelegt, nicht wahr? Eine junge dynamische Regierung voll Saft und Kraft, ohne Belastungen aus der Alten Welt, ohne kriegsgeschädigte Geister und altmodischer Methoden. Super! Eine aufgeschlossene Gesellschaft, in der alle Meinungen und Ansichten respektiert werden. Aber was ist mit all den gläubigen Menschen da draußen, die um ihre Stimme in der Regierung lechzen, sollen diese treuen, aufrechten Bürger weiterhin so vernachlässigt und ignoriert werden. Wer soll diese armen, gottesfürchtigen Seelen leiten und politisch leiten, wenn nicht ...",

„Da haben Sie recht. werter Kleriker Richter!", wurde er plötzlich von Lisa unterbrochen, die bereits neben Ex-Bürgermeister Harrison Aufstellung genommen hatte: „Sie haben vollkommen recht damit, dass alle Ansichten und Meinung in der Regierung respektiert und angehört werden müssen, auch die Ihre. Daher berufe ich mit sofortiger Wirkung Novize Vincent Griffin zum Minister für Religion, Tradition und Kultus."

Kaum hatte Lisa ausgeredet, erhob sich der junge Begleiter des Klerikers zu dessen Linken und nickte zuerst Lisa und dann General O'Neill bestätigend zu.

In dem Moment fiel dem Kleriker die Kinnlade herunter.

Der rechte Begleiter des Klerikers hingegen war kaum mehr zu bremsen. Über allen Maßen aufgebracht wütete er herum, woraufhin Colonel Miller, der neben ihm saß, mit Hilfe der drei männlichen Regierungsmitglieder, neben Minister Griffin, ihn niederrangen. Der junge Eiferer sah zweifellos seinen Führer in der geschlagenen Defensive und konnte sich damit nicht abfinden, während der Kleriker selbst zunehmend in seinem Stuhl zusammensackte und resignierte. Der Verrat eines seiner engsten Novizen traf nun auch ihn wie ein Hammerschlag.

Schmachvoll, ohne noch weitere große Reden zu schwingen oder Flüche gegen die Versammlung auszuspeien, richtete sich der Kleriker auf und trottete enttäuscht aus dem Sitzungssaal, seinen anderen noch treuen Novizen hinterher. Nur der Novize, der dem Kleriker zur Rechten saß, schrie und polterte immer noch wie wild herum, während er von Colonel Miller zu Boden gedrückt wurde. Ehe ihn die Männer vom Boden hochrissen und mit einer Überdosis Schwung in hohem Bogen aus dem Rathaus warfen. Blöd nur, dass er dabei in einem wunderschönen hundertachtzig Grad Bogen mit dem Kopf auf dem harten Steinboden aufschlug und dann erst wieder bei Doktor Foster im Hospital landete. Was diese mäßig begeisterte. Aber wie sich Doktor Foster bei Patienten dieser Kategorie immer sagte: „Hippokrates sagt nur, dass ausnahmslos jedem Patienten geholfen werden muss – nicht, dass es dem Patienten auch angenehm sein und gefallen muss."

Was den Rest der Versammlung betraf, gratulierten und feierten alle einander noch eine Weile im Rathaus. Bürgermeister Harrison wollte bereits alle Aufgaben des Stadtrates sofort an die neue Regierung übergeben und sah sich schon im wohlverdienten Ruhestand, dies schlug Lisa aber prompt quasi als erste Amtshandlung aus. Zur Überraschung der meisten lehnte sich General O'Neill entspannt zurück und genoss das Schauspiel, wusste Lisa, die für die anderen ehemaligen Offiziere einfach immer noch das kleine Mädchen aus dem Bunker war, genau, wie sie vorzugehen hatte. Welche Schritte zu tätigen und in welchem Zeitplan diese zu erledigen waren. Und ebenso staatsmännisch wie planvoll ging sie auch vor. So bedankte sie sich herzlich bei den Stadträten für ihre jahrelange Arbeit und bat sie zugleich, diese Arbeit noch fortzusetzen, bis sie ihre Regierung gebildet habe. Auch kündigte sie im gleichen Atemzug die Niederschrift einer ersten Verfassung der Zitadelle an, welche sie im Zuge der offiziellen Machtübernahme präsentieren wollte. Zeit gab sie sich hierfür knapp fünf Wochen und setzte die feierliche Übergabe der Regierungsgewalt mit dem dreizehnten Jahrestag der ersten Bunkeröffnung an.

Als die alten Stadträte Lisas Pläne hörten, wurde es zunächst eigenartig still im Sitzungssaal, womit die jungen Regierungsmitglieder rund um Lisa nicht gerechnet hatten. Doch war es kein Unmut, der die alten Stadträte in sich kehren ließ, nein, im Gegenteil. Bürgermeister Harrison brachte es mit dankbarem und seelisch ruhigem Ton auf den Punkt: „Meine liebe Lisa. Interpretiert unsere Zurückhaltung bitte nicht miss, keiner von uns wagte es nur mehr zu hoffen, solche Worte, solche Pläne, solch eine reife demokratische Gesinnung und dann auch noch von so jungen Menschen jemals wieder zu hören. Lisa, Richard und ich und eigentlich jeder von uns Alten ist kriegsgeschädigt und wie Richard vorhin bereits sagte, werden uns diese finsteren Jahre der Geschichte für immer verfolgen." Daraufhin erhob sich Bürgermeister Harrison und sah Lisa tief in die Augen: „Lisa, du und deine Kollegen, Ihr schenkt uns, hier und heute, neue Hoffnung und dafür werden wir euch auf ewig dankbar sein."

Diese Worte des Bürgermeisters gingen nicht nur Lisa sehr zu Herzen. Lisa aber stand zu Tränen gerührt vor Harrison, erwiderte kein Wort, streckte nur im Affekt die Hand aus, griff nach Harrisons Hand und zog ihn zu sich. So wurde aus einem kurzen förmlichen Händedruck eine innige, liebevolle Umarmung der Generationen, die in die Geschichte eingehen sollte.

Fünf Wochen später sollte es schließlich so weit sein. Das Rathaus öffnete seine Pforten, auf dem Rathausplatz wurde eine Festbühne aufgebaut und die Hauptstraße rund um den Platz festlich geschmückt. Der schwindende Bürgermeister bereitete sich bis ins letzte Detail auf die Übergabe vor, er war seit Jahrhunderten nicht so nervös gewesen.

Aber nicht nur er, etwa 500 Meter vom Rathaus entfernt, machte eine junge Frau und zukünftige Regierungschefin das Haus von General O'Neill rebellisch. Aufgeregt ging Lisa im Wohnzimmer auf und ab und paukte ihre Antrittsrede auf Punkt und Komma. Zu versuchen, sie zu beruhigen, hatte General O'Neill längst aufgegeben. Er saß bequem auf der Couch und beobachtete seine Ziehtochter in aller Ruhe. Ihm war ohnehin klar, sie würde das schon packen. Nach einer Weile riss er Lisa dennoch aus den Gedanken: „So Lisa, genug gelernt, du kannst die Rede auswendig. Die Feier beginnt in zwei Stunden, willst du dich langsam fertig machen, damit wir ..."

Großer Fehler!

„ZWEI STUNDEN??!?!?!", brüllte Lisa, warf ihr Skript in die Luft und sprintete die Treppe hoch: „Was sagst du mir das erst jetzt! Und noch mit so einer Seelenruhe! Ist dir der Heutige echt so scheißegal?!?!? Verdammt nochmal!!!!!"

Seufzend fiel O'Neill zurück auf die Couch, die Arme hinter dem Kopf verschränkt: „Oh Mann, das wird ein langer Tag."

Keine zwanzig Minuten später hechtete Lisa die Treppen wieder hinab, immer noch aggressiv wie ein tollwütiger Fuchs fauchend: „Verdammt, verdammt verdammt!!! Schau wie ich aussehe! Nichts passt."

Immer noch die Ruhe selbst, schmunzelte General O'Neill Lisa liebevoll ins Gesicht: „Was passt nicht, Kleines? Du siehst ..."

Grooßer Fehler!!

„Was heißt: *Was passt nicht, Kleines?* Schau mich an, verdammt! Meine Haare stehen irgendwie, meine Bluse ist zerknittert, meine Hose falsch gebügelt, und jetzt ist mir auch noch ein Nagel eingerissen!"

„Na und, das interessiert heute doch keinen, Lisa."

Gaaanz großer Fehler!

Plötzlich verging O'Neill das Grinsen und er erinnerte sich schlagartig an alte Filmaufnahmen von ausbrechenden Vulkanen. Lisa lief knallrot an und bebte, dass jedes Seismometer darauf angesprungen wäre.

„Na, na, komm schon, Kleines, ich meinte nur, dass es heute um deine Person und deine perfekt einstudierte Rede geht, nicht darum, was du anhast und wie du aussiehst", versuchte sich General O'Neill verzweifelt zu rechtfertigen.

Da atmete Lisa tief durch, sodass sich ihre Gesichtsfarbe wieder leicht normalisierte, was in General O'Neill leise Hoffnung aufkeimen ließ. Im nächsten Moment allerdings wandte Lisa ihren Blick kühl von O'Neill ab, drängte ihn mit dem rechten Arm zur Seite und machte einen weiten Satz an ihm vorbei, in Richtung Haustür: „Geh mir aus dem Weg, antiker Vollkoffer!"

Schimpfte Lisa und stürmte zur Tür hinaus. O'Neill sah ihr verwundert, und wie er sich selbst zugestehen musste, dezent eingeschüchtert nach, beschloss aber schnell, ihr nicht nachzugehen und erst eine Stunde später am Rathaus aufzuschlagen. Sollten andere in den vollen Genuss ihrer Laune kommen.

So machte sich General O'Neill circa fünfundzwanzig Minuten vor dem angesetzten Beginn der Feier, in aller Ruhe, auf den Weg zum Rathaus. Mit ihm sammelten sich allmählich alle Bewohner der Zitadelle auf dem Rathausplatz und in der Hauptstraße. Jeder wollte, musste direkt, heute dabei sein.

O'Neill bahnte sich seinen Weg durch die Menschenmengen. Schüttelte eine Hand nach der anderen und wechselte unzählige belanglose Worte mit verschiedensten Menschen, die er kaum bis gar nicht kannte, bis er endlich am Rathaus anlangte. Mit aller Mühe schaffte er es dann auch noch, sich durch die Tür ins Innere vorzukämpfen und sich in den großen Sitzungssaal zu retten, der für die ganzen Besucher gesperrt war. Mit aller Kraft stemmte sich O'Neill von innen gegen die Tür des Saales, um sie zu zubekommen. Als die Klinke ins Schloss sprang, atmete er erleichtert durch und lehnte sich mit dem Rücken gegen die Tür. Da erst bemerkte er Ex-Bürgermeister Vizegeneral Harrison, wie er in seinem Stuhl am Ende der Tafel kauerte und O'Neill beobachtete.

„Na?"

„Na?"

Begrüßten sie sich männlich, herzlich zunickend, während sich O'Neill zum anderen Ende des großen Tisches schleppte und sich ebenfalls in einem der Stühle niederließ. Die beiden besten Freunde wechselten kein Wort, sie genossen die kurze Ruhe und waren sich wie immer einig. Einige Minuten später vernahmen die beiden aber doch lauten Jubel, der vom Rathausplatz aus jeden Winkel der Zitadelle durchströmte.

Da sahen beide, doch recht desinteressiert zum Fenster und O'Neill kommentierte: „Es fängt wohl an."

„Jop."

„Wir müssen wohl los."

„Jop."

„Sollen wir?"

„Muss."

Da erhoben sich beide *müden Krieger* langsam aus ihren Stühlen und trotteten zur Tür. Wider jeden Erwartens kamen ihnen nicht gleich zig Menschen entgegengefallen. Die hatten sich bereits alle wieder zur Rathaustür hinaus oder zumindest in den Türbogen gezwängt, um hautnah, mit unzähligen Schrammen, bei der Zeremonie dabei zu sein. So traten die beiden Herren über die Türschwelle des Sitzungssaals ins Foyer und steuerten eine gegenüberliegende Tür an. Sie führte in ein kleines Nebenzimmer mit einem Fenster, das direkt hinter der aufgebauten Bühne auf dem Rathausplatz lag. Die Männer öffneten das Fenster und kletterten mehr oder weniger, eher weniger graziös ins Freie, um sich zugleich direkt am Ort des Geschehens wiederzufinden. Einige Meter vom Fenster entfernt, gleich an der hinteren Ecke der Bühne, stand Doktor Foster, die das Unterfangen ihrer alten Freunde belustigt beobachtete. Als die zwei wieder auf die Beine gekommen waren, trat Doktor Foster an sie heran, um sie minder ernst zu mustern: „Also echt Leute, wie kleine Jungs! Schaut mal, wie ihr aussteht, könnt ihr eure Uniformen mal zurechtrücken, bitte? Ihr müsst gleich auf die Bühne."

Da klopften sich die beiden Männer hastig den Staub vom Livree.

„Na klasse, ich hoffe, ihr könnt eure Reden!", ergänzte Doktor Foster tadelnd.

„Sicherlich!", preschte Harrison vor.

Da sah ihn O'Neill an und flüsterte ihm verdeckt zu: „Reden?"

„Kein Plan! Sag halt irgendwas, wird schon passen!"

O'Neill nickte ihm bestätigend zu und drehte sich wieder zu Doktor Foster: „Freilich können wir unsere Reden, was hältst du von uns, hee?"

Da konnte Doktor Foster einfach nur mehr lächelnd und drängte ihre beiden alten Freunde zur Bühne heran. Auf dieser hatten sich mittlerweile alle neuen Regierungsmitglieder versammelt. Allen voran Lisa, die am aufgebauten Rednerpult Aufstellung genommen hatte, und als hätte sie nie etwas anderes gemacht, souverän vor den Tausenden Menschen stand. Als Lisa dann mit ihrer Rede begann und O'Neill ihr von hinten lauschte, übermannte ihn der Stolz zur Gänze. Wie paralysiert stand er da und sog jedes Wort von Lisa auf und verfolgte jeden einzelnen Handstreich von ihr. So überhörte er es beinahe, als Lisa alle alten Stadträte zu ihr auf die Bühne zur Regierungsübergabe bat.

Hastig packten Doktor Foster und Vizegeneral Harrison den General links und rechts an den Armen und drückten ihn auf die Bühne. Von der anderen Seite der Bühne stießen zugleich Colonel Miller und Professor Stevens zu ihnen. Für Außenstehende musste es direkt einstudiert gewirkt haben.

Nach wie vor paralysiert, stand General O'Neill nun inmitten der Bühne und blickte Lisa weiter verträumt an, sodass er es auch nicht mitbekam, als alle Blicke erwartungsvoll auf ihn gerichtet waren, ihn förmlich mitten auf der Bühne auszogen. Erst ein eindringlicher Ordnungsruf seitens Lisa und ein ebenso wiederbelebender Klaps auf den Hinterkopf von Doktor Foster zu seiner Rechten, ließen ihn aus seiner Trance erwachen.

Kurz schüttelte es den General aufgeregt, doch dann war er schnell wieder bei der Sache und wusste wieder, was von ihm erwartet wurde. So trat er bedächtig einen Schritt vor ans Mikrofon und begann mit kontrollierter Stimme: „Dreizehn Jahre. Dreizehn Jahre ist es nun her, als wir uns zum ersten

Mal vor dem großen Bunkertor wiederfanden und die ersten Schritte in diese neue Welt taten. Ich erinnere mich, als wäre es gestern gewesen, als ich damals als Erster über die Pforte trat und meinen ersten Atemzug außerhalb des Bunkers nahm. Die Anspannung, die Nervosität, aber auch die unbändige Vorfreude und Aufregung, diese neue Welt endlich zu erkunden. Eine Welt, obgleich es die selbe ist, die wir vor nunmehr 513 Jahren verließen, doch eine so völlig andere ist. Eine Welt, die definitiv noch so einige Überraschungen für uns bereithält. Überraschungen, deren Erkundung frischer, eifriger und aufgeschlossener Charakter bedarf. Das sind wir, die wir hier nun stehen, nicht mehr!", witzelte er zur Auflockerung und fuhr dann, nachdem er die höflichen Lacher abgewartet hatte, fort: „Wir, ich und meine Offiziere, hier zu meiner Linken und Rechten, hatten die unglaubliche Ehre, euch aus dem Bunker raus in die Welt zu führen, mit euch diese neue Stadt *Zitadelle* aufzubauen und dieser als erstem Stadtrat vorzustehen. Doch viel mehr als das Ehrgefühl, dies alles erlebt zu haben, wiegt jedenfalls die pure und unermessliche Dankbarkeit, die wir hier oben alle empfinden dafür, dass Ihr uns über all die Jahre so bedingungslos und Vertrauen schenkend gefolgt seid." Kurz hielt er an dieser Stelle inne und blickte über seine Schultern zu seinen Offizieren, deren Augen quasi synchron, zunehmend glasig wurden. Allen voran Doktor Foster, deren Schleusen sich just in diesem Augenblick öffneten. Doch gepaart mit einem herzigen Lächeln, das sich auch gleich auf O'Neill und jeden, der sie ansah, übertrug. Gerührt griff O'Neill nach Doktor Fosters Hand, die ihm sofort bereitwillig entgegenkam. So standen die beiden nun Hand in Hand vor dem Mikrofon, freilich wieder ein weiterer Windstoß auf die Mühlen der Gerüchteküche der Bevölkerung, die in den beiden schon immer ihr großes Celebrity-Traumpaar witterten, oder zumindest sehen wollten. Auch wenn es nie auch nur ein Indiz der beiden in diese Richtung gab. Obgleich die Sympathie füreinander, seit sie den Bunker damals verließen, stetig wuchs und nie enden wollend war. So blickten die beiden einige Sekunden lächelnd, mit Tränen in den Augen an, bevor sich O'Neill wieder dem Mikrofon zuwandte: „Unsere Zeit ist nun, ebenso wie die der Stadt *Zitadelle*, zu Ende. Die Bevölkerung wächst, die Ansprüche und Bedürfnisse wachsen. Das sind Herausforderungen, denen ein einfacher kleiner Stadtrat nicht gewachsen ist. Diese unsere Zeiten verlangen nach mehr. Sie verlangen nach der ersten echten Regierung des Staates *Zitadelle*!"

Mit einem Mal gingen schallender Beifall und ein ohrenbetäubender Jubelruf durch die Menge. Genau die Reaktion der Massen, die sich jeder, der auf der Bühne stand, erhoffte. Ein Jubel, der Minuten anhalten sollte. Jeder, wirklich jeder, sah sich als Teil eines großen, neuen Ganzen. Wieder ein neuer Aufbruch, wieder eine neue Etappe. Ein neuer Schritt, der für alle Zitadeller wie lange Zeit geplant und vorprogrammiert schien. *Wenn die wüssten!*

Als der Jubel nach gut fünf Minuten langsam nachließ, setzte der General noch einmal an: „Meine lieben Mitbürger, es ist mir nun eine große Ehre, euch die neuen Regierungsmitglieder vorzustellen. Allen voran, die erste Kanzlerin der Zitadelle – Frau Lisa Meyer!!"

Erneut brach unbändiger Jubel aus, als Lisa zu General Foster und Doktor Foster ans Mikrofon trat. Es bestand einfach kein Zweifel, die Zustimmung der Bevölkerung war ihr gewiss. Staatsmännisch abgeklärt, streckte Lisa ihrem Ziehvater die rechte Hand zum feierlichen Handschlag entgegen, am liebsten wäre sie ihm Rotz und Wasser heulend um den Hals gefallen. Aber auch General O'Neill tat absolut alles, um irgendwie die Fassung zu bewahren, und fasste und schüttelte ihre Hand ebenso gekonnt. Danach packte er Lisa an der Hüfte und zog sie zu sich vor das Mikrofon. Er selbst trat mit Doktor Foster gemeinsam einen Schritt zurück, um dann gleich mit den anderen beiden alten Stadträten Aufstellung zu nehmen, um die neuen Minister mit Handschlag zu begrüßen.

Doch zuvor atmete die neue Kanzlerin noch einmal tief durch, um zu ihrer ersten Rede auszuholen: „Meine ..."

Mehr ging nicht, bevor Kanzlerin Meyer von den überbrandenden Beifallsrufen der Massen übertönt wurde. Sichtlich gerührt stand sie so vor dem Mikrofon und wartete ab, bis sich die Menge beruhigte, was nicht wirklich geschah. Auch jeder Handdeut der neuen Kanzlerin zur Mäßigung bewirkte erst recht das Gegenteil, zumal Lisa von jedem weiteren Aufwallen des Beifalls immer gerührter wurde, was sie für die Bevölkerung nur noch nahbarer und sympathischer machte.

Wieder brauchte es einige Minuten, bis sich die Menge beruhigte und auch Lisa die Gelegenheit fand, sich zu sammeln und endlich ihre doch so sorgfältig einstudierte Rede vorzutragen: „Ich danke Ihnen, General O'Neill, sowie allen anderen Stadträten unter Bürgermeister Harrison, sowie jedem Einzelnen von Ihnen, die Sie heute hier erschienen sind. Es ist nur wenige Wochen her, als meine Bekannten und nunmehrigen Minister und ich von General O'Neill ins Vertrauen gezogen und mit diesem neuen Schritt in unserer Evolution konfrontiert wurden. Ich spreche bewusst von Evolution, weil die Entwicklung dieses unseres Volkes genau das für uns ist. Ich trat vor nunmehr dreizehn Jahren dank General O'Neill als Anführerin der letzten Gruppe von Überlebenden über die Schwelle raus in diese bereits damals blühende neue Zivilisation. Und wie alle meine Minister bin auch ich mit der Zitadelle mitgewachsen. Wir haben jeden Evolutionsschritt unseres Volkes mitgemacht und sind selbst daran gewachsen. Immer wieder, immer weiter. Und diesen Leitsatz will ich auch für unsere weitere Zukunft beibehalten: *Immer wieder, immer weiter!*"

Und wieder brandete euphorischer Jubel auf, der Kanzlerin Meyer unterbrach. Was sie aber sehr gerne hinnahm.

„Ich danke Ihnen. Ich darf Ihnen nun die neuen Minister der ersten Regierung der Zitadelle vorstellen."

Gewandt machte sie einen Schritt zur Seite und drehte sich zugleich zu ihren Ministern um, die hinter ihr Aufstellung genommen hatten, nachdem der alte Stadtrat zur Seite getreten war. Mit dem linken Arm lenkte Lisa die Blicke nun zur ersten Ministerin von ihr aus links außen.

„Ministerin Osbourne Dorothea, Ministerin für Umwelt und Landwirtschaft."

Daraufhin trat die angesprochene Ministerin vor, verbeugte sich kurz zur Begrüßung und ließ sich von der Menge abklatschen, während Lisas Arm zum nächsten Minister weiterwanderte. „Als Nächstes Minister Abrahams Franzis, zuständig für die Infrastruktur." Ein großer, schlaksiger, dunkelhäutiger Mann mit kurzem, krausen Haar trat vor und löste Ministerin Osbourne ab, die wieder den Schritt zurückmachte. Der Applaus der Menge hielt unvermindert an.

So ging Kanzlerin Miller ihren insgesamt neunköpfigen Ministerstab zügig durch, bis sie beim Letzten in der Reihe angelangt war.

„... Und zu guter Letzt, Vizekanzler und Minister für interne und externe Sicherheit, Mister Smith Christopher!"

So trat auch Minister Smith, wie die anderen vor ihm, einen Schritt vor, verbeugte sich kurz, ergriff dann aber auch gleich Kanzlerin Meyers Hand, die sie ihm entgegengestreckt hatte, und schüttelte sie als Zeichen der Zustimmung, was von der Menge wiederum überschwänglich bejubelt wurde. Lisa sah ihren Vizekanzler daraufhin wohlwollend an und trat neben ihn, damit sich der gesamte Ministerstab noch einmal gemeinsam vor der Menge verbeugen und bejubeln lassen konnte. In dem Moment kam auch der alte Stadtrat freudestrahlend wieder auf die Bühne gehüpft, um den neuen Ministern zu gratulieren und ihnen allen viel Glück für die kommenden Herausforderungen zu wünschen.

Der Jubel der Massen kannte nun kein Halten mehr. Ein derartiges Bild der Eintracht und Zuversicht unter der Führungsriege erhielt und steigerte das Vertrauen eines jeden Zitadellers in die Zukunft der Gemeinschaft und der ganzen neuen Welt.

Der Jubel hielt noch einige Zeit an, auch nachdem die Bühne bereits geräumt war. So ging der Jubel der Mengen nahtlos in ein ausgelassenes Straßenfest über. Prompt war Musik organisiert, eine ganze Band formierte sich spontan und eroberte die Bühne. Die Band sollte in den kommenden Jahren zur ersten Megastar-Band der Neuen Welt avancieren. Jeder Wirt der

Hauptstraße, es gab mittlerweile eine blühende neue Wirts- und Brauhausszene, öffnete umgehend sein Haus und servierte auf offener Straße. Ein paar Versuche von ein, zwei windigeren Wirten, Kapital aus der Feier zu schlagen und Geld zu verlangen, stellten sich schnell als hoffnungslos heraus. Die Feier kannte schnell ihre eigenen Regeln.

Das neue Geld, die neue Währung der Zitadelle, war das letzte Projekt des Stadtrates, welches er begonnen hatten, umzusetzen. ZD, Zitadellen-Dollar. Professor Stevens nahm sich dieses Themas an und ließ einen Satz Blechmünzen prägen. Im Wert von zehn, fünf und einem Dollar sowie einem halben und viertel Dollar. Die Münzen waren sehr schlicht, hatten eigentlich keinen Materialwert und von Fälschungssicherheit sprach dabei generell niemand. Aber als erster Ansatz eines neuen Währungssystems war es gut genug. So wurde jedem Zitadeller, in den Wochen vor der Amtsübergabe, ein Starterpaket von hundert Dollar in verschiedenen Münzen überreicht. Den vorläufigen Wert eines Dollars setzte der Stadtrat auf Anraten von Professor Stevens auf Basis der aktuellen Ernteerträge an. So entsprach ein Dollar zum Zeitpunkt der Einführung dem Preis eines Kilos Weizenmehls. Das neue System wurde von der Bevölkerung umgehend angenommen, es dachte wohl auch keiner lange darüber nach.

Die Feier überdauerte den ganzen Tag und ging bis in die Nachtstunden. Und auch wenn sich mit der hereinbrechenden Dunkelheit einige Zitadeller von der Feier zurückzogen, hielt die Feierlaune unbeirrt an. Alle Minister und Stadträte ließen sich stundenlang feiern und standen auch brav allen Zitadellern Rede und Antwort. Besonders Kanzlerin Meyer und General O'Neill kamen aus dem Händeschütteln kaum noch heraus. Sie hatten alle Mühe, sich in der Menge zu finden und wenigstens kurz zu umarmen und zu gratulieren. So standen die beiden wenige Meter voneinander entfernt in der Menschenmenge, gerade noch in Sichtweite, und kümmerten sich um ihre jeweiligen Gratulanten, während sie immer wieder den Blick des anderen suchten. Zumindest General O'Neill verfuhr so. Kanzlerin Miller ging sofort in ihrer Rolle auf und agierte wie ein alter Profi in der Menge. Was den Stolz General O'Neills nur noch weiter steigerte. Nur ihm selbst wurde es langsam, aber sicher genug. Der lange Tag forderte seinen Tribut, die Müdigkeit stieg. Da sah der General an Lisa vorbei und beobachtete, wie es Bürgermeister Harrison gelang, sich ins Rathaus davon zu stehlen. „Die Idee!", dachte sich General O'Neill und versuchte sich ebenfalls durch die Menge in Richtung Rathaus zu drängen.

Rathaus, auch ein Thema, das die neue Regierung in ihren ersten Tagen und Wochen auf ihrer Agenda hatte. So wurde das Rathaus in der ersten Zeit der neuen Regierung kurzer Hand zum Parlament erklärt und umbenannt, dann sollte ein neuer Bau in Auftrag gegeben werden, dann war wieder von einem Ausbau des bestehenden Gebäudes die Rede. Minister Abraham bezeichnete das Thema als sein Lebenswerk. Nicht, weil er sich darin besonders verwirklicht sah, sondern weil es ihn seine gesamte Laufbahn lang begleiten sollte.

Laufbahn, auch eine Frage, die sehr schnell Kanzlerin Meyer gestellt wurde. Etwas zu schnell für so manchen Beobachter. Es war vor allem die ältere Generation, die sich noch an die parlamentarischen Abläufe der Alten Welt erinnerte und diese auch gerne in der Neuen Welt wiedergesehen hätten. Somit also eine Regierungsperiode von vier oder fünf Jahren. Ein wichtiges Thema, welches aber keiner der Regierungsmitglieder miterlebt hatte. So waren sie zwar alle in der Alten Welt geboren, jedoch alle bereits in den Wirren des Krieges, in denen jede Form der Rechtsstaatlichkeit schon lange vergessen war. In diesen Fällen war es aber weiterhin der alte Stadtrat, der der jungen Regierung stets mit Rat und Tat zur Seite stand. Rat, der immer gerne angenommen wurde, was auch der Bevölkerung nicht verborgen blieb. So etablierte sich bald ein neuer Name für die Mitglieder des ehemaligen Stadtrates in der Zitadelle – Die Altvorderen. Sie kamen gemeinsam recht schnell und einig zu dem Entschluss, nach zunächst zehn Jahren die ersten freien Wahlen anzusetzen. Kanzlerin Meyer argumentierte diesen Entschluss damit, dass in dieser ersten Phase der großen Regierung grundlegende und umfangreiche Agenden zur Umsetzung für die Regierung anstünden, die nicht durch einen Wahlprozess unterbrochen oder behindert werden durften. Ein Entschluss, der vorwiegend bei der älteren Generation auf wenig Gegenliebe stieß.

„Na endlich, geschafft", atmete General O'Neill erleichtert durch, als er am Rathaustor anlangte und sich an den Menschen vorbei durchzwang. Er hoffte sich so ein wenig in Frieden und Freiraum. Falsch gedacht. Die ganze Aula des Rathauses war voll. Die Menschenmengen ließen kaum einen Quadratzentimeter Platz frei. Doch General O'Neill wusste, wohin er sich weiter retten sollte, beziehungsweise, wohin sein Vizegeneral Harrison entschwunden war. Er drängte sich quer über den Gang zur Tür des großen Sitzungssaals. Dort angelangt hämmerte er mit aller Kraft mit der Faust auf die Holztür ein. Dass das ohne Wirkung bleiben sollte, war ihm aber auch schnell klar ob des rundum herrschenden Lärms. So brüllte er aus tiefster Lunge: „Markus!! Verdammt, ich bin's, mach auf!!"

General O'Neill wiederholte seinen eindringlichen Flehruf mehrere Male, bis es endlich von innen an der Tür rüttelte und sie sich öffnete. O'Neill fiel förmlich durch die Tür, als sich diese nur einen Spalt öffnete. Woraufhin ihn, nunmehr wieder Vizegeneral Harrison, auffing und die Tür zugleich wieder hastig schloss.

„Na, fertig mit Händeschütteln?", empfing Harrison den immer noch nach Atem ringenden General O'Neill. Als dieser wieder selbstständig auf den Beinen stehen vermochte, ließ Harrison von ihm ab und ging wieder zurück zu seinem alten Platz am Anfang der Tafel. Drei Atemzüge später folgte ihm General O'Neill und ließ sich erschöpft im Stuhl zu seiner Rechten nieder. Erledigt sahen sich die beiden an und musterten einander.

„Na, war ja recht erfolgreich heute, oder?", begann O'Neill.

„Jop."

„Sie werden den Job gut machen, nicht wahr?"

„Jop."

Da richtete sich Harrison auf und blickte O'Neill eindringlich an: „Ist doch alles gelaufen, wie du es geplant hast, oder?"
„Das wird die Zukunft weisen, mein Freund. Was heute geschah, war einfach nur Evolution. Aber ... Jop! ... Lief eigentlich ganz gut heute", grinste ihm O'Neill fröhlich entgegen. Vizegeneral Harrison lümmelte zufrieden in seinem Stuhl und nahm die Worte General O'Neills genüsslich auf. Es fügte sich alles, wie es sich Harrison insgeheim dachte und erhoffte. Er hatte stets auf seinen ehemaligen Vorgesetzten vertraut und nie, nie wurde er enttäuscht. Beide Männer genossen diesen Moment. Sie sahen ihre Aufgabe als erledigt. Die Schuldigkeit an der Gesellschaft war getan. So freuten sie sich und sinnierten noch einige Stunden über ihre gemeinsame Zeit, die sie bis an diesen Punkt brachte. Im Laufe der Stunden stießen dann auch noch all die anderen alten Stadträte zu ihnen und beteiligten sich am Tratsch, bis es fast den Charakter eines Klassentreffens annahm. Alle freuten sich gemeinsam über diesen so erfolgreichen Abschluss dieses Kapitels ihrer Geschichte und gingen gemeinsam erwartungsvoll, ohne weitere Verantwortung, mehr oder weniger ihrer Zukunft entgegen. Allen voran General O'Neill und Doktor Foster.

Doktor Foster war die erste der alten Stadträte, die zu ihnen stieß, dafür bereits gut vom Alkohol aufgelockert. So stolperte sie mit lautem Getöse durch die eigentlich versperrte Tür, was sich die beiden Herren in all ihrer Überraschung nicht erklären konnten, herein.

„Hey, da seit ihr jaaa!", grölte sie lauthals in den Raum. Während ihr Vizegeneral Harrison entgegengeeilt kam und die Tür in letzter Sekunde zudrückte, bevor die Massen von draußen nachkommen konnten. Doktor Foster steuerte indessen zielgerichtet den Stuhl neben General O'Neill an, verfehlte diesen jedoch und kam so, wie auch immer, direkt auf General O'Neills Schoß zum Sitzen.

Vizegeneral Harrison drehte sich gerade wieder zu den beiden um, als er die beiden bereits einen Schritt weiter erspähte. Doktor Foster ergriff, beflügelt durch ihren Alkoholspiegel, die

Initiative und fiel General O'Neill um den Hals. Innig küssten und umschmeichelten sie einander, als Vizegeneral Harrison sie wieder im Blick hatte und das Ganze begriff.

„WUUUUHHHUUUU!!!! Na endlich, jawoooohhhllll!", jubelte er euphorisch, was die beiden kaum, aber doch kurz mit breitem Grinsen im Gesicht, voneinander abzulassen vermochte.

„Alles gut!", erkundigte sich General O'Neill pathetisch, während er Doktor Foster liebevoll im Genick kraulte.

„Das wurde ja wohl echt Zeit, meine Lieben! Gut so, was Alk nicht alles bewerkstelligen kann. Wenn ich das gewusst hätte, hätt' ich euch schon längst abgefüllt."

Beide sahen Vizegeneral Harrison ungläubig an. In dem Moment rüttelte es abermals an der Tür, worum sich Vizegeneral umgehend kümmerte. Es waren Professor Stevens und Colonel Miller.

Im Einklang: „Wuuuuuuuuhhh, naa allsooooo!"

General O'Neill und Doktor Foster sahen auch diese beiden ungläubig an, während Colonel Miller, dezent beschwipst, losbrach: „Melde gehorsam, wir wussten es alle! War kein Geheimnis. Alles cool! Freut uns alle MEGA!!"

„Dem hab ich nichts mehr zu ergänzen", komplettierte Professor Stevens, woraufhin Colonel Miller über einen der Stühle stolperte, um mit einem äußerst akrobatischen Salto auf dem nächsten Stuhl zu landen und auf diesem direkt einzudösen.

General O'Neill und Doktor Foster nahmen die Reaktionen ihrer engsten Gefährten entspannt auf und freuten sich ihrer offenbar doch so offensichtlichen, gegenseitigen Zuneigung. So feierten sie alle gemeinsam noch die ganze Nacht hindurch ihre eigene Feier im Sitzungssaal, ungestört von allen kritischen Blicken der Bevölkerung. Zum ersten Mal seit über 500 Jahren fühlten sich die alten Offiziere wirklich frei.

Die Feier auf den Straßen der Zitadelle sollte noch die ganze Nacht dauern. Erst zur Morgendämmerung gaben selbst die Partywütigsten auf und zogen ab. Was sie hinterließen, war ein Schlachtfeld. Lisa konnte sich irgendwann spätnachts davonstehlen, um zumindest ein wenig Schlaf zu bekommen. Als sie nach Hause kam und sich die Treppe hochschlich, kam ihr kurz der Gedanke, ob General O'Neill schon schlafen würde, verwarf diesen Gedanken aber schnell als klare Sache wieder. Wo sollte er sonst sein? Kaum fünf Stunden später wachte Lisa auch schon wieder auf und taumelte müde die Treppe hinunter. Sie bekam ihre Augen kaum noch auf, als sie durch das Haus schlurfte und O'Neill suchte. Aber nichts. Er war nicht zu finden. Verwundert kämpfte sie sich daraufhin die Treppe wieder hoch, die ihr an diesem Morgen wie ein Gebirgsmassiv vorkam und steuerte O'Neills Schlafzimmer an. An der Tür angekommen, überlegte sie kurz, klopfte dann aber sachte an: „Richard, bist du wach? Kann ich rein?" Keine Antwort. Sachte öffnete Lisa die Tür und linste durch den Spalt auf O'Neills Bett. Da riss sie die Tür schließlich weit auf und kontrollierte das ganze Zimmer – leer.

Verwundert zog Lisa wieder ab und machte sich stadtfein. Noch einen schnellen Kaffee hinuntergekippt, machte sie sich auch zugleich auf den Weg zurück zum Rathaus.

Am Rathaus angekommen, staunte sie nicht schlecht, was eine einzelne Feier so alles anrichten konnte. Die Bühne war zum Teil eingebrochen, die Girlanden und Transparente waren über die ganze Szenerie verteilt, in Alkohol getränkt, in der Wiese zertrampelt und im gleichen Zustand von den Bäumen des Platzes baumelnd. Auch als Serviette ließen sich die Transparente offenbar gut missbrauchen. Oder als Decke, was Lisa in all dem Chaos beinahe übersah. So lagen zwei Jungs, die ihre Sünden der Feier wohl einholten, in der Wiese direkt hinter der Bühnenruine, zugedeckt mit einem der Transparente, selig schlafend. Besorgt trat Lisa an die beiden heran und schüttelte sie an der Schulter, ihr erster Fehler. Warum genau die beiden so triefend nass waren, wollte sie in dem Moment lieber nicht wissen. Zumindest bekam sie die beiden wach, was der eine mit einem herzhaften Rülpser zur Guten-Morgen-Begrüßung kommentierte und der zweite, na ja, per Rülpser mit Zugabe. Was er Lisa direkt vor die Füße lag. Angewidert schnellte sie zurück und stolperte nach hinten auf einen kleinen Haufen feuchter Papierfetzen. Auch wenn sie sofort aufsprang und sich abklopfte, mit dem Sauberkeitsgefühl war's das an diesem Morgen gewesen. Nicht mehr ganz gut gelaunt, bahnte sie sich daraufhin ihren Weg weiter hinein ins Rathaus. In der Eingangshalle hatten es sich wiederum eine Handvoll Personen auf den Stühlen, Bänken und natürlich auf dem Fußboden bequem gemacht. Diesen Fehler wiederholte Lisa nun aber nicht mehr und ließ alle schlafen. Sie ging direkt zum Sitzungssaal des Stadtrates weiter und drückte gegen die Tür, verschlossen. Mit wenig Hoffnung, dass es etwas bringen würde, klopfte sie dagegen. Zuerst sachte, dann mit der Faust, aber wie erwartet. Keine Reaktion. So machte sie kehrt und zog ab. Dann aber, als sie bereits wieder an der Schwelle des Haupteingangs stand, hörte sie, wie das Schloss der Sitzungssaaltür knackte und sich zögerlich öffnete. Schnell ging sie zurück und sah, wie ein äußerst verkaterter Vizegeneral Harrison mit sehr verträumten Augen in der Tür stand.

„Markus, na, wieder fit?", erkundigte sich Lisa, etwas süffisant.

Harrison würdigte dieser Bemerkung auch keine Antwort, gab Lisa nur den Weg in den Saal frei. Was sie, ebenfalls wortlos, annahm und eintrat. Im Saal sah sie sich bedächtig um. Eigentlich dasselbe Bild wie vor der Tür. Die Stühle irgendwo, Professor Stevens bettete sich quer über die Sitzungstafel, wobei sein Kopf in einem, sicher nicht gesunden, Neunzig-Grad-Winkel hinunterhing, weshalb ihm der Mund weit offen stand. Aber immerhin lebte er, was sein lautes Schnarchen zweifellos belegte. Kaum besser, Colonel Miller, der in Embryonalstellung auf einem Stuhl kauerte. Also wie ein Fötus bei der Geburt, mit dem Kopf nach unten, unter der Armlehne des Stuhls vorbei. Fremdschämend schlug Lisa die Hand ins Gesicht und schüttelte belustigt den Kopf. Sie wollte schon umdrehen und die alte Garde in Frieden ausnüchtern lassen, da öffnete sich aber mit einem Mal wieder ihr Blick und gleichzeitig ihr Herz. Am anderen Ende der Tafel schlummerten O'Neill und Doktor Foster eng umschlungen auf einem Stuhl. Welch Anblick, Lisa kamen die Tränen. Damit hatte sie nicht gerechnet. Dementsprechend …

„Wuuhuuuuuuu!!!!"

Als wäre eine Bombe eingeschlagen, riss es alle Anwesenden abrupt aus dem Schlaf. Colonel Miller warf es in einem Purzelbaum vom Stuhl, wobei er sich beinahe an der Stuhllehne strangulierte. Und auch General O'Neill und Doktor Foster öffneten zaghaft die Augen. Die beiden kamen aber nicht dazu, sich irgendwie zu sammeln, da Lisa bereits freudestrahlend den Raum durchquert hatte und auf die beiden zusprang. Mit einem Satz sprang sie ihrem Ziehvater auf den Schoß, genauer auf den linken Schenkel, da Doktor Foster ja auf dem rechten lag und umarmte beide innig.

„Na endlich, wurde aber auch echt Zeit", flüsterte Lisa den beiden liebevoll entgegen und vergrub ihren Kopf in O'Neills Nacken, der daraufhin beide Damen auf seinem Schoß noch näher an sich presste und innigst herzte.

Allmählich dämmerte es O'Neill und Foster, dass ihre plötzlich offen gezeigte Zuneigung für alle anderen doch nicht so überraschend kam und sie Diskussionen darüber offenbar doch nicht so sehr zu befürchten hätten müssen. Kurz aufkeimende Gedanken von: *„Hätte ich das früher geahnt"* und *„Was, wenn ich schon früher …"*, wollte sich O'Neill aber echt nicht antun. Einfach nur genießen, wie es ist, und hoffen, dass es so bleibt!

Die drei blieben noch einige Minuten fest aneinandergekuschelt sitzen, bis sich Lisa langsam aufrappelte. O'Neill sah seine Ziehtochter voller Stolz an und wischte ihr, unter den ebenso liebevollen Blicken Doktor Fosters, die Freudentränen aus dem Gesicht, was aber zugleich die Schleusen bei Doktor Foster öffnete. Lächelnd sahen sich die drei an, als sich Doktor Foster mit zittriger Stimme an Lisa wandte: „Ich bin soo stolz auf dich, Kleines." Nun war es um Lisa endgültig geschehen, wie Wasserfälle kam es ihr nun aus den Augenwinkeln, unter gleichzeitigem Freudestrahlen. Zugleich wischte sie nun Doktor Foster die Tränen aus dem Gesicht.

Am anderen Ende der Tafel hatten inzwischen die anderen drei Herren mit verschränkten Armen Aufstellung genommen und beäugten das Schauspiel interessiert.

„Schon ein bisschen sehr kitschig", urteilte Colonel Miller.

„Das glaubt uns so doch keiner", ergänzte Professor Stevens kühl mit müdem Blick.

Vizegeneral Harrison seufzte kurz und ergänzte dann verhohlen lächelnd: „Ach, lasst es gut sein. Einfach zusehen und genießen."

In den kommenden Tagen und Wochen etablierte sich die neue Regierung und wurde von der gesamten Bevölkerung dank zahlloser Reformen und dringend erwarteter Maßnahmen zufrieden angenommen. Die Ministersitzungen verliefen stets in voller Eintracht und gegenseitigem Verständnis und Eintracht. Eine Volksbefragung um neue, gelockerte Lokalöffnungszeiten am Wochenende sollte als erste Stimmungsbarometer dienen, wie die Bevölkerung mit Wahlen umgehen würde. Der Ausgang der Befragung war der Regierung dabei eigentlich piepegal. Aber auch diese kleine Unsicherheit sollte sich in absolutem Wohlgefallen auflösen. Eine hohe Beteiligung von über fünfundachtzig Prozent sprach Bände. So kam es dann auch prompt zur ersten richtigen Abstimmung über eine erste große Steuerreform. Schwer, ein solches Thema ansprechend zu verkaufen, aber Kanzlerin Meyer und ihre zuständige Ministerin für Finanzen taten ihr Möglichstes. Und selbst dieses Thema wurde friedlich von der Bevölkerung aufgenommen und am Wahltag mit einer Beteiligung von dreiundneunzig Prozent und einer zweiundsiebzigprozentigen Zustimmung bestätigt. Ein grandioser Erfolg für die junge Kanzlerin, der auch von allen Wahlbeobachtern entsprechend gewürdigt und in den kommenden Tageszeitungen ausführlich gefeiert und angepriesen wurde. Schier schien es, und auch dieser Satz ist in den Gazetten mehrfach gefallen, als würde der neuen Regierung absolut alles gelingen. Und tatsächlich sollten noch einige Entscheidungen, Wahlen und Abstimmungen ohne irgendwelche Spannungen, Ungereimtheiten oder Reibereien ins Land ziehen. Aber wie die Menschheit nun mal ist, ohne Probleme geht es einfach nicht. Fast ist man versucht zu sagen: *Läuft alles rund, sucht man sich die Probleme, um ja Fehler machen zu können."*

Es war ein Tag wie jeder andere in den letzten Monaten. Die Regierung rund um Kanzlerin Meyer war nun acht Monate im Amt und mit der bisherigen Arbeit mehr als zufrieden. Wie an jedem Donnerstag stand auch an diesem Tag die wöchentliche Ministersitzung auf dem Programm, bei der sich alle acht Minister mit Kanzlerin Meyer über alle anstehenden Aufgaben austauschten und berieten. Eine Pflichtversammlung, auch wenn sich alle immer häufiger fragten, wozu, da alles so reibungslos ablief. Aber egal, alle Minister waren stets zugegen, aufmerksam und hochprofessionell.

Wie jede dieser Sitzungen wurde auch diese von Kanzlerin Meyer mit einer kurzen Zusammenfassung der Entscheidungen und Abläufe der vergangenen Woche eröffnet. Danach erteilte sie ihren Ministern nach zuvor im Sitzungsprotokoll festgelegter Ordnung das Wort. Als Erste war Ministerin Osbourne an der Reihe, die über die aktuellen Erntezahlen berichtete und die daraus resultierenden Preisprognosen für Getreide und Mehl für das kommende Halbjahr. Ein Thema, welches leicht Stunden verschlingen konnte, dann von Ministerin Osbourne aber immer schnell durchgeboxt war. Sie war in der Regierung berühmt für ihre präzise Art, schnell das Wesentliche auf den Punkt zu bringen. So sahen alle schnell den wohlverdienten Feierabend winken, als Ministerin Osbourne ihr Thema abschloss, doch erteilte Kanzlerin Meyer anschließend noch Minister Griffin das Wort: „Danke, Frau Ministerin Osbourne, für ihre Ausführungen. Einen Punkt haben wir heute noch auf der Tagesordnung. Minister Griffin, ich bin leider nicht mehr zur Aktualisierung des Protokolls gekommen, aber bitte, das Wort gehört Ihnen."

Daraufhin erhob sich Minister Griffin von seinem Platz und begann mit seinen Ausführungen: „Danke sehr, geehrte Frau Kanzler, und Entschuldigung gleich vorweg an das ganze Kollegium für mein verspätetes Einbringen dieses Themas, obgleich es, wie ich denke, ein ungleich wichtiges für die Zukunft unserer Nation ist", eröffnete der Minister seine Rede und beobachtete, wie alle anderen zunehmend hellhörig wurden, sodass er zügig fortfuhr: „Beinahe vierzehn Jahre ist es nun her, dass unser Volk den Bunker wieder verließ und diese nun so stolze Nation gründete. Wir haben unser Bestes getan, damit wir alle in Frieden und Wohlstand leben können, was die Umfragen in der Bevölkerung ja zweifellos widerspiegeln. Doch ein Thema haben wir dabei immer so gut wie ignoriert." Kurz hielt er an dieser Stelle wieder inne, um die Reaktionen abzuwarten, und fuhr dann fort: „Wir sind nicht allein auf dieser Welt. Wir können die anderen nicht ignorieren. Wir haben mit unseren Drohnen nur schnell feststellen können, dass auch diese den nuklearen Winter überlebten, haben ihnen seitdem aber so gut wie keine Aufmerksamkeit mehr geschenkt."

Da unterbrach ihn Kanzlerin Meyer in aller Ruhe, um auch bei diesem Thema fachmännische Abgeklärtheit walten zu lassen: „Da haben Sie Recht, Herr Griffin, danke für das Aufgreifen dieses viel zu vernachlässigten Themas. Es ist wahr, dass wir unsre Mitmenschen jenseits der Grenzen der Zitadelle nicht ignorieren dürfen und ..."

„Unsere Mitmenschen?!", fuhr ihr Minister Griffin aufgebracht ins Wort: „Unseren alten Todfeind wollten Sie sagen, oder?"

„Nein, Minister Griffin, das wollte ich sicher nicht! Es gibt keine Feinde mehr, oder haben Sie in den letzten Jahren irgendwelche Bomben einschlagen hören?"

„Nein, das habe ich nicht, aber dennoch..."

„Also, damit ist die Lage ja wohl klar."

„Mit Verlaub, Frau Kanzler, ich muss hierzu Minister Griffin beipflichten", ergriff Minister Smith Partei: „Wir waren in den letzten Jahren nur mit uns selbst beschäftigt und haben diese potenzielle Gefahr komplett vernachlässigt. Ich will nicht sagen, dass wir akut etwas von denen zu befürchten haben, aber Tatsache ist, wir haben absolut keine Ahnung von denen."

„Nun, Sie sind Minister für externe Sicherheit, Herr Smith, was also schlagen Sie vor?", fragte Kanzlerin Meyer merkbar genervt von dem Thema.

Dieser bemerkte natürlich, wie dieses Thema bei seiner langjährigen Freundin und Kanzlerin ankam und versuchte zu beschwichtigen: „Frau Kanzlerin haben natürlich recht damit, dass der alte Konflikt unserer beiden Völker lange vorüber ist und wir diese alten Geister nicht wieder wecken sollten, doch schadet es wohl auch nicht beziehungsweise finde ich es unumgänglich und extrem wichtig, mehr über dieses andere Volk, das da aus dem Bunker kroch, zu erfahren. Wer weiß, vielleicht denken auch sie wie wir und wollen einfach nur in Frieden weiterleben und möchten mit uns einen partnerschaftlichen Neuanfang. Es könnte sich für alle lohnen."

Zustimmend nickend saß Kanzlerin Meyer in ihrem Stuhl und sah ihren Minister bewundernd an: „Danke, Minister Smith, ich gebe Ihnen vollinhaltlich recht. Fantastisch argumentiert. Ich schlage vor, wir entsenden einen Kundschafter in das „gegnerische" Gebiet, um mal nachzuforschen, wie es um dieses Volk bestellt ist. Wie wir dann damit umgehen, können wir später immer noch entscheiden. Ohne Faktenbasis können wir keine besonnenen Maßnahmen treffen."

So brachte Kanzlerin Meyer auch dieses Thema nach kurzem Blick in die Runde zur Abstimmung, was von allen Ministern einstimmig abgesegnet wurde. So wandte sie sich wieder an Minister Smith: „Sehr gut, damit wäre das beschlossen. Minister Smith, bitte entsenden Sie einen Kundschafter, der sich ein Bild von der Lage da drüben verschafft und uns anschließend Bericht erstattet."

Minister Smith nickte die Order einverstanden ab, was Kanzlerin Meyer zur Beendigung der Sitzung veranlasste.

Nach der Sitzung verließen alle Minister den Sitzungssaal zügig und gingen wieder ihren Geschäften nach. Kanzlerin Meyer und Minister Smith verließen den Saal nacheinander und warteten in der großen Aula zusammen.

„Hey, alles klar? Ich wollte dir echt nicht vor allen so deutlich und offen widersprechen, aber ..."

„Aber geh, passt schon, wieso? Du hast ja vollkommen korrekt argumentiert Christopher", fiel ihm Kanzlerin Meyer ins Wort.

„Danke, ich ..."

In diesem Moment kam auch Minister Griffin aus dem Sitzungssaal heraus und auf die beiden zu: „Madame Kanzler, Herr

Smith, danke für die konstruktive Sitzung", grüßte er die beiden beiläufig grinsend und zog von dannen.

Kanzlerin Meyer sah ihm noch nachdenklich nach, als Minister Smith plötzlich losbrach: „Wir müssen uns heute Nacht bitte noch einmal unter vier Augen sprechen, Lisa, es ist extrem dringend!"

Die Kanzlerin konnte sich kaum nach ihrem Minister umdrehen, da hastete dieser schon an ihr vorbei und ergänzte noch eilig: „Bitte triff mich heute um dreiundzwanzig Uhr am Bunkerplatz vor dem großen Tor!"

Die Kanzlerin sortierte noch ihre Gedanken, da war der Minister auch schon zur Tür hinaus. Diese Situation sollte sie aber noch den ganzen Tag beschäftigen.

Es war bereits spätabends, als Kanzlerin Meyer die Hauptstraße entlang nach Hause ging. Noch immer geisterte ihr Minister Smiths besorgter Tonfall durch den Kopf, was auch ihr zunehmend Unbehagen bereitete. Und egal wie sehr sie sich einredete, dass alles in Ordnung sei, fühlte sie sich an diesem Abend laufend beobachtet. Der Heimweg kostete sie an diesem Tag nur halb so lange.

Zu Hause angelangt, warteten bereits General O'Neill und Doktor Foster, die Beziehung der beiden entwickelte sich seit ihrer quasi Pensionierung prächtig, mit dem Abendessen.

„Hey Kleines, da bist du ja endlich, -langer Tag im Büro? Heute gibt's Spinatlasagne mit Salat", begrüßte sie General O'Neill euphorisch, er war in den letzten Monaten zum perfekten Hausmann mutiert. Im selben Moment fiel ihr von hinten Doktor Foster um den Hals und drängte sie ins Esszimmer, wo sie bereits den Tisch gedeckt hatte. Im Esszimmer wies sie Lisa prompt ihren Platz an, eigentlich war es eh immer derselbe Stuhl, aber Lisa ließ sie stets gewähren, und schenkte ihr ein Glas Weißwein ein.

Die ganze Szenerie erschien Lisa als so surrealer Kontrast zu ihrem restlichen Tagesablauf, aber gerade diese Tatsache gab ihr, vor allem an diesem Tag, so immens viel. Generell fragte sie sich in den letzten Wochen und Monaten oft, wer wohl mehr von dieser Beziehung ihrer *Stiefeltern in spe* profitierte. O'Neill, der endlich zur Ruhe kam und all die Horrorjahre der Alten Welt sowie den Stress der Aufbaujahre hinter sich lassen konnte, oder der sie selbst, die endlich nach so langer Zeit eine richtige Familie bekommen hatte, die sie so unterstützte und ihr Kraft gab.

Die Frage war ein Dauerbrenner in ihrem Kopf, der sie aber im Gegensatz zu so vielen anderen Themen, mit denen sie tagtäglich konfrontiert sah, vor allem wohlwollend beschäftigte. Vor allem an Abenden wie diesem gab sie sich nur zu gerne der Obsorge der beiden hin und genoss über alle Maßen die deliziöse Lasagne. Ihr absolutes Leibgericht, seit General O'Neill gelernt hatte zu kochen. Die drei witzelten oft, dass Lisa bald eine Extra-Subventionierung für den Spinatanbau beschließen müsse, weil sie zu dritt wohl alle Bestände der Zitadelle für sich allein beanspruchen würden. Tatsächlich kam es bei einer Ministersitzung sogar einmal dazu, als es generell um die Subventionierung landwirtschaftlicher Erträge ging. Lisas Vorliebe für Spinat war natürlich auch unter ihren Kollegen und Freunden weithin bekannt und dient stets auflockernden Späßen.

Die drei saßen noch lange zusammen, besprachen ihren Tag und erfreuten sich ihrer gegenseitigen Gesellschaft. Nur Lisas abschweifender Blick zur Uhr, die über der Küchentür hing, entging keinem. Irgendwann konnte sich Doktor Foster nicht mehr zurückhalten und musste einfach fragen: „Na, sitzt du auf Nadeln? Hast heute noch ein Date?"

Da zuckte Lisa nervös zusammen: „Was, ich, wie kommst du auf … nö!?"

„Ach komm, ist doch in Ordnung. Auch eine Kanzlerin braucht ein erfülltes Privatleben."

Da ergriff Lisa ihre Hand und sah sie dankbar an: „Ich habe ein sehr erfülltes Privatleben, Eve. Wirklich!"

„Richard und ich werden immer für dich da sein, das weißt du, aber – ist da nicht vielleicht noch etwas?", fragte Doktor Foster neugierig, mit den Augen zur Uhr deutend.

Momente, in denen sich Lisa doch recht gerne wieder an die Zeit ohne diese Familienbande zurückerinnerte. Diese vergingen aber immer sehr schnell wieder. So ließ sie sich auch an diesem Abend schnell eine einfache Ausrede einfallen: „Ja gut, okay, hast ja recht, was soll ich lügen, ich habe heute noch einen Termin um dreiundzwanzig Uhr."

„Einen *Termin*, na klar!", grölte O'Neill fröhlich.

„Wie heißt er? Was macht er?", komplettierte Doktor Foster den klischeehaften Dialog, über den sich die wortgewandte Lisa nur wunderte, dass ihre abgedroschenen Antworten so einfach aufgenommen und für ernsthaft akzeptiert wurde: „Nun, warten wir mal heute Abend ab, dann werden wir ja sehen, ob er einer namentlichen Erwähnung in meiner Geschichte wert ist."

Diese Antwort nahmen beide äußerst gerne unter freudestrahlendem Lachen an und pflichteten Lisa unterstützend bei. Nur Lisa selbst wurde von dieser Minute an zunehmend unruhiger, was die anderen sofort als positive Vorfreude deuteten.

Es war bereits zwanzig vor elf Uhr nachts, als sich Lisa auf den Weg machte. General O'Neill und Doktor Foster saßen indessen im Wohnzimmer eng umschlungen auf der Couch und grinsten Lisa mit elterlicher Neugier nach, als diese zur Tür hinaussprang und sich selbst flüsterte: „Ganz egal, was mir Chris heute noch anvertraut, Hauptsache, ich hab diese Schmierenkomödie hinter mir."

Auf dem Weg zum Bunker kamen ihr ständig Gedanken an ihre Kindheit in den Sinn, als alle ihre Freunde stets von ihren peinlichen und überfürsorglichen Eltern berichteten und sie selbst immer nur danebenstand und nicht mitreden konnte. *„Ach, wie schön war die Zeit!"*

So ging sie die Hauptstraße entlang, passierte das Regierungsviertel, wie das alte Rathaus und die umliegenden Gebäude mittlerweile genannt wurde, und näherte sich langsam dem Stadtrand. Wobei auch die Bezeichnung Stadtrand immer weniger zutraf, da sich das urbane Gebiet immer weiter ausdehnte, auch rings um den Berg, unter dem der Bunker lag. Also der Bunker *Zitadelle*, der unter dem Berg *Zitadelle* lag, um den sich die Stadt *Zitadelle* ausbreitete, der Hauptstadt der Republik

Zitadelle. Die Namenswahl war ein ewiges Thema und ein unlösbares Problem der *Zitadelle.*

Schließlich kam Lisa zu einer Weggabelung. Sie folgte dem rechten Weg weiter, der aufwärts zum Berg führte. Nach etwa vierhundert Meter sich windender Straße rückte der Bunkerplatz in Lisas Sichtfeld. Der Bunkerplatz war nicht mehr derselbe wie vor vierzehn Jahren. Bänke, Parkanlagen, Grillplätze und so weiter machten aus ihm ein Wochenendfamilien-Ausflugsziel. Vor allem, seitdem der alte Stadtrat den Bunker zur Besichtigung freigab und Führungen angeboten wurden.

Lisa ging zur Mitte des Platzes, direkt vor das riesige Bunkertor. Ihr ganzes Leben dachte sie sich stets, das Tor wäre ihr immer nur so riesig vorgekommen, weil sie selbst noch so klein war, aber es kam ihr im Laufe der Jahre einfach nie kleiner vor.

Vor dem Tor sah sie sich nach Minister Smith um, konnte ihn aber in der Dunkelheit nicht sehen. Sie wollte schon nach ihm rufen, als sie ein lautes Rascheln im Gebüsch neben dem Eingang ablenkte.

Plötzlich sprang Minister Smith hervor und hastete seine Kanzlerin entgegen.

„Chris? Was suchst du im Gebüsch? Was soll diese Geheimnistuerei?", rief Lisa quer über den Platz.

„Pssssst!", zischte Christopher zurück: „Nicht so laut, was weißt du, wer nicht noch alles hier ist?"

„Wer soll noch hier sein? Was ist denn los mit dir?"

„Egal, komm, wir müssen reden."

So packte Minister Smith Kanzlerin Meyer am Arm und zog sie mit sich in Richtung Tor. In dem Moment merkte Kanzlerin Meyer erst, dass das Tor einen Spalt weit geöffnet war.

„Wieso ist der Bunker offen, warst du das?"

Minister Smith antwortete nicht und zog Kanzlerin Meyer wortlos weiter, durch den Spalt ins Innere des Bunkers. Die Kanzlerin war schon eine gefühlte Ewigkeit nicht mehr in diesen endlosen Hallen und als ihr die eisige Kälte im Bunker hochstieg, wusste sie auch wieder, warum. Da war es ihr genug und riss sich aus dem festen Griff Minister Smiths los.

„Jetzt ist es aber gut, wo willst du hin?"

Minister Smith sah sich nervös in den stockdunklen Hallen um und antwortete dann mit unsicherer Stimme: „Nicht hier, bitte vertrau mir und komm weiter!"

Kaum ausgesprochen, setzte er sich wieder schnellen Schrittes in Bewegung und steuerte die Treppe zur Kommandozentrale an, von wo aus damals die drei Techniker die Drohnen steuerten und schließlich das andere Volk entdeckten.

Die Entdeckung des anderen Volkes war damals gar keine große Sache. Zumindest wurde sie nicht als solche inszeniert. Es war im dritten Jahr nach der Bunkeröffnung. Die drei Techniker kamen nur noch sporadisch für Drohnenflüge in den Bunker, führten es als ihr Hobby dennoch weiter, auch wenn sie mit keinem Sensationsfund mehr rechneten So begann auch der Tag der Entdeckung. Aus reiner Langeweile ließ einer der Techniker seine Drohne zunächst Pirouetten und Saltos drehen, bevor er feststellen wollte, wie hoch seine Drohne maximal steigen konnte. Natürlich kannte er die technischen Eckdaten der Drohne, wie es sich jedoch in der Praxis verhielt, war immer etwas anderes. So ließ er die Drohne zuerst so schnell wie möglich und ab einer gewissen Höhe Schritt für Schritt aufsteigen. Schnell war das Höhenlimit die die Eckdaten vorschrieben überwunden. An diesem Punkt wurden auch die beiden anderen Techniker auf das Experiment aufmerksam und diskutierten, wie hoch es die Drohne wohl noch schaffen würde. Ihnen war klar, ab einem gewissen Punkt sei die Luftdichte zu dünn, dass sich die Drohne in der Luft halten könnte. Und so war es auch. In einer Höhe von knapp 4.000 Metern war Schluss. So sehr sich die Rotoren auch anstrengten, sie vermochten nur noch, die Drohne oben zu halten. Nicht aber, weiter aufzusteigen. Die Techniker freuten sich hingegen, dass es an diesem Tag so windstill war, dass ihre Drohne überhaupt so hoch steigen konnte. Euphorisch bejubelten und gratulierten sich zwei der Techniker zu ihrem Erfolg. Der dritte aber behielt seinen Bildschirm angespannt im Blick und begann die Kamera in alle Himmelsrichtungen zu schwenken.

Aufnahmen aus dieser Höhe hatten sie noch nie geliefert. Und die Aufnahmen waren spektakulär. Der Techniker wollte so viele Bilder wie möglich sammeln, als er plötzlich durch einen lauten Alarm aus seiner Arbeit gerissen wurde. Wie alle drei Techniker schon erwarteten, war die Batterie der Drohne erschöpft und setzte nun automatisch wieder zur Landung an. Um alle verbleibende Energie dafür zu speichern, wurde auch die Kamera automatisch deaktiviert. Die Techniker machten sich aber nichts daraus. Sie hatten genug atemberaubende Bilder gesammelt, die sie nun auf dem großen Bildschirm bewunderten. Zufrieden mit ihrer Arbeit wollten sie schon alles abspeichern und damit zu Colonel Miller ins Rathaus eilen, als einer der Techniker plötzlich hoch rief: „Halt, was ist das?"

Er deutete auf eines der Bilder, beziehungsweise auf eine Hand voll Lichtpunkten, die am oberen Rand des Bildes zu sehen waren. Die drei Techniker sahen einander einen Moment bedächtig an, wusste dann aber sofort um ihr weiteren Schritte. Umgehend starteten sie die restlichen Drohnen und entsandten sie zu den Koordinaten des Bildes.

Es war schon spät abends, als die drei Techniker wieder aus dem Bunker kamen und Colonel Miller in dessen Haus besuchten, um ihm die Bilder des Tages zu zeigen. Dieser brauchte nicht lange um zu verstehen was er da sah und verordnete den Dreien sofortige Verschwiegenheit über das Thema. Gleichzeitig lud er sie zur Stadtratssitzung am kommenden Morgen ein, um das Thema in großer Runde zu besprechen.

Am nächsten Morgen zeigten sich zunächst alle Stadträte begeistert und gratulierten dendrei Technikern zu ihrem Fund, pflichteten Colonel aber auch bei, dass es zu diesem Zeitpunkt noch besser wäre abzuwarten und Stillschweigen zu wahren.

Die drei Techniker erhielten weiter den Auftrag, unauffällig weiter mit ihren Drohnen Bilder der *anderen Seite* zu liefern. Eine Aufgabe, die die drei nur zu gerne übernahmen.

Kanzlerin Meyer sah ihm zunächst über seine extreme Nervosität verwundert nach, ging ihm dann aber trotzdem interessiert nach. Sie war schon so weit gegangen, jetzt wollte sie auch wirklich wissen, was den Minister so beunruhigte.

In der Kommandozentrale angelangt, blieb Minister Smith an der Tür stehen und wartete, bis auch Kanzlerin Meyer eingetreten war. Die Kanzlerin, die selbst nie hier oben war, sah sich zunächst fasziniert um, bis sie durch ein dumpfes Türknallen aus ihren Gedanken gerissen wurde. Minister Smith lehnte tief atmend an der nun geschlossenen Tür, als wäre er gerade einen Marathon gerannt.

„Also gut Chris, jetzt sag schon, was ist los? Was gibt es so Wichtiges und Geheimes zu besprechen, dass wir extra hier rauskommen mussten?"

Da stieß sich Minister Smith von der Tür ab und trat an Kanzlerin Meyer heran: „Es geht um die Sitzung heute – um den Auftrag, den du mir erteilt hast."

„OH WIRKLICH! Ganz ehrlich, mein Freund, das habe ich durchaus schon geahnt! Und, lass mich raten, es geht auch um Vincent, nicht wahr?"

Minister Smith sah traurig zu Boden und nickte verschämt. Dann hob er seinen Kopf wieder und antwortete: „Ja, Lisa, genau darum geht es." Dann verfinsterte sich seine Miene zunehmend, bevor er fortfuhr: „Glaubst du denn, Vincent ist von selbst, so mir nichts dir nichts, auf diese Idee mit dem alten Feind gekommen?"

„Worauf willst du hinaus?", fragte Kanzlerin Meyer ungläubig.

„Der Kleriker."

„Nicht schon wieder, Chris, der Kleriker ist ein alter Mann, der plant keine Weltverschwörung!"

„Woher willst du das wissen, hm?"

„Hast du in den letzten Monaten seit unserer Angelobung, seit der Sitzung des Stadtrates damals, irgendetwas vom Kleriker und seiner Bande gehört?", fragte sie angriffig zurück: „Und warum sollte ausgerechnet Vincent so drauf sein? Er war es, der dem Kleriker damals in den Rücken gefallen ist."

„Ist er das? Ist er ihm in den Rücken gefallen oder sollte es bloß so aussehen?"

„Du redest wirres Zeug, Chris", urteilte die Kanzlerin das Gespräch herab: „Wir arbeiten all die Zeit in aller Einheit und Harmonie zusammen, Vincent bringt sich bei jeder Abstimmung und jedem Thema pflichtbewusst ein und das alles soll nur Tarnung sein? – Wofür?"

Da hielt Minister Smith nachdenklich inne, sodass Kanzlerin Meyer fortfahren konnte: „… Und außerdem, wenn der Antrag von Vincent so verschlagen und böswillig war, warum hast du ihn mir gegenüber so vehement verteidigt und dich ebenfalls für Nachforschungen stark gemacht? Ganz ehrlich, so wie es für mich in diesem Moment erscheint, steht der Konspirateur der Regierung direkt vor mir."

Dieser Satz ging Minister Smith durch Mark und Bein. Verschreckt stammelte er weiter: „Was, nein … ich …"

„Komm runter, Mann, ich kenn dich viel zu lange und viel zu gut, als dass ich dir so etwas auch nur ansatzweise zutrauen würde", lächelte sie ihn aufmunternd an: „Aber dennoch, Chris, ich kann solches Misstrauen in meiner Regierung nicht dulden! Auch, dass wir uns hier alleine im Geheimen treffen und eben über solche Dinge reden, könnten kritische Stimmen durchaus schon als Verrat deuten und Gegner dazu verleiten, dies gegen uns zu verwenden."

Da sah Minister Smith wieder beschämt zu Boden: „Ich verstehe."

Da legte Lisa ihren rechten Arm auf Christophers Schulter und flüsterte ihm im Vertrauen: „Was glaubst du denn, warum ich dich beauftragt habe einen Kundschafter auszusenden und es nicht gleich Vincent zugeteilt habe, womit er ja voll gerechnet hat, hm? Denkst du nicht, dass mir durchaus klar war, dass du ihm mit deiner Zustimmung den Wind aus den Segeln nehmen wolltest?"

Da sah Christopher seine Kanzlerin verwundert an und wartete, bis sie ergänzte: „Vincent ist ein gutes und wichtiges Mitglied der Regierung und er genießt mein vollstes Vertrauen – solange es um seine Agenden geht. Glaubst du denn, ich würde diesem religiösen Typen einfach so ein außenpolitisches Thema dieser Tragweite anvertrauen?"

In dem Moment realisierte Minister Smith, dass all seine Sorgen und seine Aufregung unnötig gewesen waren und er seine Kanzlerin völlig unterschätzt hatte. Schmachvoll grinste er seine Kanzlerin an und antwortete: „Danke, Frau Kanzler, ich hätte nie zweifeln dürfen."

„Zweifeln, nein – aber skeptisch hinterfragen und offen ansprechen, dafür hab ich dich ja."

So nickte Minister Smith bestätigend ab und drückte die Kanzlerin noch einmal in aller Freundschaft dankbar an sich. Danach sahen sich die beiden noch etwas in der Zentrale um.

„Was meinst du, ob sich kommende Generationen überhaupt noch vorstellen werden können, dass hier alles seinen Anfang genommen hat?", fragte Smith.

„Ich hoffe nicht", antwortete Lisa halbernst.

So traten sie gemeinsam den Heimweg an. Als sie den Bunker wieder verließen, gemeinsam über den Bunkerplatz schlenderten und den Sternenhimmel bewunderten, warf Lisa ihrem Begleiter zum Abschluss noch vor: „Dir ist aber schon klar, dass uns der alte General und der Doktor ab sofort als Liebespaar ansehen werden?"

„Häää???"

Drei Tage später sahen sich Kanzlerin Meyer, Minister Smith und Minister Griffin auf dem Platz des Regierungsviertels wieder, um ihren Kundschafter ein letztes Mal zu instruieren und auf den Weg zu schicken. Der ausgewählte Kundschafter war ebenfalls im Alter der drei Regierungsmitglieder, was Minister Smith und Kanzlerin Meyer sehr wichtig war, um ja alle Vorurteile seitens des Kundschafters auszuschließen. So war der Kundschafter auch nicht religiös eingestellt und alle drei kannten ihn schon ihr ganzes Leben. Mehr noch, stand auch er auf der Liste der potenziellen Minister des Generals, was ihm aber nie anvertraut wurde.

Der Kundschafter war ein Meter achtzig groß, blond, sportlich, schlank und äußerst intelligent. Minister Smith instruierte ihn auf das Genaueste und klärte ihn penibel darüber auf, was auf ihn zukommen würde und was er zu tun hatte. Der Kundschafter sog alle Informationen wie ein Schwamm auf und war sofort im Bilde, wie er vorgehen würde. Im täglichen Leben war der Kundschafter Mitglied von Minister Smiths Stab und einer der angesehensten Gesetzeshüter der Zitadelle. Generell erfuhr das Thema innere Sicherheit in der Zitadelle nie große Aufmerksamkeit, was schlicht der Tatsache geschuldet war, dass nie nennenswerte Verbrechen geschahen. Die Bevölkerung nahm es dankbar hin, dass irgendjemand irgendwie dafür sorgte, dass es so blieb. Auch aus diesem Grund begrüßte der Kundschafter die ihm nun gestellte Aufgabe sehr. Endlich etwas mehr Action und ein handfester Auftrag.

Minister Smith instruierte den Kundschafter, sich nicht großartig zu verstellen, sondern einfach als das aufzutreten, was er war, nämlich ein Botschafter einer kleinen Gruppe von Überlebenden, die sich gerne dem großen Volk anschließen möchte. Der Kundschafter kleidete sich in recht ärmliche Kleidung und hatte nichts bei sich, das auf eine höhere Gesellschaft schließen lassen konnte. Eine genaue Frist für den Einsatz nannte Minister Smith dem Kundschafter nicht, er sollte nur schnellstmöglich so viel wie möglich in Erfahrung bringen und Bericht erstatten.

So entließ Kanzlerin Meyer den Kundschafter mit festem Händedruck in seinen Auftrag. Woraufhin sich dieser sofort auf seinen Weg macht. Dies vorwiegend zu Fuß. Wie seine Kleidung sollte schließlich auch sein ganzes Auftreten rückständig wirken. Ein Botschafter einer kleinen Sippe, der in frisch gewaschenem Anzug in einem wasserstoffbetriebenen Geländewagen vorfuhr, hätte wohl nicht viel Vertrauen erweckt.

Der Kundschafter kalkulierte seine Anreise alleine daher auf gut drei Tage, die folgende Kontaktaufnahme auf zwei weitere Tage und seine weitere Arbeit auf, je nachdem was er vorfinden würde, zwei bis vier Monate.

Die drei sahen dem Kundschafter noch nach, bis dieser an der nächsten Kreuzung abbog und drehten sich dann wieder ab, um zurück ins Parlament zu gehen.

„Na hoffentlich geht das gut", brummte Minister Griffin vor sich hin.

Minister Smith, der neben ihm ging und das Gemurmel vernahm, antwortete: „Nur Vertrauen Vinc, wird schon."

„Ich bin immer noch der Meinung, es hätte noch ein zweiter Kundschafter entsendet werden sollen. Dieser eine kann ..."

„Ich denke, für ein erstes Abtasten wird dieser eine Kundschafter gut genug sein. Sollte er unsere Erwartungen nicht erfüllen, so können wir immer noch einen nachschießen", beschwichtigte Kanzlerin Meyer.

Die nächsten Wochen verliefen recht ereignislos. Minister Smith beäugte Minister Griffin zwar immer noch bei jeder Begegnung mit äußerst misstrauischen Blicken, was diesem auch nicht entging und Smith in gleicher Manier zurückgab. Was auch Kanzlerin Meyer veranlasste, die beiden gewähren zu lassen und nicht weiter einzuschreiten. Solange sich die beiden nur miteinander beschäftigten, solange würden sie auch keinen anderen Unsinn verzapfen. Auch das tägliche Geschäft ließ alle mit der Zeit auf den Kundschafter und dieses Thema vergessen.

Es war ein sonniger Mittwochmorgen, die Regierungsmitglieder saßen wieder einmal zusammen im Sitzungssaal und Kanzlerin Meyer begann gerade die Tagesthemen aufzuzählen und zu erörtern, als plötzlich beide Flügel der Tür aufschwangen und ein Wachbeamter in der Tür stand: „Madame Kanzler, ich bitte um Entschuldigung für mein Eindringen, aber wir haben soeben einen verwirrt erscheinenden jungen Mann daran gehindert, in das Gebäude einzudringen!"

„Na und, was ist da so besonders dran?", fragte Minister Smith abwertend.

„Na ja, im Prinzip ja nichts, ich wollte ihn auch einfach wegschicken, aber ..."

„Aber?", fragte Kanzlerin Meyer interessiert.

„Aber er kannte Sie alle beim Namen und faselte etwas von einem Geheimauftrag."

In dem Moment wurden Kanzlerin Meyer, Minister Smith und Griffin hellhörig und rissen die Augen weit auf, während sich die anderen Minister weiter ratlos anblickten.

Da ergriff die Kanzlerin das Wort: „Okay, danke, wo ist der Mann jetzt?"

„Wir haben ihn erstmal in dem Raum gegenüber festgesetzt, um ihn zu verhören."

„Ich verstehe, ein Verhör wird nicht erforderlich sein. Bringen Sie mich bitte zu ihm."

„Madame Kanzler, davon muss ich dringend abraten! Wir haben noch keine näheren Informationen über dieses Individuum und ob er gefährlich ist."

„Das geht schon in Ordnung, vertrauen Sie mir", beschloss Kanzlerin Meyer die Debatte und erhob sich aus ihrem Stuhl. Im selben Moment sprangen auch die beiden Minister Smith und Griffin auf, was die Verwunderung der restlichen Minister noch weiter befeuerte.

„Minister Smith, Minister Griffin, ich komme zurecht, ich werde nach Ihnen rufen wenn ..."

„Mit Verlaub, Madame Kanzler, aber wir würden gerne dabei sein!", unterbrach Minister Griffin mit Nachdruck unter zustimmendem Nicken seitens Minister Smith, Kanzlerin Meyer. Im gleichen Moment hatten die beiden auch schon neben dem Wachbeamten Aufstellung genommen und warteten ungeduldig auf die Kanzlerin, die erschöpft seufzte: „Na bitte, was soll's." Und sich um die große Tafel schleppte und dem Wachbeamten mit der Rechten deutete, sich umzudrehen und mit den beiden Ministern raus ins Foyer zu gehen. Sie selbst folgte den Männern auf dem Fuße und wandte sich vor dem Verlassen des Saals noch einmal an ihre restlichen Minister: „Meine Damen und Herren, wir sind in Bälde wieder zurück, Ministerin Osbourne, bitte führen Sie die Sitzung gemäß Tagesordnung weiter."

Sogleich war die Kanzlerin auch schon zur Tür hinaus und eilte aufgeregt quer durchs Foyer zu den anderen, die bereits vor der Tür zum Nebenraum standen und auf die Kanzlerin warteten.

„Madame Kanzler, ich muss aber wirklich nochmal dringend davon abraten, der Mann ist nicht voll bei sich."

„Was meinen Sie damit?", fragte Minister Griffin erneut.

„Er lacht immerzu und stammelt irgendwas von irgendwelchen Römern."

„Von Römern?", wiederholten Minister Griffin und Smith im Einklang.

Was der Wachbeamte bestätigend abnickte.

„Genug jetzt, öffnen Sie die Tür!", befahl Kanzlerin Meyer.

Der Wachbeamte zögerte nicht weiter und öffnete die Tür mit dem Schlüssel, den er bei sich trug.

Als sich die Tür öffnete, blickten sie auf zwei weitere Wachbeamte, die einen auf einem Stuhl festgebundenen jungen Mann flankierten. Der junge Mann war, zur Überraschung aller, in eine Toga gewickelt, hatte zerzaustes Haar und hatte sich offensichtlich schon längere Zeit nicht mehr gewaschen. Der Kanzlerin und ihren Ministern wurde schlagartig bewusst, wieso die Wachen den Mann für einen Verrückten hielten. Zumal er unkontrolliert vor sich hin lachte. Erst als er kurz die Augen offen hielt und merkte, wer vor ihm stand, fand er schlagartig seine Raison wieder und begrüßte die Kanzlerin vorschriftsmäßig: „Madame Kanzler, melde mich wie befohlen zurück."

In diesem Moment erst erkannten auch die Kanzlerin und die Minister, wen sie vor sich hatten. Es war tatsächlich der so disziplinierte und hoch professionelle Kundschafter, den sie losgeschickt hatten.

„Meine Herren Wachbeamten, danke für Ihre vorbildliche Arbeit. Bitte verlassen Sie nun den Raum", befahl Kanzlerin Meyer, den Blick auf den Kundschafter fixiert.

„Aber Madame Kanzler …"

„Haben Sie nicht gehört? Raus mit Ihnen, lassen Sie uns allein mit ihm!", brüllte Minister Smith, während Minister Griffin die Wachbeamten am Arm packend zur Tür hinauslotste.

Sobald die Tür wieder geschlossen und die Wachbeamten draußen waren, rappelte sich der Kundschafter in seinem Stuhl auf und wandte sich wie ein völlig anderer Mensch an die beiden Minister: „Meine Herren, wenn Sie wohl die Güte besäßen und mich losbinden würden?"

Verblüfft eilten beide zugleich zum Kundschafter und rissen ihn beinahe um, während sie am Seil und am Knoten herumrüttelten. Aber schließlich gelang es ihnen doch, den jungen Mann loszubinden.

Dieser erhob sich zugleich und rieb sich seine Handgelenke, die durch das straff angezogene Seil aufgeschunden waren.

„Danke, meine Herren. Ich darf wiederholen, melde mich wie befohlen von meiner Mission: *Auskundschaftung des anderen Volkes* wieder zurück."

„Sehr gut, Soldat, willkommen zurück", begrüßte ihn die Kanzlerin: „Aber jetzt raus mit der Sprache, was war los und was um alles in der Welt haben Sie da an?"

Als der Kundschafter den zweiten Teil der Frage vernahm und unweigerlich an sich herunterblickte, als wüsste er selbst nicht, wie er aussah und was er anhatte, konnte er nicht anders als wieder in unbändiges Gelächter auszubrechen. Die drei sahen den Kundschafter einige Sekunden verdutzt beim Lachen zu, bis es Minister Griffen zu viel wurde und losbrach: „Werter Herr, würden Sie sich jetzt bitte am Riemen reißen!"

Da atmete der junge Mann einige Male tief durch und versuchte vehement seinen Lachanfall zu unterdrücken: „Verzeihung, Verzeihung, mir ist nur eben bewusst geworden, wie ich aussehe und wie ich auf Sie wirken muss."

Da richtete sich der junge Kundschafter wieder auf und fuhr mit aller Ernsthaftigkeit, die er aufbringen konnte fort: „Also, wieso ich so aussehe beziehungsweise wieso ich so gekleidet bin. – Die Typen halten sich alle für die alten Römer!", spie er aus und verfiel wieder in tiefes Gelächter.

„Was?!?!? Was soll das bitte heißen?", fragte Minister Smith, zunehmend entnervt vom ständigen Gelächter des Kundschafters, der aber wirklich alles daran setzte, sein Lachen irgendwie unter Kontrolle zu bringen.

„Tut mir leid, wirklich, ich versuche ernst zu bleiben", antwortete der Kundschafter heiter und atmete tief durch, bevor er fortfuhr: „Also, ich kam am zweiten Tag meiner Reise im Territorium des anderen Volkes an, sie nennen sich übrigens Terraner."

„Ist das nicht lateinisch?", fragte Kanzlerin Meyer neugierig und ergänzte: „Doktor Foster hat mir ein paar Phrasen beigebracht."

Der Kundschafter nickte und fuhr fort: „Latein ist richtig, obwohl sie es selbst nicht sprechen. Sie können auch nur einzelne Phrasen und der Grund dafür ist einfach unglaublich. Sie hatten Recht, Minister Griffin, es handelt sich bei dem Volk um Abkömmlinge des alten Feindes."

„Ich wusste es!", schrie der Minister dazwischen.

„Ja, sie stammen vom alten Feind ab, haben aber absolut keine Ahnung mehr von damals", fuhr der Kundschafter aus.

„Was meinen Sie damit, wie können wir uns das vorstellen?", fragte die Kanzlerin.

„Dem alten Feind stand offenbar keine Kryotechnologie zur Verfügung wie uns, deren Überlebenden gingen so in ihren Bunker und versuchten so, die Jahrhunderte zu überdauern."

„Sie meinen ..."

„Ja, wo unsere Eltern nach 500 Jahren wieder aufwachten und mit ihrem umfangreichen Wissen die Welt wieder neu bevölkerten, verbrachte und entwickelte sich bei denen eine Generation nach der anderen unter der Erde."

„Ja gut, aber wie erklärt das Ihre Aufmachung?", fragte Minister Smith neugierig.

„Nun, wir gingen davon aus, sie wären uns technologisch einfach nicht nachgekommen, in Wahrheit haben sie sich im Laufe der Jahrhunderte schlicht zurückentwickelt."

„Was, wie kann das möglich sein?", fragte Kanzlerin Meyer schockiert nach.

„Darüber kann ich auch nur spekulieren, aber basierend auf allen Informationen, die ich sammeln konnte, würde ich sagen, dass die Abgeschiedenheit von allem im Bunker und der generelle Verlust aller Kultur, gemeinsam mit dem Generationsfortschritt dazu führte, dass sich deren gesamte Zivilisation auf einen einzelnen gemeinsamen Nenner stützte, nämlich den Überlieferungen aus dem alten Rom.

Vor allem die Heldensagen, die sie sich als Fakten überlieferten, wie Ben Hur, Spartacus und sogar Asterix und Obelix, lassen erahnen, dass sie ihre gesamte Lebensart auf Filmen und Bücher über das alte Rom aufgebaut haben."

Die beiden Minister und Kanzlerin Meyer sahen sich ratlos an. Mit einem derartigen Bericht hatten sie wahrlich nicht gerechnet.

So warf Minister Smith einfach die erste Frage in den Raum, die ihm auf die Schnelle in den Sinn kam: „Und deshalb haben Sie sich mit dieser Toga getarnt, um sich frei unter ihnen zu bewegen?"

Da sah der Kundschafter an sich herab und brach erneut in Gelächter aus: „Ach so, nein, nein, das haben sie mir quasi als Souvenir geschenkt. Kleiden tun sich die Terraner eigentlich genau wie wir, vielleicht sogar etwas bedachter und schicker. Togen werden eher so als alte Tracht bei besonderen Anlässen angezogen, wie die Lederhosen im alten Österreich und der Schweiz."

Dankend, aber nicht wirklich schlauer, nickte Minister Smith die Antwort des Kundschafters ab, während Minister Griffin bereits über die nächste derartige Frage grübelte. Da besann sich Kanzlerin Meyer wieder auf das Wesentliche und übernahm wieder das Verhör: „Also gut, weiter im Text! Sie haben also erfolgreich Kontakt aufgenommen und sich mit dem Volk, mit den Terranern, vertraut gemacht. Haben Sie sonst irgendwelche nützlichen Informationen gewonnen oder Kontakte geknüpft?"

Da fixierte der Kundschafter die Kanzlerin mit hämischem Grinsen im Gesicht: „Oh ja, Madame Kanzler, das habe ich. Als ich zum ersten Mal am Stadtrand ihrer Hauptstadt auf andere Menschen traf, wurde ich zwar kurz skeptisch beäugt, dann aber äußerst schnell gastfreundlich aufgenommen und bewirtet. Generell kann ich berichten, dass den Terranern Gastfreundschaft ein enorm hohes Gut ist. So wurde ich, nachdem ich mich erklärt hatte, prompt zu den ersten Regierungsvertretern gebracht, und ehe ich mich versah, stand ich auch schon in ihrem Forum und konnte gleich Partei für die Zitadelle ergreifen."

„Was, Sie haben offiziell Partei für die Zitadelle bei Verhandlungen übernommen?", unterbrach die Kanzlerin hektisch.

„Nein, nicht direkt, aber nachdem ich so schnell vor dem Senat der Terraner angehört wurde, musste ich doch eine schlüssige Story vorbringen. So blieb ich bei unserer Geschichte, ein Überlebender aus einer kleinen Gemeinde, namens *Zitadelle,* zu sein, die seit Ewigkeiten nach anderen Menschen suchte. Davon waren sie prompt begeistert, hießen mich als offiziellen Staatsgast willkommen und weihten mich weiter in ihre seltsame Geschichte ein. Nachdem ich alles erfahren hatte, verabschiedete ich mich mit dem Versprechen, dass sich meine Regierung ehestmöglich mit ihnen für offizielle Gespräche in Verbindung setzen würde."

„Verstehe, das hört sich sehr gut an. Gute Arbeit. Aber haben sich diese Terraner nicht auch für uns und unseren Stand der Zivilisation interessiert?"

„Ich muss sagen, nicht wirklich. Allgemein habe ich den Eindruck gewonnen, die Terraner wären sehr von sich und ihrer Lebensweise überzeugt. Eigentlich wirklich genauso, wie man es vom antiken Rom kennt. Ich wurde zwar kurz gefragt, wo unser Volk lebt und wie es uns so ergeht, diese Fragen waren aber eher höflichkeitshalber. Der Gedanke, es könnte ein Volk existieren, welches dem seinen in irgendeiner Hinsicht überlegen sei, käme von denen wohl keinem in den Sinn."

„Daraus schließe ich, dass sie keinerlei Wissen mehr über den Ausgang des Krieges mehr haben beziehungsweise über ihren alten Feind", kommentierte Minister Griffin.

„Das kann ich bejahen", antwortete der Kundschafter sofort: „Ihnen ist bewusst, dass es einem Krieg geschuldet war, der ihre Vorfahren in den Bunker zwang, worum es dabei ging, geschweige denn wer der Feind war, weiß aber keiner mehr."

„Na, dann haben wir ja leichtes Spiel!", platzte Minister Griffin erfreut heraus, was die anderen sofort mit verärgerten Blicken kommentierten.

„So einfach ist es dann auch nicht. Auch wenn sie nicht mehr wissen, wie irgendetwas Technisches funktioniert, verfügen sie aber nach wie vor darüber."

„Was meint ihr?", fragte Kanzlerin Meyer.

„Ich habe sie gesehen, die alten Kriegsdroiden, mit denen sie damals einen Angriff nach dem anderen für sich entschieden. Sie existieren noch immer."

„Aber Sie haben gesagt, sie wissen nicht mit Technologie umzugehen, oder?", fragte Minister Smith skeptisch nach.

„Das ist korrekt, sie wissen nicht mehr, wie die Maschinen zu bedienen sind, sie verehren sie aber wie Götzen. Und nachdem sie mich diesen Götzen vorgestellt haben, folgte auch prompt die Frage, ob mein Volk wohl mit alter Technologie umgehen könne."

„Ein Grund mehr, dass wir schnell handeln!"

„Ganz ruhig, Minister Griffin, alles zu seiner Zeit", wies Kanzlerin Meyer ihren Minister zurecht.

„Aber wir müssen jetzt handeln, bevor ..."

„Ich habe gesagt:,Nicht jetzt!, Minister Griffin, mäßigen Sie sich gefälligst, oder Sie werden von diesem Thema ausgeschlossen!", Kanzlerin Meyer zornig.

Minister Griffin verschränkte die Arme und setzte einen Blick auf wie ein trotziges Kind, dem die Süßigkeiten verweigert wurden.

Da wandte sich Kanzlerin Meyer wieder dem Kundschafter zu: „Das haben Sie wirklich ausgezeichnet gemacht, wirklich, ich danke Ihnen." Dann drehte sie sich zu Minister Smith: „Ich glaube, wir sind hier fürs Erste fertig, gib bitte den Wachen draußen Bescheid, dass alles in Ordnung ist." Zuletzt drehte sie sich wieder zum Kundschafter: „Danke nochmal, gehen Sie nun erstmal nach Hause und ruhen sich aus. Ich werde in den nächsten Tagen auf Sie zukommen, wie wir weiter verfahren", verabschiedete sie den Kundschafter, bevor sie noch freundlich lächelnd ergänzte: „Auf das Gebot der absoluten

Verschwiegenheit Ihrerseits brauche ich Sie ja wohl nicht extra hinweisen, oder?"

Dann erhob sich der Kundschafter und verließ zügig den Raum und das Parlament. Minister Griffin sah die Kanzlerin weiter grimmig an. Es war offensichtlich, wie er nach den passenden Worten suchte. Die Kanzlerin wollte schon ihrer Wege gehen und den Minister einfach im Raum stehen lassen, da brach er doch noch aus: „Bei allem gebotenem Respekt, Madame Kanzler, ich kann und will mir nicht vorstellen, dass Sie das eben gehörte wirklich in keinster Weise beunruhigt?"

„Beunruhigt, wieso bitte sollte mich das beunruhigen?"

„Wieso, wiesoo?"

„Ja, wieso sollte mich die Tatsache, dass wir nicht die einzigen Menschen auf diesem riesigen Planeten sind, beunruhigen? Wenn du ein wenig in der Schule aufgepasst hast, wüsstest du, dass es damals über acht Milliarden Menschen auf dieser Kugel gab!"

„Ja, und wir wissen auch alle, wie das damals geendet hat."

„Genau, und deshalb müssen wir alles daransetzen, dass diese Tragödie nicht wieder geschieht, Vincent."

„Ganz meine Rede, Lisa!"

Daraufhin pausierte Lisa kurz die Debatte, um die Gemüter nicht zu sehr überkochen zu lassen, und fuhr dann mit bewusst gemäßigter Stimme wieder fort: „Hör mal, ich verstehe ja deine Bedenken gegenüber diesem seltsamen Volk, und ja, es ist garantiert der direkte Nachfahre dieser Feinde aus der Alten Welt, aber dennoch, was haben wir davon, wenn wir uns gleich von all unserer Skepsis übermannen lassen und ihm mit vollem Misstrauen begegnen, was die Situation völlig verschlimmern und erst recht eskalieren ließe?"

Dies gab Minister Griffin zu überlegen. In der Zwischenzeit ging die Tür auf und Minister Smith platzte herein: „Hey, was ist los, wo bleibt ihr?"

„Alles klar, Chris, wir kommen schon", erwiderte Kanzlerin Meyer lächelnd.

So kehrte Minister Smith wieder um und eilte voraus. Kanzlerin Meyer widmete sich noch einmal Minister Griffin: „Verstehe mich bitte, Vinc, ich schätze deine Skepsis bei diesen Themen, muss dich aber auch in gewisser Weise bremsen und dir deine Grenzen aufzeigen, so wie deine Meinung zu diesen Themen mir Ansichten aufzeigen, die ich nicht bedenken würde, so ergänzen wir uns. Vertrau mir bitte, dass wir nur so zu einem guten und besonnenen Ergebnis gelangen können."

Mit diesem letzten Vortrag hatte sie es wieder geschafft, dachte sich auch Minister Griffen, der seiner Kanzlerin nur noch dankend zunickte und ihr dann demütig nach draußen folgte. Damit war dieses Thema für diesen Tag erledigt, auch wenn allen klar war, dass die sich daraus ergebenden Probleme nun erst beginnen sollten.

Dennoch verlief die nächste Zeit äußerst ruhig. Kanzlerin Meyer und Minister Smith baten den Kundschafter mehrmals zum Verhör und zur Protokollaufnahme, wirklich neue Erkenntnisse ergaben sich dabei aber kaum. Vielmehr dienten diese Treffen dazu, den Kundschafter zu instruieren und zu briefen, wie er Minister Griffin entgegnen sollte und wie sie seinen Forderungen begegnen wollten. Der Kundschafter verhielt sich dabei stets professionell und schien dem Vorgehen seiner beiden Auftraggebern durchaus zuzustimmen. Minister Griffin wurden daher eigene Verhöre mit dem Kundschafter eingeräumt, bei denen er dem Kundschafter seine Ansichten unterbreitete und damit versuchte, den Kundschafter von diesen potenziellen Gefahren rund um das neue Volk zu überzeugen. Was Minister Griffin jedoch nicht im Geringsten gelang. Viel zu abgebrüht und abgeklärt, wusste der Kundschafter mit den Politikern umzugehen. Nicht nur mit Minister Griffin, sondern mit allen dreien.

So begab es sich schließlich, dass der Kundschafter eines Tages zum ersten Botschafter der Zitadelle bestellt wurde. Es waren inzwischen einige Monate seit der ersten Kontaktaufnahme mit den Terranern vergangen. Auch begleitete Minister Smith den jetzigen Botschafter einmal zur Hauptstadt der Terraner, um auch auf höherer politischer Ebene Engagement zu zeigen, was der politischen Führung der Terraner sehr wichtig zu sein schien.

Die Bestellung zum Botschafter wurde in einem Festakt groß zelebriert, zu dem auch der erste Vertreter der Terraner geladen war. Im Gegensatz zum Botschafter hatten die Terraner von vornherein kein Interesse daran, mehr über die Zitadelle zu erfahren. Der entsandte Vertreter bekleidete zwar auch den Rang eines Botschafters, die Terraner nannten es *Konsul*, seine Aufgabe bestand aber eher in der Obsorge des Botschafters der Zitadelle als in der gleichermaßen Vertretung des eigenen Volkes in fremden Landen. Aber Kanzlerin Meyer und ihre Minister nahmen es so als gegeben hin und stellten keine weiteren Fragen. Der gute internationale Kontakt stand klar im Vordergrund. So wurde auch die Zeremonie zur Bestellung des Botschafters staatstragend veranstaltet, um vor allem den Terranern zu imponieren. Ein Festakt auf dem Vorplatz des Parlaments, auf dem schon die Regierung damals angelobt wurde. Es war ein sonniger Donnerstagnachmittag, als sich der neue Botschafter und Kanzlerin Meyer auf der prächtig aufgebauten Bühne gegenüberstanden. Mit einem pompösen Orden in der Hand näherte sich die Kanzlerin der Brust des Botschafters, der militärisch aufrecht dastand. Kanzlerin Meyer steckte ihm zügig den großen, aber gar nicht mal so schweren Orden an die rechte Brust und trat zugleich einen Schritt zurück, um sich zur Ansprache an das zahlreich erschienene Auditorium zu wenden: „Hiermit ernenne ich mit großer Freude offiziell den ehemaligen Kundschafter der Zitadelle, Mayor Francis Drake, zum ersten Botschafter der Zitadelle."

Unter tosendem Applaus trat der Botschafter einen Schritt vor und verbeugte sich, militärisch korrekt zurückhaltend, vor der Menge. Zugleich bedeutete ihm die Kanzlerin vor das Mikrofon und ebenfalls einige Worte zu sprechen. Eine Forderung, der der Botschafter absolut nichts abgewinnen konnte. Dankend versuchte er, der Kanzlerin abzuwinken, doch vergebens. Mit einem kräftigen Ruck an der rechten Schulter seitens der Kanzlerin stand er ihr auch zugleich an ihrer Seite. Plötzlich schien die militärische Abgeklärtheit des Botschafters wie verflogen. Als er so am Absatz der Bühne stand und in die Menge starrte, wich sie purer Panik. Mit offenem Mund stand der Botschafter nun vor dem Mikrofon und versuchte sich irgendwie irgendwelche Worte herauszuzwingen. Doch es gelang nicht wirklich. Mehr als *ähhhm* mochte ihm nicht entweichen. Als die Kanzlerin merkte, was sie ihrem Botschafter da aufbürgte, wollte sie wieder das Wort ergreifen und die Zeremonie schnell beenden, um ihn zu schützen. Da sprang auf einmal der Konsul der Terraner mit einem weiten Satz nach vorne, schlug zugleich seinen linken Arm um den Hals des Botschafters und riss das Mikrofon an sich, um sofort mit lauter sonorer Stimme die Ansprache zu übernehmen: „Mein über alle Maßen ehrwürdiges Volk der Zitadelle, ich darf mich in allerbescheidenster Demut und tief empfundener Dankbarkeit für das aufgebrachte Vertrauen in meine Person bedanken und freue mich schon auf eine für beide Seiten fruchtbare Zusammenarbeit. Vor allem ...", in dem Moment drehte er sich grinsend zum Botschafter und ergänzte: „...mit meinem neuen Freund zu meiner Rechten, dem ehrenwerten Botschafter Mayor Francis Drake!"

Mit dieser Impulsivansprache schaffte er es, dem Auditorium eine weitere Applaussalve abzuringen. Dies ermöglichte ihm, sich erneut zum Botschafter zu drehen, um ihm ins Ohr zu flüstern: „Na schau, keine Hexerei. Den Pöbel zu gewinnen ist einfach. Jetzt sprich mir einfach nach, dann gewinnen wir den Scheiß ..."

Der Botschafter stand noch immer wie angewurzelt da, spitzte aber, vor allem aufgrund seines eigenen Unvermögens selbst Worte zu finden, die Ohren und spielte die brave Handpuppe für den Konsul. So startete er nach einigen Sekunden mit zittriger Stimme: „Danke, werter Konsul, für Eure charmanten Worte und Euer Vertrauen, welches Ihr meinem Volk entgegenbringt, ich bin sicher, unsere beiden Völker können und werden einiges voneinander lernen. Der Austausch zwischen unseren beiden Völkern, den wir beide einleiten, verfolgen und auf alle Bereiche des Lebens ausweiten werden, wird unsere weitere Zukunft entscheidend prägen und für beide Seiten zum absoluten Vorteil gereichen. Die Zitadelle freut sich, ihren neuen Freunden vor allem in technischen Belangen volle Unterstützung versichern zu können. Danke!"

Kaum hatte der Botschafter ausgesprochen, kam er wieder zu sich und realisierte, was er da gerade von sich gegeben hatte. Besorgt blickte er in die Menge, sie applaudierte aber ohne Unterlass. Man mochte direkt den Eindruck gewinnen, es hätte ohnehin niemand zugehört. Dann blickte der Botschafter zu seiner Rechten, zu Kanzlerin Meyer. Ihr Gesichtsausdruck unterschied sich doch deutlich vom Auditorium. Sie starrte den gerade eben erst von ihr selbst ernannten Botschafter mit einer Mischung aus Verwunderung, Unverständnis und abgrundtiefer Abscheu an. Auch der Botschafter konnte seine eigenen Worte kaum glauben. Das war so nicht einstudiert, dennoch hatte er es so gesagt. Er schämte sich wie nie zuvor in seinem Leben. Es kam ihm vor, die ganze Zitadelle vor den Kopf gestoßen zu haben. Am liebsten wäre er im Boden versunken, doch stand er nach wie vor mitten auf der Bühne und konnte einfach nicht weg.

Da rappelte sich die Kanzlerin auf und zwang sich selbst ein breites Grinsen ins Gesicht. Mit ausschweifenden Handgesten komplimentierte sie daraufhin, weiterhin unter tosendem Applaus, alle Akteure von der Bühne.

In einem Zug bahnten sie sich daraufhin ihren Weg durch die Menge und stürmten in das Parlament.

Kaum hatten alle das Parlament betreten, die Kanzlerin achtete darauf, dass sie das Schlusslicht der Kolonne einnahm, damit ihr ja keiner auskam, brüllte sie die Parlamentswachen in einem von ihr noch nie gehörtem Tonfall an: „Tore schließen, sofort!!!"

Die Wachen schlossen die Tore umgehend von außen. Keiner von beiden wollte nun da drinnen bleiben.

Indessen nahmen die Minister in der großen Eingangshalle des Parlaments rund um den Botschafter, den Konsul und die Kanzlerin, Aufstellung. Die Szenerie glich einer Arena, in der die zum Kampf bereiten Gladiatoren nur auf den Befehl warteten, um sich gegenseitig abzuschlachten. Es lag das berühmte Knistern vor Spannung in der Luft.

Die Kanzlerin fixierte grimmig ihren Botschafter und legte sich in Gedanken die richtigen, vernichtenden Worte zurecht. Überflüssige Worte, wenn man die Körpersprache des Botschafters erkannte. Ein sonst so stolzer, selbstsicherer Mann, nun in sich gekehrt und ängstlich wie ein Reh. Nur der Konsul beobachtete die ganze Szenerie mit teuflisch herablassendem Grinsen. Die Zufriedenheit war ihm ins Gesicht geschrieben.

So startete er, als die Kanzlerin zum Atemzug ausholen wollte, um ihr zuvorzukommen: „Sehr gut, Herr Botschafter, danke Ihnen allen, meine Freunde! Ich freue mich über alle Maßen, dass ich nach Terrenus zurückkehren kann, um meinem Kaiser zu berichten, dass all unsere Bedenken und Ängste unbegründet waren und die Zitadelle ein unglaublich verlässlicher Partner in allen Lebenslagen sein kann und wird."

Diese Meldung nahm der Kanzlerin den Wind aus den Segeln. Überrascht atmete sie tief durch, um ihren Puls wieder etwas herunterzubekommen. Auch der Botschafter stand absolut neben sich und wollte sich am liebsten in Luft auflösen. Da setzte der Kanzler selbstbewusst fort: „Ich muss nicht extra erwähnen, wie dankbar Terrenus für die hervorragende Arbeit und den Einsatz des Botschafters ist und ihm bei uns alle Tore weit offenstehen."

Botschafter Drakes Blick wanderte nervös von einem der Anwesenden zum anderen. Zurück bekam er aber von allen dasselbe, nämlich pure Verwunderung. Da sammelte er noch einmal all seinen Mut zusammen und antwortete mit fester Stimme: „Danke, werter Herr Konsul, ich bin sicher, dass noch einige interessante Aufgaben und Herausforderungen auf uns warten werden."

Der Konsul nickte dem Botschafter vertraut zu. Beide ließen die Kanzlerin teilnahmslos links liegen.

„Natürlich, mein Freund, da bin ich sicher", stimmte der Konsul hämisch grinsend, bevor er sich dann doch wieder der Kanzlerin zuwandte: „Was natürlich nicht heißen soll, dass die weitere Zusammenarbeit zwischen Zitadelle und Terrenus an irgendeine Personalie gekoppelt ist, aber ich kann mit Bestimmtheit sagen, dass meine Vorgesetzten mit einem Botschafter Drake am liebsten zusammenarbeiten würden."

Daraufhin folgte betretenes Schweigen. Botschafter Drake versuchte alles, um nicht auch so hämisch zu grinsen wie sein terranischer Amtskollege, was ihm aber nur mäßig gelang. Nach einer Weile hatte Kanzlerin Meyer ihre Gedanken aber wieder so weit sortiert, um erneut das Wort zu ergreifen: „Danke, meine Damen und Herren, ich denke, fürs Erste ist alles gesagt. Konsul, wenn ich fragen darf, wann werden Sie in Terrenus zurückerwartet?"

„Meine Vorgesetzten erwarten in zwei Tagen Meldung von mir, persönlich oder schriftlich mittels Boten, eine genaue Frist für meine Rückkehr beziehungsweise der des Botschafters wurde mir nicht genannt."

„Gut, danke für die Information", sagte die Kanzlerin kurz angebunden: „Dann wird der Botschafter in zwei Tagen mit Ihnen nach Terrenus zurückkehren, solange fühlen Sie sich in der Zitadelle bitte wie zu Hause."

„Ich danke Ihnen, Madame Kanzler", bedankte sich der Konsul mit tiefer Verbeugung und wandte sich zugleich von der Gruppe ab, um das Parlament zu verlassen.

Botschafter Drake wäre am liebsten nachgelaufen. Auch wenn der Konsul für ihn Partei ergriffen hatte, ohne ihn stand er wieder allein.

„Herrschaften, in den Sitzungssaal, sofort, alle!", befahl Kanzlerin Meyer grimmig, nachdem der Konsul zur Tür hinaus war.

Botschafter Drake schwante Übles. Mit gesenktem Haupt trottete er den Ministern hinterher. Als Vizekanzler Smith die Tür hinter ihm schloss, rechnete er mit dem Schlimmsten, aber da musste er jetzt durch. Die Minister nahmen ihre Plätze ein, der Botschafter nahm neben Ministerin Osbourne am Ende der Tafel Platz. Kanzlerin Meyer blieb gleich vor ihrem Stuhl stehen und stützte sich vorgebeugt mit geballten Fäusten auf der Tischplatte ab.

„Na, das ist ja prima gelaufen", seufzte sie.

„Hab ich do..."

„Kein Wort mehr!!", unterbrach die Kanzlerin wüst brüllend, Minister Griffin, der gerade das Wort ergreifen wollte: „Sorry, aber für heute reicht's wirklich! Egal, werte Frauen und Herrn Minister, ich danke für das heutige Erscheinen, wir sehen einander morgen in alter Frische wieder", verabschiedete die Kanzlerin ihre Minister mit Nachdruck in den Feierabend, woraufhin sich alle wieder erhoben und ihre Stühle zurückschoben. Nur Vizekanzler Smith blieb sitzen und übernahm für seine Kanzlerin: „Sie nicht, die Herren Drake und Griffen!"

„*Verdammt, fast!*", dachte sich Botschafter Drake und nahm wieder Platz. Minister Griffin fiel's nicht so schwer.

„Also in aller Sachlichkeit und Ruhe, unter uns, Botschafter Drake, Ihre Version bitte", richtete Vizekanzler Smith das Wort an den Botschafter.

Beruhigt von Vizekanzler Smiths ruhiger Art, konnte auch der Botschafter wieder zu sich finden. So erhob er sich nach kurzer Überlegung und startete: „Kanzler Meyer, Vizekanzler Smith, mein Verhalten auf der Bühne ist durch nichts zu entschuldigen und ich nehme die volle Verantwortung auf mich, ich lege mein Amt als Botschafter der Zitadelle umgehend ab."

„Haha, so einfach kommen Sie nicht davon, Herr Botschafter", kommentierte Vizekanzler Smith: „Also, eine Ablöse des Botschafters steht nach dieser Debatte eben nicht im Raum, ich denke, ich spreche da für alle Anwesenden."

Zögerlich nickten ihm die Kanzlerin und Minister Griffin zu, der Botschafter versuchte, sich ein Nicken zu unterdrücken.

„Okay, dann möchte ich Sie, Herr Drake, bitten, sich morgen früh, sagen wir, um neun Uhr, wieder hier einzufinden zur weiteren Lage- und Einsatzbesprechung."

Dankend nickte der Botschafter Vizekanzler Smith zu, sprang erleichtert aus seinem Stuhl, und war auch gleich zur Tür hinaus.

„So, jetzt wieder wir", wandte sich Vizekanzler Smith an seine beiden verbliebenen Kollegen.

„Ich wiederhole, ihr seht, mein Misstrauen gegenüber dem alten Feind war begründet", rechtfertigte sich Minister Griffin.

„Nein, das kann und will ich so nicht hinnehmen", konterte Kanzlerin Meyer.

„Mit Verlaub, ich muss Vincent da durchaus recht geben", widersprach Smith: „Ich meine, wir dürfen Terrenus nicht vollends misstrauen, hundertprozentiges Vertrauen haben sie aber auch nicht verdient."

„Danke!"

„Das heißt aber nicht, dass irgendein alter Feind zurückgekehrt ist, Vinc!", rechtfertigte sich Smith: „Dem Einzigen, dem ich mein Misstrauen aussprechen kann, ist dieser Konsul, deshalb ist es umso wichtiger, dass wir uns über die weiteren Schritte genauestens im Klaren sind und Drake entsprechend instruieren."

„Danke, Chris, das sehe ich auch so. Ich hoffe nur, dass Drake sich von dem Konsul nicht weiter um den Finger wickeln lässt und wir ihm vertrauen können", meldete sich Kanzlerin Meyer.

„Nun, ich finde, *Vertrauen ist gut, Überwachung ist besser!*", warf Minister Griffin ein.

„Was meinst du?"

„Ein Botschafter ist gut, als offizieller Repräsentant, ein Spion aber ideal, um die Wahrheit herauszufinden und offizielle Aussagen zu prüfen."

„Was, spinnst du jetzt völlig?", fuhr ihn Kanzlerin Meyer an: „Wir können doch nicht ..."

„Mit Verlaub, wir sollten offen darüber reden", unterstützte Vizekanzler Smith seinen Kollegen.

„Gut, okay, vielleicht habt ihr recht, aber nicht mehr heute. Beruhigen wir uns erstmal, wir sehen uns ja morgen wieder", beschloss Kanzlerin Meyer die Debatte.

Daraufhin erhob sich Minister Griffin umgehend zufrieden, sich in seinem Standpunkt bestätigt zu sehen, und verließ den Saal. Vizekanzler Smith wollte sich kurz danach aufmachen, als ihm plötzlich Kanzlerin Meyer einen kleinen Zettel zuschob, den er im Aufstehen öffnete und las.

„Heute, 24:00 – First-Date-Platz"

Regungslos, ohne weiterer Interaktion mit Kanzlerin Meyer, machte sich Vizekanzler Smith auf. Kanzlerin Meyer sah ihm noch nach, wusste aber, er hatte verstanden.

Müde atmete Kanzlerin Meyer durch und ließ sich alles noch einmal durch den Kopf gehen, verließ dann aber auch das Parlament und ging noch etwas an der frischen, frühsommerlichen Luft spazieren.

Dreiundzwanzig Uhr achtundvierzig, Vizekanzler Smith betrachtete ehrfürchtig das große Bunkertor vor ihm, als er plötzlich Schritte auf dem knirschenden Schotterweg zum Bunker vernahm. Hastig versuchte er, im Mondschatten Deckung zu finden, vernahm aber gleich eine vertraute Flüsterstimme: „Chris, wo bist du, ich bin's?"

Da sprang Vizekanzler Smith hervor und begrüßte Lisa: „Hey, hier bin ich!"

„Hey, also, was sollte das heute im Sitzungssaal?", startete Kanzlerin Meyer direkt.

„Komm schon, Lisa, wir sind unter uns, komm mir nicht so."

„Was meinst du?"

„Du weißt genau, dass wir beide gleich denken."

„Ach so, weiß ich das?"

„Jetzt komm, ganz falsch liegt Vinc nicht, oder?"

„Aja, wenn er so richtig liegt, wieso müssen wir uns dann wieder im Finsteren zur Konspiration treffen und besprechen das nicht mit ihm direkt?"

„Ganz einfach Lisa, du bist die Kanzlerin, du diskutierst nicht, du sagst, wo es lang geht!"

„Nachdem du mir gesagt hast, wo ich lang gehe?"

„Das habe ich nicht gemeint und das weißt du?"

„Was ich weiß, ist, dass ich mitten in der Nacht mit dir hier draußen stehe und vertraulich darüber diskutieren soll."

„Hey, du hast mich hier rausbestellt."

„Ja, weil ich dachte ..."

„Weil du dachtest, ich würde dir sofort wieder beipflichten, wenn wir allein wären?"

„Nein, verdammt, du Depp, weil ich dir beipflichte und mit dir besprechen wollte, wie weit wir Vinc im Dunkeln lassen und Drake als Marionette tanzen lassen können. Checkst du gar nichts?!"

Da stockte Christophers Atem. In dem Moment knirschte es wieder hinter ihnen.

„Da kommt jemand!", schrie Christopher flüsternd, packte Lisa bei den Armen und zog sie zu sich. Lisa wusste nicht, wie ihr geschah, als Chris bereits seine Lippen an die ihre presste. Zwar erschrak sie kurz, ließ ihn dann aber doch gewähren. Gerne gewähren. Lange gewähren. Gut drei Minuten später lösten sie sich wieder voneinander und Lisa fragte: „Ist die Luft wieder rein?"

„Luft rein, wieso?"

„Na, wegen der Leute, oder warum hast du mich sonst geküsst."

„Checkst du gar nichts?", konterte Chris frech. Was Lisa verlegen rot werden ließ.

Mit diesem Verlauf der Diskussion hatte sie wahrlich nicht gerechnet, unglücklich erschien sie aber auch nicht. Zufrieden lagen sich die beiden noch einige Zeit in den Armen und genossen die Zweisamkeit. Es war bereits kurz vor zwei, als Lisa meinte: „Also gut, bring mich nach Haus – und morgen früh regle du das mit Drake und Vinc, ich halt mich raus, okay?"

„Wenn das der Wunsch meiner Kanzlerin ist, komm ich dem natürlich gerne nach", lächelte er Lisa liebevoll an. Zugleich packte er sie an der Hüfte und wies sie des Weges.

Am nächsten Morgen wachte Lisa alleine, aber endlich wieder richtig ausgeschlafen, in ihrem Bett auf und begrüßte zufrieden die ersten Sonnenstrahlen, die sie wohlig aus dem Schlaf rissen. Beschwingt hüpfte sie aus dem Bett, zog sich an und hopste die Stufen hinunter ins Erdgeschoss, wo General O'Neill und Doktor Foster bereits am Frühstückstisch auf sie warteten.

Mit breitem Grinsen im Gesicht begrüßte sie Doktor Foster: „Naaaa, gut geschlafen?"

„Jaa, wieso?"

„Gib dir keine Mühe, Chris hatte schon seinen Kaffee mit uns", stellte General O'Neill klar.

Lisa lief rot an.

„Ah, jetzt tu nicht so, Süße! Ist doch super, wir freuen uns für dich!", jubelte Doktor Foster mütterlich.

Da seufzte Lisa erleichtert, anerkennend: „Danke, Eve!", und setzte sich zu ihren Zieheltern, um endlich mal wieder ein ruhiges Familienfrühstück zu genießen. Um den väterlichen, leicht grantigen Gesichtsausdruck O'Neills kümmerte sich Lisa nicht, wissentlich, dass Doktor Foster die Zügel in der Hand hielt.

So war es bereits nach zehn, als Lisa entspannt an diesem Morgen im Parlament aufschlug und nach ihrem Vizekanzler Ausschau hielt. Der Sitzungssaal war leer. Auch sein Büro war unbemannt. Erst eine Parlamentsbedienstete konnte sie darüber aufklären, dass sich Vizekanzler Smith in Minister Griffins Büro befand. Das Büro war gleich einen Gang weiter gelegen. Sie musste nur um die nächste Ecke treten und den Gang vor, ganz leicht, eigentlich. Doch versprach sie sich herauszuhalten. Mit der Entscheidung rang Lisa so lange, bis plötzlich ...

„Hey, na, schon munter?", fragte Vizekanzler Smith, der vor ihr stand und sie in die Arme schloss. Das obligate Begrüßungs-Bussi war schnell gestohlen, was Lisa noch mehr aus dem Konzept brachte. Verlegen checkte sie an Christopher vorbei, ob die Luft rein war und sie von keinen neugierigen Blicken beobachtet wurden. Dann erwiderte sie das Begrüßungs-Bussi mit einem anständigen Kuss, mit sonorem Schmatzer, der wohl noch am Parlamentsplatz zu hören war. Anschließend ließ sie von Christopher ab und gestikulierte ihm die vorgeschriebene kollegiale Distanz, was Christopher belustigt kopfschüttelnd hinnahm. Wie es der Zufall wollte, kamen in diesem Moment zwei Parlamentsbedienstete den Gang herunter und passierten die beiden flinken Schrittes.

Davon unbehelligt richtete Christopher das Wort lautstark an seine Kanzlerin: „Also, Frau Kanzler, wie besprochen habe ich mich mit meinem Kollegen, Minister Griffin, über unser weiteres Vorgehen beraten, und so werden wir uns in Bälde, zunächst mit Botschafter Drake alleine und dann auch mit dem

Konsul zusammenschließen. Ich darf annehmen, ich habe Ihre weitere Unterstützung zu diesem Vorgehen?"

„Das dürfen Sie, Herr Minister", brummte Lisa verlegen, während sie sich Christopher erneut annäherte, ihm schmunzelnd die Hände auf die Brust legte und flüsterte: „Das wird dich aber noch was kosten."

Nach einem weiteren innigen Kuss zum Abschied gingen dann beide ihrer Wege. Wie angekündigt, traf sich Minister Smith kurz darauf mit Minister Griffin und Botschafter Drake in einem der zahlreichen kleineren Besprechungsräume des Parlaments. Kanzlerin Meyer ging indessen ihrem Tagesgeschäft nach. Im Gedanken war sie jedoch stets bei Minister Smith. Nicht primär ihrer Zuneigung wegen, sondern vor allem aufgrund ihrer Neugier nach dem besprochenen Vorgehen mit Terrenus, was ihr selbst ungut auffiel. Sie wollte ihrem Christopher ja vollinhaltlich vertrauen und all seine Entscheidungen als korrekt mittragen, aber ganz aus ihrer Haut konnte sie eben doch nicht. Doch der Trost, dass Christopher sie später sicherlich über alles genau informieren würde, half ihr den Tag, zwar ungeduldig, aber doch, zu überstehen.

„Guten Morgen, Herr Mayor, dann sind wir ja vollständig und können anfangen", begrüßte Minister Griffen ungeduldig den gerade eben durch die Tür tretenden Botschafter, der ihn überwältigt ansah und zurückgrüßte: „Guten Morgen, die Herren, neun Uhr dreißig war vereinbart, ich hoffe, ich bin nicht zu spät?"

Der ergiebige Schlaf seit dem Vortag tat dem Botschafter merkbar gut, er hatte seine Abgeklärtheit einigermaßen wieder gefunden.

„Keineswegs Botschafter, treten Sie ein und setzen Sie sich, es gibt viel zu besprechen", begrüßte ihn Minister Smith freundlich. So kam Botschafter Drake näher an den Besprechungstisch in der Mitte des Raums und setzte sich auf den Stuhl an der rechten Ecke des Tischs. Ihm zur Rechten, an der Stirnseite des Tischs, Minister Smiths und gegenüber Minister Griffin.

„Nun denn, ich hoffe, Sie haben gut geschlafen, Botsch…, Francis, Minister Griffin und ich haben uns bereits beraten und wollen daher nun mit Ihnen Ihren neuen Einsatzbefehl durchgehen."

„Und die weitere Besprechung heute mit dem Konsul der Terraner", ergänzte Minister Griffin.

„Ja genau, so ist es."

„Mein neuer Einsatzbefehl, nun, daraus darf ich schließen, dass ich weiterhin den Wünschen des Konsuls gemäß als Botschafter in Terrenus tätig sein werde?"

„Das war verd..."

„So ist es, wenn Sie das auch wünschen beziehungsweise sich dazu befähigt sehen, es ist keine Schande zuzugeben, dass Sie sich nicht weiter in dieser Position sehen und gerne wieder andere Aufgaben übernehmen würden, Sie wissen, was auf dem Spiel steht", unterbrach Smith besonnen seinen aufbrausenden Kollegen.

Botschafter Drake hielt einige Sekunden mit geschlossenen Augen inne und wog alle ihm gegebenen Möglichkeiten im Gedanken genau ab. Dann öffnete er seine Augen wieder und antwortete ruhig und überlegt: „Meine Herren, ich bedanke mich für das in mich gesetzte Vertrauen und möchte mich daher weiterhin als Botschafter der Zitadelle empfehlen."

Minister Smith nickte bestätigend, während Minister Griffin antwortete: „Wieso denken Sie, dass Sie der Richtige für diesen Job sind, Drake?"

„Ich habe den Erstkontakt erfolgreich hergestellt, so erfolgreich, dass mir der Konsul sein Vertrauen aussprach und Partei für meine Person übernahm, ich denke, mit diesen Voraussetzungen bin ich die logische Wahl als Botschafter in Terrenus."

„Sie sagen es, Drake, der Konsul hat eindeutig Partei für Sie persönlich ergriffen, wie deuten Sie das, nur als freundschaftliche Geste?"

Da beugte sich Botschafter Drake vor und fixierte Minister Griffin mit seinem Blick: „Ich weiß, worauf Sie hinauswollen, Herr Minister – und ja, mir ist sehr wohl bewusst, dass der Konsul weit infamere Gedanken verfolgt als die bloße Freundschaft zu mir, doch ist das der beste Angriffspunkt für uns, meinen Sie nicht?"

„Sie reden, als wäre diese Schmierenkomödie auf der Bühne Absicht von Ihnen gewesen."

„Nein, das würde ich sicher nicht behaupten, Minister, die Kanzlerin hat mich auf dem falschen Fuß erwischt und der Konsul hat die Situation gekonnt ausgenutzt", erklärte Botschafter Drake: „Doch hatte ich genügend Zeit, alles im Gedanken erneut durchzuspielen und bin so zur Erkenntnis gekommen, dass sich gerade aus dieser Situation doch eine Fülle an neuen Möglichkeiten für uns bietet."

„Tatsächlich Francis, fahren Sie bitte fort, woran denken Sie dabei genau?", Minister Smith interessiert.

„Der Konsul hat die volle Unterstützung seiner Führung, sowohl aus dem Senat als auch seitens des Kaisers, schwer zu sagen, wer von denen das Sagen im Land hat", erklärte Drake motiviert: „Sein Engagement, mich als Botschafter, mich als seinen Botschafter zu erhalten, bestätigte mich in meiner Annahme, dass die Pläne Terrenus weit tiefer gehen, als ich dies auf dem Plan hatte. Die Möglichkeit, mich als dem Konsul unterlegenen Gegner zu positionieren, um so noch weiter ins Vertrauen gezogen zu werden, birgt ungeahnte Möglichkeiten."

Da sahen die beiden Minister einander nachdenklich an und Minister Smith antwortete: „Sehr gut, Francis, das wollte ich hören – wir verfolgen dieselben Überlegungen."

„Jetzt hören Sie genau zu, Drake, nichts, was nun besprochen wird, wird diesen Raum jemals verlassen, ich hoffe für Sie, Sie haben verstanden!", fuhr Minister Griffin, den Botschafter einschüchtern versuchend fort.

Dann übernahm wieder Minister Smith: „OK, ich denke, Sie wissen Bescheid, Francis. Sie werden weiterhin die Zitadelle als Botschafter vertreten, werden sich von allen Bereichen der Terraner ein genaues Bild verschaffen und werden vor allem deren Spiel mitspielen. Sie sollen glauben, sie hätten Sie voll im Griff und sie könnten Sie für ihre Zwecke missbrauchen, während Sie die Fäden im Geheimen fest in der Hand behalten."

Mit ernstem und zugleich äußerst seriösem Gesichtsausdruck nickte der Mayor zustimmend in die Runde, während Minister

Griffin eifrig fortfuhr: „Zusätzlich werden wir weitere Geheimkräfte aussenden, welche Ihnen zur Seite stehen werden."

„Spione?"

„Ja."

„Wie viele, wann?"

„Das obliegt Ihnen und Ihren Berichten, die Sie uns regelmäßig zukommen lassen, Mayor."

Da unterbrach Botschafter Drake die Diskussion mit Minister Griffin nachdenklich. Es schien, er wusste nicht recht mit diesem Schritt der Minister umzugehen, oder war er gar überrascht von deren offensiver Haltung? Schließlich besann er sich aber doch wieder und fragte: „Was genau ist Ihr Plan? Wollen Sie nur mehr Informationen, um von den Terranern nicht übertölpelt zu werden, oder wollen Sie Terrenus infiltrieren?"

Minister Griffin lächelte ihn über den Tisch hinweg infam an, was auch Minister Smith bestürzt auffiel.

„Nein!", rief er laut: „Die Einheiten sollen Sie bei Ihrer Arbeit unterstützen und Ihre verborgenen Ohren sein – nicht mehr und nicht weniger."

„Und wem erstatten diese Einheiten Bericht?", fragte der Botschafter doch recht beunruhigt.

Da holte Minister Griffin tief Luft, um auszubrechen, wurde aber prompt von Minister Smith ausgebremst: „Die Einheiten unterstehen einzig und alleine Ihnen Francis, Sie fordern die Einheiten bei uns beiden an, bestimmen, wo diese eingesetzt werden, und erhalten auch als einziger Bericht von ihnen. Die Regierung der Zitadelle darf auf gar keinen Fall damit in Verbindung gebracht werden können! Ich denke, Sie wissen, was ich meine, Francis."

Das nickte der Botschafter sehr zufrieden ab. Mit so viel Zuspruch hatte er wirklich nicht gerechnet. Auch wenn sich die beiden Minister dabei nicht so einig schienen. Drake wusste aber genau, welchem der beiden er vertrauen konnte, oder in welcher Situation er welchem der beiden sein Vertrauen schenken sollte. So schloss er zufrieden grinsend die Besprechung von seiner Seite aus: „Habe verstanden, Sir."

Anschließend wollte er sich schon erheben und sich auf den Weg machen, da bremste ihn Minister Griffen noch einmal ab: „Einen Moment noch, wir erwarten den Konsul in wenigen Stunden zur offiziellen Befehlsausgabe und Verabschiedung im Parlamentspark, wie verfahren wir dann?"

„Ahh ja, danke, das hätten wir jetzt fast vergessen", bedankte sich Minister Smith: „Nun, wir drei sind uns einig und im Bilde, wie wir weiter verfahren, auch mit dem Konsul. Wir beide werden die Befehlsausgabe sachlich korrekt und knapp halten, die offizielle Verabschiedung überlassen wir der Kanzlerin. Alles nur einfache Staatsakte."

Bei diesem Vorgehen waren sich die drei schnell und ohne Gegenworte einig. So beendeten sie einstimmig die Besprechung und harrten der weiteren Stunden. Minister Griffin hatte noch einige Tagesthemen seines Ministeriums auf der Agenda, denen er nach ging. Botschafter Drake verließ das Parlament, um seine Sachen zu packen und seine Angelegenheiten in der Zitadelle zu regeln. Und Minister Smith ging ebenfalls seinem Tagesgeschäft nach, bevor er der Kanzlerin einen zweistündigen Vier-Augen-Termin in ihrem Büro ausrichtete, zu dem er natürlich pünktlichst erschien.

Es dämmerte bereits, als sich Minister Griffin und Botschafter Drake auf dem Parlamentsplatz einfanden. Beide Herren wirkten einigermaßen gelassen, doch wussten beide um die Ernsthaftigkeit der Angelegenheit und der Tragweite des weiteren Vorgehens des Botschafters. Kurz darauf stießen auch Kanzlerin Meyer und Minister Smith zu den beiden. Diese beiden machten einen noch weit, weit entspannteren Eindruck auf die anderen beiden. Selig sahen sich Meyer und Smith den Sonnenuntergang über den Hausdächern der Stadt an und ließen alles andere an sich vorüberziehen. Nahm Minister Griffin noch kaum Notiz vom verträumten Verhalten seiner Kollegen, kam es dem Botschafter doch etwas seltsam vor. Doch zwang er sich, ob der ihm gestellten Aufgabe bei der Sache zu bleiben und sich nicht durch etwaige Nebensächlichkeiten aus der Ruhe bringen zu lassen. Obendrein war ihm durchaus bewusst, dass er bei der Kanzlerin nicht den besten Stand hatte, und so wollte er es sich nicht auch noch mit solchen Banalitäten bei ihr verscherzen. Aber alle dahingehenden Gedanken waren sofort verflogen, als der Konsul plötzlich um die Häuserecke auf den Parlamentsplatz einbog und auf sie zukam. Wie gewohnt, mit breitem selbstgefälligen Grinsen im Gesicht, näherte er sich der Gruppe.

„Einen wunderschönen guten Tag wünsche ich, meine sehr geehrten Herren, und auch die Dame natürlich", begrüßte er die Gruppe und sofort schoss der Kanzlerin, aber wohl nicht nur ihr, der extrem sarkastische Unterton des Konsuls ins Hirn. Es war einfach schwer bis gar nicht zu ertragen. Die Kanzlerin redete sich selbst zu und tröstete sich mit der Tatsache, dass er schon bald wieder bei seinem Volk walten würde und Gott sei Dank nicht wie Drake als Botschafter in der Zitadelle bleiben würde. Der Konsul war ihr mehr als unsympathisch.

„Schönen guten Abend, Herr Konsul, ich hoffe, Sie hatten einen angenehmen Tag.", übernahm Minister Griffin die Begrüßung für die Gruppe.

„In der Tat, danke Herr Minister, ich kann in keinster Weise klagen."

„Das freut mich, also uns", Minister Griffin sich auf das Niveau des Konsuls herabbegebend.

„Na schön", unterbrach Minister Smith die gegenseitige Beweihräucherung und versuchte, die Geschichte zügig weiterzubringen: „Botschafter Drake …"

Ruckartig nahm der Botschafter militärische Haltung an.

„… Sie haben Ihre Befehle empfangen und verstanden?"

„Sir, jawohl, Sir!"

„Dann darf ich Sie hiermit offiziell im Namen der Regierung der Zitadelle in Ihren neuen Auftrag entlassen und übergebe Sie mit sofortiger Wirkung in die Obhut des Konsuls von Terrenus."

Wortlos zuckte der Botschafter zur Bestätigung militärisch korrekt zusammen und der Konsul antwortete für beide: „Danke, werter Herr Vizekanzler Smith, hiermit übernehme ich offiziell im Namen meiner Regierung die Obhut über Botschafter

Drake und gelobe, dass ihm auf seiner weiten Reise sowie im Zuge seiner Tätigkeit in Terrenus kein Leid widerfahren wird."

Zustimmend nickten und verbeugten sich die drei Minister vor dem Konsul staatsmännisch. Wissend, bald von ihm erlöst zu sein. Doch fühlte sich Kanzlerin Meyer als Kanzlerin genötigt, doch auch noch abschließende Worte einzubringen: „Danke, Herr Konsul, bitte entbietet eurer Regierung und vor allem dem Kaiser unsere besten Grüße. Wir würden uns jeder Zeit über einen Besuch freuen und begrüßen jede Art der länderübergreifenden Zusammenarbeit."

Jeder Buchstabe kratzte der Kanzlerin im Hals.

„Ich danke Ihnen, Madame Kanzler, ich werde diese netten Worte selbstverständlich gerne meinem Senat übermitteln und bin sicher, dass schon bald einige gemeinsame Aufgaben auf unsere Völker warten werden.", schloss der Konsul mit gehässigem Unterton.

So nahmen sie noch einmal artig Abschied voneinander, bevor Botschafter Drake und der Konsul abzogen. Der Botschafter und der Konsul bestiegen einen Wagen, der sie bis an die Siedlungsgrenze der Zitadelle führte. Dieser Bereich sollte fortan als erste Grenzlinie der Zitadelle in die Geschichte eingehen. Eine Linie, die sich aber laufend nach außen verschieben sollte. Ab da legten die beiden den Weg durch das Niemandsland zu Fuß zurück, ehe sie an der Grenze Terrenus von der Staatsdroschke Terrenus abgeholt wurden. Die jeweiligen Botschafter der Zitadelle sollten in den kommenden Jahrzehnten Buch führen, wie schnell sich die Grenzen einander näherten. Das Tempo schien zeitweise schier unglaublich.

Die beiden Minister und Kanzlerin Meyer sahen den beiden noch nach, bis sie in der Häuserzeile verschwunden waren, und atmeten dann überaus entspannt durch, als sie diese Geschichte für sich als erledigt betrachten konnten. Der Botschafter war nun auf sich gestellt. Er würde, wie vereinbart, laufend durch Boten von sich hören lassen. Beziehungsweise, was der Kanzlerin als Einziger noch nicht bewusst war, durch die nachkommenden Agenten kommunizieren.

So nahm das Ganze seinen Lauf. Während sich Kanzlerin Meyer den Aufgaben in der Zitadelle widmete, entsandten Minister Smith und Griffin schon bald die ersten Agenten in Richtung Terrenus. Die Jahre vergingen und die Arbeit der beiden Minister entwickelte eine Eigendynamik. Ein Agent folgte dem anderen, bis kaum jemand mehr den Überblick darüber behielt. So näherte sich schließlich nach langen Jahren das Ende der Amtszeit der ersten Regierung der Zitadelle. Bereits bei ihrer Angelobung schworen sie, gemeinsam an- und wieder abzutreten. Da sie einfach bei jeder, im fünf Jahresintervall stattgefundenen Wahl, wiedergewählt wurden, entschieden sie einstimmig, nach nunmehr zwanzig Jahren nicht mehr anzutreten, was von der Bevölkerung zum Teil Betroffenheit, aber zum allergrößten Teil Verständnis auslöste. Die Abwahl und die Amtsübergabe erfolgten daraufhin über alle Maßen friedlich und euphorisch.

Und ob man es glauben mochte oder nicht, die Gazetten der Zitadelle verbreiteten es freudig. Der erste offizielle Kuss zwischen Kanzlerin Meyer und Minister Smith fand offiziell nach der Amtsübergabe im Zuge der Zeremonie statt. Außer Ex-Kanzlerin Meyer echauffierte sich niemand über diese Klatschpresse. Es war mittlerweile ohnehin so gut wie jedem in der Zitadelle, und auch Interessierten in Terrenus, wohl bekannt, dass die beiden längst mehr als kollegiale Freundschaft verband. Aber ja, einfach die Nachrede in der Zeitung war Lisa äußerst zuwider.

Die neue Regierung übernahm reibungslos die Geschäfte und so kam es zu keinerlei Repression in der Öffentlichkeit. Politikverdruss blieb weiterhin ein Fremdwort in der Zitadelle. Die neue Regierung agierte zunächst konform den begonnenen Themen der alten Regierung, fand aber bald ihren eigenen Weg. Auch hielten sich, der Kanzlerin Weisung gemäß, sämtliche Altminister auf Distanz und gaben ihren Nachfolgern keine Weisungen oder Ideen vor. Die neuen Minister wurden, jeder für sich, aus einem Pulk an Kandidaten der einzelnen Zuständigkeitsbereiche gewählt. Nur der Posten des Kanzlers wurde anschließend unter den neuen Ministern intern vergeben. So wurde der neue Minister für interne und externe Sicherheit, Rupert Graves, zum nächsten Kanzler der Zitadelle bestimmt. Graves war ein völlig unbeschriebenes Blatt und war so seinem Vorgänger, Minister Smith, völlig unbekannt gewesen, was ihm im Nachhinein auch sehr peinlich war. Als sich Christopher nach Graves informierte und mitbekam, dass dieser bereits seit Jahren unscheinbar direkt unter ihm seinen Dienst verrichtete, konnte er es nicht glauben.

Der Tag der Angelobung der neuen Regierung wurde, wie die der alten Regierung, groß aufgezogen. Natürlich rechnete keiner mit einem derartigen Ansturm und Euphorie wie bei der ersten Angelobung, doch waren alle Beteiligten im Nachhinein sehr zufrieden mit dem Andrang an Zusehern und der Zustimmung in der Bevölkerung. Und wie damals versammelten sich auch diesmal alle Altminister auf der Bühne, um ihre Posten persönlich zu übergeben. Alles verlief reibungslos und so wurde auch dieser Tag zum Freudenfest der Zitadelle. Spätabends verabschiedeten sich Altkanzlerin Meyer und Altminister Smith von den Feierlichkeiten und schlenderten Hand in Hand heimwärts. Erst nach einigen Hundert Metern bemerkte Lisa, wie Christopher nachdenklich zu Boden blickte.

„Hey, träumst du schon, was ist mit dir?"

Da sah sie Christopher beunruhigt an: „Sag, du hast diesen Graves vorher doch auch nicht gekannt, oder?"

„Nein, du?"

„Nein, das ist es ja, es scheint, als wäre er tatsächlich aus dem Nichts gekommen und gleich Kanzler geworden."

„Na ja, aber was soll's, dass wir ihn nicht kannten, irgendjemand muss ihn ja wohl kennen, sonst wäre er ja wohl nicht gewählt worden, oder?"

„Ja schon, aber ..."

„Aber nichts Chris, lass es gut sein."

„Ich soll es gut sein lassen."

„Wir haben unser ganzes Leben der Zitadelle gewidmet und uns beide stets zurückgenommen, genauso wie es O'Neill und Foster immer taten, jetzt sind wir dran, meinst du nicht?"

Da sah Christopher Lisa bedächtig in die Augen und antwortete: „Natürlich, du hast recht, es ist nicht mehr an uns, sich den Kopf zu zerbrechen, wir müssen den Jungen vertrauen." Damit hatten sie zu diesem Thema einander alles gesagt, ganz losgelassen hat Christopher das Thema jedoch nie.

Abgewählt wurden an diesem Tag aber nur alle Minister, Botschafter Drake verblieb hingegen noch in seinem Amt. Allerdings war der Führungswechsel auch an ihm nicht spurlos vorübergezogen. Er spürte, dass sich auch seine Zeit langsam dem Ende neigte und er heimkehren sollte. Auch an ihm waren die Jahre nicht spurlos vorübergezogen. Zwanzig Jahre als Botschafter schienen ihm mehr als genug. So war es eine der ersten Eingaben an die neue Regierung, dass ein neuer Botschafter der Zitadelle zu bestimmen wäre. In den Augen Drakes eine äußerst schwere Entscheidung, die die neue Regierung wohl noch einige Monate beschäftigen würde, umso mehr wunderte er sich, als sein Abberufungsbefehl bereits mit dem nächsten Boten bei ihm eintraf.

Drake, der inzwischen kaum noch zwischen Zitadelle und Terrenus zu unterscheiden vermochte, tat schwer daran, sich von seinen inzwischen lieb gewonnenen vertrauten Terranern zu verabschieden, doch wusste er um seine Pflichten gegenüber der Zitadelle. So trat er schweren Herzens die Heimreise an. In Erwartung, in der Zitadelle einen seiner potenziellen Nachfolger kennenzulernen und diesen zu instruieren. Tage später sollte er jedoch eines Besseren belehrt werden. Als er in der Zitadelle ankam, war bereits alles unter Dach und Fach. Während Drake heimreiste, trat sein Nachfolger bereits die Anreise an und wurde auch bereits in Terrenus erwartet.

Drake fühlte sich schlicht vor den Kopf gestoßen. Er konnte es einfach nicht verstehen, wie er so schnell ausgetauscht werden konnte, ohne dass er auch nur ansatzweise davon Wind bekam. Dementsprechend erregt, suchte er in den kommenden Tagen Kontakt zu Lisa und Christopher. Sie mussten doch irgendetwas darüber wissen, da die Entscheidung über seine Nachfolge doch noch in ihre Amtszeit gefallen sein musste. Aber vergebens, sie konnten sich auch keinen Reim daraus machen. Die drei saßen eines Nachts lange beisammen und diskutierten angestrengt über die neuen Begebenheiten, fanden aber schließlich doch keinen gemeinsamen Nenner. So verblieben sie, zwar ratlos, aber doch hoffnungsvoll, dass sich alles zum Guten wenden würde.

Sie unterhielten sich über alles, was sie gemeinsam, aber auch getrennt voneinander erlebten, sich aber offiziell in ihren Ämtern nie sagen konnten. Es entwickelte sich, zur Freude Drakes, ein äußerst versöhnlicher Abschluss seiner Karriere.

Erst sehr spätabends oder recht frühmorgens verabschiedete sich Drake von Lisa und Christopher und wünschte ihnen noch alles Gute, so sie einander nicht ehest wiedersehen würden.

Direkt darauf begaben sich Lisa und Christopher auch schon zu Bett. Während Lisa nach dem langen Abend gleich einschlief, beschäftigte Christopher der Abend bis zum Morgen. In Gedanken ging er Wort für Wort wieder und wieder durch. Auch rekapitulierte er die Gespräche und Vereinbarungen mit Minister Griffin von damals. Er tat kein Auge in dieser Nacht zu.

Erst am nächsten Morgen, als Lisa die Augen öffnete und sich an ihn richtete, vermochte Christopher wieder einen klaren Gedanken zu fassen und ihn mit seiner Lisa zu teilen: „Hey, na gut geschlafen?"

„Hey!", erwiderte Lisa knapp und drückte Christopher einen Gute-Morgen-Schmatzer auf. Als sie ihren Freund genauer inspiziert hatte, fragte sie verwundert nach: „Alles okay, du schaust so nachdenklich."

Christopher sah Lisa nachdenklich an und antwortete: „Ist dir bei dem Ganzen gestern nicht auch etwas komisch vorgekommen? Francis Argumente hatten schon etwas für sich, oder? Er wurde viel zu schnell ersetzt!"

„Ja schon, aber wenn eben schon einer in den Startlöchern stand und nur auf seine Chance wartete?"

„Während unserer Amtszeit, ohne dass wir etwas davon gehört hätten?"

„Das stimmt schon Chris, aber es war ja wohl auch nicht unser Ressort, oder?"

„Nein, das letzte Wort überließ ich in den letzten Jahren immer Vinc", brummte Christopher betroffen.

„Nein, nein, nein, so dürfen wir nicht denken, Chris. Vinc ist in den letzten Jahren nie ungut aufgefallen und er hat sich unser Vertrauen hart erarbeitet."

„Da hast du ja recht, Schatz, aber gib zu, vollkommen korrekt kommt dir das Ganze auch nicht vor!"

Da hielten beide nachdenklich inne und rekapitulierten, jeder für sich, die Gespräche der vergangenen Nacht. Doch mussten sie sich beide nach einer Weile eingestehen, dass sie so auf keinen grünen Zweig kommen würden, und ließen das Thema schließlich ruhen. Während sich Lisa schnell anderen Interessen widmete, verfolgte das ganze Christopher doch noch längere Zeit. So trat er nach langem Überlegen doch an Vincent heran, um ihn zu konfrontieren. Der Ausgang dieses Gesprächs war aber von vornherein klar, Vincent stritt alles ab, Christopher wurde aggressiv, das Gespräch endete in wortgewaltigem Geschrei. Christopher konnte seinem ehemaligen Kollegen nichts nachweisen. Auch war der Kleriker bereits einige Jahre zuvor gestorben. Er konnte also auch nicht mehr intrigiert haben. Christopher fand einfach keine plausible und vor allem für sich zufriedenstellende Erklärung.

Der Kleriker war vor drei Jahren im hohen Alter friedlich entschlafen, Fremdverschulden stand nie zur Diskussion. Er wurde mit allen Staatsehren, feierlich beigesetzt und erhielt ein pompöses Ehrengrab, was verständlicherweise bei General O'Neill und Vizegeneral Harrison auf Unverständnis traf. Doch akzeptierten auch sie diesen Akt, im Wissen, von diesem *Dämon* endgültig befreit zu sein.

Was die Bevölkerung deutlich mehr traf, war der sieben Monate spätere plötzliche Tod von Vizegeneral Harrison. Die ganze Bevölkerung der Zitadelle verfiel tagelang in katatonische Schockstarre. Natürlich war Harrison mittlerweile ein alter Mann gewesen, aber dennoch war er einer der *Ersten*.

Der Kult, der sich um General O'Neill und seine Offiziere bildete, nahm zeitweise doch extreme Züge an, die keinem entgingen. Doch von allen geduldet und sonderbarerweise ohne Widerspruch unterstützt wurde. Inzwischen wurden surreale Comic-Hefte mit verklärten Darstellungen der damaligen Ereignisse und Charaktere veröffentlicht, die die sogenannten Helden in einem äußerst verzerrten und idealisierten Bild darstellten. General O'Neill und Doktor Foster zeigten sich mehrfach über alle Maßen echauffiert über die Rolle und die Auslegung, die die Nachwelt ihnen so andichtete. Ändern konnten sie daran aber auch nichts.

Auch Christopher stapfte nach seinen langen, ergebnislosen Gesprächen mit Vincent wieder entmutigt nach Hause. Irgendwo war ihm durchaus bewusst, dass er diese, für ihn wahrscheinliche Verschwörung, nicht aufdecken würde, aber dennoch hätte er sich wenigstens irgendeinen kleinen Erfolg dahingehend erhofft.

In den folgenden Monaten hörten und sahen Lisa und Christopher nicht viel bis gar nichts von Vincent. Sie selbst beschäftigten sich auch nur noch wenig mit Politik, zumal ihnen eine viel wichtigere Aufgabe ins Haus stand, die ihrer vollen Aufmerksamkeit bedurfte – die Elternschaft. Jack Richard Meyer-Smith kam an einem sonnigen Samstagmorgen im Mai zur Welt und alle, wirklich alle, feierten die Geburt euphorisch. Glückwünsche aus dem Parlament als auch aus der gesamten Bevölkerung wurden an die stolzen Eltern herangetragen, die einfach nur glücklich waren, dass ihr Kleiner gesund war und bei der Geburt alles gut gegangen war. Doktor Foster selbst half bei der Geburt und war an diesem Tag wohl noch angespannter als Lisa. Währenddessen gingen Christopher und Richard vor dem Kreißsaal nervös auf und ab. Erst als Evelin freudestrahlend herauskam und die erlösenden Worte: „Es ist ein Junge." sprach, fiel alle Anspannung von den beiden Männern ab. Nicht dass Christopher in irgendeiner Art auf einen Jungen gehofft hatte, er hätte sich über ein Mädchen ebenso gefreut, alleine die Worte signalisierten, dass alles gut gegangen war. So hasteten alle drei hinein zu Lisa, um das neue Familienmitglied zu begrüßen. Gekonnt bremste Evelin Richard dabei aus, um Christopher den Vortritt zu lassen. Doch folgten sie auf dem Fuße. Christopher konnte sein Glück nicht fassen, als er Lisa mit dem Kleinen im Arm zum ersten Mal sah. Mit übergehenden Augen näherte er sich dem Bett, den Blick auf seinen Sohn fixiert. Ohne die Augen von ihm zu lassen, küsste er Lisa auf die Stirn und legte seinen Arm um den Hals. In diesem Moment kamen Evelin und Richard freudestrahlend herein, um sich ihren Enkel anzusehen. Richard tat alles, um wie immer gefasst und abgeklärt zu wirken, was ihm nur bedingt gelang. Vor allem, bis Evelin die klassische Frage in den Raum stellte: „Und, habt ihr schon einen Namen?"

Da sahen sich Lisa und Christopher kurz verträumt an, bevor Lisa antwortete: „Ja, ich denke, den haben wir."

In dem Moment blickte Christopher auf und fuhr fort: „Darf ich vorstellen, Jack – Richard Meyer-Smith."

Als diese Worte an Richards Ohr drangen, war es um ihn geschehen. Schlagartig öffneten sich alle Schleusen und der sonst so abgeklärte und formwahrende Mann stürzte Tränen übergossen auf die junge Familie ein und schloss sie in seine Arme. Ein größeres Geschenk konnte und würde ihm niemand jemals machen.

In der folgenden Zeit war es wirklich schwer zu sagen, wer sich mehr freute, die stolzen Eltern, die mit der neuen Aufgabe zeitweise so ihre Mühe hatten, oder der stolze Großvater, der fortan jede freie Minute seinem Enkel widmen sollte.

Böse Zungen behaupteten sogar, er sei am Tag nach der Geburt ins Parlament gestürmt und hätte versucht, den Tag der Geburt zum Feiertag erklären zu lassen. Andere Zungen behaupteten sogar, dem Antrag wäre beinahe stattgegeben worden.

Doch wie das Leben so spielt, folgt auf Sonne stets Regen.

Die Freude über die Geburt war schnell verflogen. Vor allem der plötzliche Unfalltod von Botschafter Drake und das kurz darauf erfolgte Ableben des Professor Stevens schockierte nicht nur die Bevölkerung, sondern machte auch Richard und Evelin schwer zu schaffen. Sie hatten zwar mit dem Botschafter nicht viel zu tun, doch nahm sie die kurze aber schwere Erkrankung ihres langjährigen Freundes sehr mit. Vor allem Evelin, die ihren Freund von Beginn an behandelt hatte, wusste früh, dass ihm nicht mehr viel Zeit blieb. Was sie Richard zwar nicht direkt sagen wollte, dieser aber schnell ahnte.

Auch politisch kam es zu einigen Streitereien in Hinblick auf den Umgang mit Terrenus. So vertraten einige Minister die Meinung, dass man sich zu billig verkaufe und zu viele Zugeständnisse mache. Die andere Seite wollte strikt nicht auf Konfrontation gehen und am Status quo festhalten. Obgleich immer weniger Mitglieder der Regierung sagen konnten, wie dieser Status konkret aussah. Nur bei einem waren sich die Regierung und die Bevölkerung einig, es fehlte an einem starken Anführer. Seit den ersten Tagen wurde die Zitadelle von General O'Neill, Bürgermeister Harrison und Kanzlerin Meyer souverän geführt. Der erste gewählte Kanzler wusste zwar, was er tat und war zweifellos befähigt, diese Aufgabe zu erfüllen, doch all das hilft nichts, wenn sich jeder einen Heroen mit dem gewissen, nun ja, Auftreten erwartet. So kam es, wie es kommen musste, eine Neuwahl folgte der nächsten. Kaum ein Kanzler hielt sich in den nächsten Jahren länger als vier bis fünf Monate. Simultan stieg der Unmut in der Bevölkerung. Lisa, Christopher und alle anderen ihrer Generation, die mittlerweile auch schon zum alten Eisen zählten, jedenfalls zählten sie sich selbst zu diesen, taten ihr Möglichstes, der jungen Generation, die absolut keinen Bezug mehr zu den ersten Jahren in der Neuen Welt, geschweige denn zur Alten Welt hatte, die damalige positive Aufbruchstimmung und den Sinn des produktiven Miteinanders näher zu bringen. Allen voran ihren eigenen Kindern, Jack Richard sollten noch Christine Evelin und Max Abraham folgen, lehrten sie stets ein gemäßigtes politisches Verhalten und Diplomatie. Was zunächst auch Jack ins Parlament zog. Kurze Zeit bekleidete er das Amt des Innenministers, was vor allem seinen Vater mit Stolz erfüllte, doch musste auch er bald resignierend aufgeben und seinen Platz räumen. Politikverdrossen zog er sich in die Privatwirtschaft zurück und leitete fortan ein Handelsunternehmen mit Terrenus, was ihm unter folgenden Regierungen noch so manch Problem und schlaflose Nacht bereiten würde. Jack folgend, aber auf einem eher umstritteneren Weg, widmete sich Christine der Politik. So war es Christine, die als Erste, nach Erzählungen ihrer Großmutter Evelin, die Gründung einer Weltregierung, unabhängig vom Kaiser Terrenus und der Regierung der Zitadelle, forderte. Wofür sie breite Unterstützung in beiden Bevölkerungen erhielt. Auch sollte sie als erste unabhängige, ausländische Politikerin in Terrenus in die Geschichte eingehen.

So verbrachte sie einige Jahre, mit Unterstützung des Konsuls, in der Hauptstadt Terrenus und ging zu dieser Zeit auch regelmäßig im Forum aus und ein. Schnell wurde sie von beiden Seiten als Heilsbringerin glorifiziert und gefeiert. Auch war sie die erste und einzige Staatsperson der Zitadelle, der ein Denkmal in Terrenus errichtet wurde. Aber wie es immer ist, Denkmäler entstehen zumeist postum. Es war eine Rede in der Zitadelle, es ging um nichts Weltbewegendes. Ein großes, jubelndes Auditorium. Überschwängliche Sicherheitsmaßnahmen waren nie erforderlich gewesen. Ein Schuss aus weiter Entfernung, der Schütze wurde nie gefasst. Auch Untersuchungen, ob dieser aus Terrenus oder der Zitadelle kam, verliefen schnell im Sande. Zu verflochten waren die Technologien der beiden Nationen mittlerweile, allen voran die Waffen. Was blieb, war nur die erste globale Trauer und der erste gemeinsame Gedenktag, der, wenn auch nur kurz, Hoffnung keimen ließ, dass Christines Vermächtnis die Welt in ihrem Sinn nachhaltig einen würde. Ihren Hinterbliebenen blieb hingegen nur der bittere Trost, dass weder ihre Großeltern, Richard und Evelin, als auch ihre Eltern, Lisa und Christopher diesen schwarzen Tag hatten miterleben müssen.

Welchen Stellenwert Christine in der Bevölkerung eingenommen hatte, merkte man vor allem daran, dass es zum einem die Regierung der Zitadelle nicht wagte, den Gedenktag zu ihren Ehren schnell wieder abzuschaffen, und zum anderen machten umgehend nach dem Anschlag die wildesten Verschwörungstheorien die Runde. So sollte sich ihr Körper unmittelbar nach dem Schuss aufgelöst haben, sie quasi zu einer Gottheit aufgestiegen sein. Eine blasphemische Behauptung, die die Regierung sofort im Keim erstickte. Regelrecht stolz wurde Christines Leichnam medienwirksam öffentlich zur Schau gestellt. Auch wenn nicht wenige, kritische Stimmen die Gezeigte nicht als Christine Meyer-Smith identifiziert hätten. Schnell nach dem Attentat mussten sich die allermeisten Regierungsgegner eingestehen, dass ihr Kampf mit Christine gestorben war.

Max war im Vergleich zu seinen Geschwistern hingegen ganz anders gestrickt. Als einfacher Angestellter, zwar mit entsprechendem Promibonus, aber doch bodenständig, gründete er als Einziger der drei Familie und sah seinen Platz so als Erhalter der Dynastie. Eine Weltsicht, die ihm seine Geschwister immer witzelnd vorhielten, ihm dafür aber doch immer äußerst dankbar waren und ihn auch sehr darum bewunderten und beneideten.

Schließlich kollabierte die Regierung komplett und das Parlament wurde aufgelöst. Der Kanzler entließ alle Minister ihrer Posten und übernahm die Alleinherrschaft. Jedermann befürchtete das Schlimmste und Panik machte sich breit. Wo waren bloß die glorreichen Jahre der Zitadelle hin? Wie konnte ihre stolze Nation, die sich im klaren Grundsatz bildete, nicht die Fehler der Alten Welt zu wiederholen, bloß so schnell, so falsch entwickeln? Wo waren die Euphorie und die Zuversicht hin?

Es konnte sich einfach niemand erklären. Niemand konnte sich einen Reim daraus machen und eine Erklärung finden. Sämtliche Politanalysten und Zeitungsreporter verzweifelten an den Fragen, die ihnen zugetragen wurden. Sie konnten keine Antwort liefern, eine derartige Situation hatte es nie zuvor in der Neuen Welt gegeben, Zeitzeugen der Alten Welt waren keine mehr am Leben. So brachte es der bekannteste und renommierteste Zeitungsreporter der Zitadelle mit seiner Schlagzeile auf den Punkt: „Heute wird die mahnende Geschichte zu Grabe getragen" titelte er anlässlich des Todes des letzten verbliebenen Überlebenden der Alten Welt, der, vor allem in seinen letzten Jahren, oft öffentlich nach seiner Sicht der Dinge befragt wurde und so gewisse Berühmtheit erlangte. Der *Kanzler* würdigte sein Leben in einer knappen, aber anerkennenden Rede, die er mit den Worten schloss: „... die alten Zeiten sind nun vorüber – und bald vergessen." Der alte Mann erreichte ein Alter von siebenundneunzig Jahren, keiner strebte Nachforschungen an. Todesursache Asthmaanfall. Eine Diagnose, die sein Hausarzt zuvor allerdings noch nie diagnostiziert hatte.

Unterdessen steigerte sich die Verunsicherung in den Straßen der Zitadelle von Tag zu Tag. Menschen verschwanden, tauchten Tage später völlig verstört wieder auf, ohne ein Wort über ihren Verbleib zu verlieren. Niemand traute noch einem Unbekannten auf der Straße. Die Paranoia stieg ins Unermessliche. Das Resultat aus der Situation ließ nicht lange auf sich warten. Unruhen, Aufmärsche und Proteste gingen durch die Straßen, die allesamt gewaltsam zerschlagen wurden. So ließen auch die ersten Verletzten und das erste Todesopfer nicht lange auf sich warten. Spätestens zu diesem Zeitpunkt erwarteten die meisten in der Zitadelle, dass es nicht schlimmer werden könnte und der sogenannte Kanzler gezwungen war, einzulenken. Doch mussten sie bald feststellen, dass dieser schier darauf gewartet hatte. Mit einer Brandrede stellte er sich auf einer Bühne auf dem Parlamentsplatz dem Volk entgegen. Überschwänglich polterte er über die ausufernde Gewalt auf der Straße und dass nur er in der Lage sei, die Zitadelle zu alter Stärke zurückzuführen. Dann schloss er seine Rede mit einer Ankündigung, die jedem Zitadeller durch Mark und Bein ging: „... darum sehe ich mich nun, heute und hier, von Gott berufen, mich als Diktator auf Lebenszeit einzusetzen, um diese Missstände zu beseitigen und die Zitadelle zu der Dominanz zu führen, zu der sie immer schon berufen war!"

Es folgte eine groteske Szenerie des erzwungenen, ausufernden Beifalls, gepaart mit panischen Blicken und tränenüberströmten Gesichtern.

Dann blickte der ehemalige Kanzler zufrieden zu seiner Rechten und deutete einem Untergebenen, der sich später als *rechte Hand* des Diktators herausstellen sollte vorzutreten, was dieser auch sofort tat, um mit aggressiver Stimme in die Menge zu brüllen: „Applaus, Applaus, Applaus – Diktator Ronald D. Eisenhower, FÜHRER der Zitadelle!"

So erreichte die groteske Szenerie ein neues Level. Lautes Klatschen und aufgesetzte Jubelrufe mischten sich mit panischen Heulattacken und Atemaussetzern, aufgrund derer einige der Versammelten, oder besser gesagt, Zusammengetriebenen ohnmächtig zu Boden gingen und Gefahr liefen, von der besinnungslosen Masse tot getrampelt zu werden.

In den nächsten Wochen sollten sich die Verhältnisse in der Zitadelle grundlegend ändern. Angefangen bei der Einschränkung persönlicher Freiheiten über aufgezwungene religiöse Lebensführung bis hin zur totalen Kontrolle der Bevölkerung. Alle öffentlichen Ämter wurden neu vergeben, die Überwachung maximiert. Der Gipfel der Überwachung erfolgte, als die Regierung die Aufklärungsdrohnen des Bunkers inklusive der neueren Modelle ununterbrochen über die Stadt und das eigene Gebiet kreisen ließ. Generell stellte sich die Wirtschaft der Zitadelle völlig um. Nach und nach wurden Arbeitskräfte abgezogen und verschwanden von heute auf morgen. Zögerlich machten Gerüchte von Rüstungsprojekten und bewaffneten Drohnen die Runde. Beweise oder gar Zeugen konnten jedoch nie erbracht werden. Es veränderte sich einfach alles. Bis auf, zur Überraschung aller, die überhaupt davon wussten, die Außenpolitik. Zu denen, die davon wussten, zählte vor allem die Führung von Terrenus. Nach wie vor vertrat der Botschafter der Zitadelle seine Regierung vor dem Senat Terrenus. Und auch wenn der aktuelle Botschafter einen strengeren, selbstbewussteren Ton pflegte, wurde er vor den Senatoren nie ausfällig, weshalb er auch immer zufrieden akzeptiert wurde. Was aber wirklich in Terrenus vorging, ahnte keiner der Senatoren.

Über Jahrzehnte hinweg, seit der Zeit Botschafter Drakes, wurde absolut jede Gesellschaftsschicht Terrenus durch Spione der Zitadelle unterwandert. Zunächst nur eine Hand voll an interessanten Posten, später, nach Drakes Abberufung und der Abwahl der ersten Regierung, stieg die Anzahl der Spione exponentiell. Zeitweise wunderten sich die verantwortlichen Minister noch darüber, dass es keinem in Terrenus auffiel, schon allein aufgrund der schieren Anzahl an Unbekannten in ihren Reihen. Dann erfuhren sie, zu jedermanns Überraschung, dass all

das neue *Personal* aus der Zitadelle wohlwollend begrüßt wurde. Der Botschafter zu der Zeit erklärte der Regierung die Sachlage mit klaren, aber dennoch schwer zu glaubenden Worten: „Die halten sich einfach alle für was Besseres!"
Ein Gewaltspruch, der bald in der Zitadelle als *geflügeltes Wort* die Runde machen sollte. Erklärend fuhr der Botschafter vor der Regierung fort: „Die Terraner sind in einem Ausmaß von sich selbst und ihrer Lebensart überzeugt, dass sie nicht im Traum darauf kämen, dass sie nicht die dominierende Nation auf der Erde sind. Sie wissen um die Tatsache, dass wir all ihre militärischen Einheiten elektronisch verwalten und generell überall unsere Finger im Spiel haben und sie genießen diesen Zustand."
„Sie genießen diesen Zustand?", fragte einer der Minister nach.
„Ja, die sind so verblendet, dass sie nie auf die Idee kämen, dass die Zitadelle ihnen über wäre.", dann pausierte der Botschafter kurz und schloss die Vernehmung mit seinem Urteil: „Terrenus hat nicht die geringste Ahnung, dass wir sie zu hundert Prozent in der Hand haben – Sie sind uns ausgeliefert!"

„Führer Eisenhower!", hallte es durch die Hallen des Bunkers.
Der Führer drehte sich steif stehend nach der Stimme um. Ein junger Mann eilte herbei, völlig außer Atem. Er war vom Parlament zum Bunker hinaufgelaufen. Heftig nach Luft ringend, versuchte er vor dem Führer Haltung anzunehmen und spuckte seine weiteren Worten zugleich aus: „Mein Führer, Meldung aus Terrenus, der Kaiser ist tot!"
Verzückt blickten sich der Führer und seine *rechte Hand* an, ohne den jungen Boten weiter zu beachten. Wortlos standen sie sich gegenüber, bis sich der Führer wieder zum Boten umdrehte und befahl: „Danke für die Nachricht, überbringe Minister Hopper die Order „Alarich"."
Der Bote verbeugte sich pflichtbewusst und lief von dannen. Führer Eisenhower und seine *rechte Hand* setzten indessen beschwingt ihren Kontrollgang im Bunker fort. Unter der Regierung Eisenhowers erfuhr der Bunker eine regelrechte Renaissance. Sämtliche Drohnenkontrollen und Überwachungen erfolgten

von hier, die Drohnenhangars waren zum Bersten gefüllt und generell arbeiteten zu dieser Zeit an die vierhundert Personen laufend im Bunker. Die Zeiten der Touristenattraktion und des Wochenendausflugsziels waren vorbei.

„Order Alarich!" Nur diese zwei Wort dröhnte es durch die Lautsprecheranlage des Bunkers in die weiten Hallen, nicht mehr. Doch reichte dies bereits, dass mit einem Schlag unzählige eingeweihte Militärs in den Hallen abrupt stehen blieben und wie versteinert zu den Lautsprechern an den Wänden starrten, dann aber umgehend den für sie klaren Befehl realisierten und wie angestochen loseilten. Mit einem Mal setzte sich eine scheinbar einstudierte Maschinerie in Gang. Hektisch eilte das Bunkerpersonal, verschiedenen Befehlen gehorchend, durch die Bunkerhallen, ohne dass auch nur einer von ihnen ahnte, was mit „Alarich" gemeint war. Doch sollte es nur wenige Minuten dauern, bis den ersten Nicht-Militärs im Bunker klar werden sollte, was nun geschah.

Herrschte zunächst noch im gesamten Bunker hektisches Treiben, konzentrierte sich schnell alles in den Drohnenhangars. Während zahllose Techniker noch an diversen Drohnen herumschraubten und mehrere Offiziere von den Seiten aus Befehle in den Hangar schrien, öffneten sich langsam die großen Hangartore, durch die die Drohnen ins Freie gelangten.

Wie einstudiert, startete eine Drohnensalve nach der anderen. Kaum jemand, weder im Bunker noch in der ganzen Zitadelle, hatte jemals eine Drohne starten und durch die Luft fliegen gesehen. Natürlich waren in den vergangenen Jahren dutzende Drohnen gestartet und Testflüge unternommen worden, diese geschahen aber zumeist nachts, vor allem, seit die Ausgangssperre mit zweiundzwanzig Uhr verhängt wurde. Nur im Zuge einer Militärparade zu Ehren Eisenhowers präsentierten die Militärs erstmals eine Formation an Drohnen im Überflug der Öffentlichkeit. Einen derartiger Aufmarsch hatte jedoch noch nie stattgefunden. Hunderte Drohnen stiegen nun zugleich in die Höhe und zogen über die Zitadelle. Erstaunen, Neugier,

Verwunderung, blankes Entsetzen war den Gesichtern der Bevölkerung zu entnehmen, als die Drohnen langsam über ihre Köpfe flogen. Die schiere Anzahl ließ den Himmel verdunkeln. Nur die allgegenwärtige Präsenz der Sicherheitskräfte und das Wissen, dass die Drohnen vom Bunker aus starteten und für die Bevölkerung der Zitadelle so viele Drohnen gar nicht nötig wären, verhinderte eine ausufernde Massenpanik.

Wie versteinert starrte jedermann in den Himmel und beobachtete den nicht enden wollenden Überflug der Drohnen. Mit einem Mal kam das gesamte öffentliche Leben der Zitadelle zum Erliegen. Eine unbeschreiblich beklemmende Stille herrschte plötzlich in der ganzen Stadt. Eine Stille, die sich durch nichts zu unterbrechen lassen schien. Erst die ersten Explosionsgeräusche aus weiter Ferne rissen die Zitadeller aus ihrer Schockstarre. Besorgt hörten die Zitadeller dem Konzert an Explosionen und Schüssen zu. Allen war bewusst, dass die Grenze zu Terrenus weit ab der Stadt lag, aber dennoch, allein die Geräuschkulisse reichte, um sämtliche überlieferten Ängste an die Alte Welt wieder hochkommen zu lassen. Keiner hatte dieser Tage mehr Bezug zur Alten Welt und wusste nur, was in der Schule dazu unterrichtet wurde – jeder war sicher und froh, dass derartige Zustände nur noch Teil des Geschichtsunterrichts seien und im realen Leben keinen Platz mehr hatten. Beängstigend, wie schnell und sehr man sich irren konnte.

Stundenlang standen die Zitadeller in den Straßen und reckten ihre Köpfe gen Himmel, doch außer den Geräuschen und entfernten Lichtblitzen geschah nichts. Dies dafür über so endlos erscheinende Zeiten.

Fast schon wollten sich einzelne Zitadeller wieder erfangen und ihre Blicke nach den Lichtblitzen lösen, als sich plötzlich eine gigantische Feuerwalze über den Horizont erstreckte und den ganzen Himmel orange erleuchtete. Paralysiert beobachteten alle Zitadeller das Schauspiel gebannt, unfähig das Gesehene irgendwie einordnen zu können – Einfach nur Angst.

Und dann, mit einem Mal, nichts mehr. Der Himmel lichtete sich, nur vereinzelte Lichtpunkte zogen gen Himmel.

Zur gleichen Zeit im Kommandostand des Bunkers.

„Mein Führer, alle Drohnen sind gestartet und nähern sich dem Feind."

Führer Eisenhower saß seelenruhig in seinem Sessel und genoss das Schauspiel, während seine *rechte Hand* einen Befehl nach dem anderen ausspie. Genussvoll beobachtete Eisenhower alle Explosionen und Attacken, die auf die Wächter Terrenus eingingen. Selbst die Vernichtung der eigenen Einheiten schien ihn zu erregen. Hauptsache, irgendetwas würde in Flammen aufgehen. Mit weit aufgerissenen Augen verfolgte er die Bilder, die die zahlreichen Beobachtungsdrohnen vom Schlachtfeld lieferten. Während allen Technikern rund um den Führer die Augen angesichts der abstoßenden Bilder des Leids und der Zerstörung übergingen, und sie sich voll Scham und Selbstekel versuchten, von den Bildschirmen abzuwenden, geriet Eisenhower zunehmend in Ekstase. Vor allem, als die Drohnen die Grenzlinie nach Terrenus bombardierten, fiel der Führer vor Entzücken beinahe von seinem Stuhl. Welch ungleicher Kampf. Kein normal denkender Mensch hätte ein derartiges Vorgehen gebilligt. Die Infanterieeinheiten Terrenus waren zum größten Teil nur mit Degen und bestenfalls mit Revolvern ausgerüstet. Generell war Terrenus waffentechnisch, bis auf seine Degen, ausschließlich von der Zitadelle ausgerüstet worden oder, wie im Fall der Revolver und einfachsten Gewehren, überließ die Zitadelle Terrenus die Baupläne als gütiges Geschenk der Freundschaft.

Hilflos feuerten die Soldaten in Richtung der heranströmenden Drohnen. Gepaart mit einem Gesichtsausdruck der Resignation. Wie mit Wasserpistolen gegen Tsunamiwellen zu schießen. Von einer Sekunde zur nächsten wurde das Dröhnen der Rotorblätter der Drohnen ohrenbetäubend und in der Sekunde darauf fielen auch schon die Bomben auf die Soldaten herab. Der ganze Vorgang dauerte keine zehn Sekunden. Dass sich die Staub- und Rauchwolken wieder lichteten, dauerte hingegen einige Minuten. So waren die Kampfdrohnen bereits weit ins Landesinnere vorgedrungen, als die Beobachtungsdrohnen

noch über der Grenzlinie schwebten und die Bilder vom Schlachtfeld einfingen.

Gebannt beugte sich Führer Eisenhower vor und gaffte freudestrahlend in den Bildschirm vor ihm, als sich die Rauchwolken langsam lichteten und erste Bilder vom Angriff preisgaben.
Es war verheerend. Wider Erwarten dominierte nicht das
Blutrot der getöteten Soldaten die Szenerie. Es war der Staub
und Dreck, der das Blut aufsog und alles in fahles Grau tauchte.
Gepaart mit den erdtönernen Uniformen der Soldaten, ebenfalls
von Staub bedeckt, ergab sich ein Bild der absoluten Trostlosigkeit.

Fast schon vermochte der Führer schnell das Interesse daran zu
verlieren, als er belustigt wie ein kleiner Schuljunge zahlreiche
benommene und stark verwundete Soldaten erspähte, die im
Wirrwarr der Leichen ihre abgerissenen Arme und Beine suchten, ehe sie ob des Blutverlustes endgültig tot zu Boden gingen.
Nur eine Hand voll Soldaten entkamen, zum Teil verletzt, dem
Angriff und rannten schockiert Richtung Hauptstadt.

Befriedigt ließ sich Eisenhower in seinen Stuhl zurückfallen
und gratulierte seiner *rechten Hand* zum gelungenen Angriff. Als
dieser die anerkennenden Worte seines Führers vernahm, kamen
ihm die Tränen: „Danke, mein Führer, ich danke euch, danke!"

Dies war dann endgültig genug für die meisten der Techniker
im Kommandostand rund um den Führer. Zutiefst angewidert
stahlen sie sich aus dem Raum. Während es zwei kaum noch aus
dem Raum schafften, bevor sie über das Geländer des Stiegen-
hauses erbrachen, stolperten die anderen die Stufen hinunter.
Einer stolperte gleich am ersten Treppenabsatz, überschlug sich
und brach sich das Genick, ein Zweiter fiel über ihn und rollte
die weiteren Stufen hinunter, eher er am Absatz bewusstlos liegen blieb und drei weitere schafften es bis runter in die große
Halle. Der Führer und seine rechte Hand vernahmen nur lautes
unbändiges Weinen, gefolgt von drei Schüssen, denen sie kaum
weitere Beachtung schenkten. Die rechte Hand kommentierte
nur knapp „Schlappschwänze!" und übernahm die Kontrolle
über die Beobachtungsdrohnen.

Mit engagiertem Griff zum Joystick steuerte er die Drohnen koordiniert den Angriffsdrohnen nach in Richtung Hauptstadt Terrenus. Eisenhower stellte sich daraufhin auf eine kurze Pause bis zum nächsten Schlachtfest ein und griff zufrieden nach seinem Bierglas, welches ihm auf dem Tisch zu seiner Linken serviert wurde. Auch wenn Eisenhower das alles in seiner Welt nie kennenlernte, hatte die Szenerie etwas von einem Sonntag-Nachmittag-Fußballmatch vor dem Fernseher. Ein alternder Haufen menschlichen Elends, welches selbst nie die dargebotene Leistung erbringen könnte, sich aber umso lauter darüber brüskierte.

Doch plötzlich, die erste Welle der Angriffsdrohnen war schon kurz vor der Stadt, leuchteten auf einmal dutzende rote Blinklichter auf den Bildschirmen auf und ein Alarm ging los.

„Was soll das, was ist da los!", polterte Eisenhower los.

„Es ist die zweite Welle unserer Drohnen, sie wird von den Wächtern der Terrenus angegriffen", erklärte einer der verbliebenen Techniker.

„Na dann schickt noch eine weitere Welle los, mach schon!"

„Schon geschehen, mein Führer!"

So war das Interesse an der Bombardierung Terrenus auf einmal wie weggeblasen und die *rechte Hand* des Führers dirigierte seine Beobachtungsdrohnen zurück zur Grenzlinie, um den Angriff auf die Wächter zu kommentieren. Indessen riss das Konzert an roten Blinklichtern und Alarmen im Kontrollraum nicht ab, was den Führer zunehmend aus der Fasson brachte.

„Noch eine Welle! Noch eine Welle! Los!!", brüllte er, zunehmend ungehalten, was seine *rechte Hand* exponentiell nervös machte. Woge um Woge an Drohnen wurde an die Front geschickt. Keinem der Techniker im Kontrollraum war bewusst, dass die Zitadelle über so viele Drohnen verfügte.

Lang hielt sich ein Gleichgewicht der Kräfte zwischen den Drohnen und den zwei Wächtern, doch zeigten die andauernden Angriffe schließlich Wirkung.

„Das wars mit ihnen!", jubelte die rechte Hand des Führers, als Daimos unter dem Dauerfeuer schwer getroffen wurde und von Fobos gedeckt werden musste. „Sehr gut, jetzt macht sie endlich fertig, dafür haben wir die ganzen Drohnen doch gebaut", geiferte Eisenhower gierig. Er war in keiner Sekunde beunruhigt, es könne nicht so ausgehen wie von ihm gewollt. Lange war dieser Tag geplant gewesen, lange taten die Infiltranten in Terrenus ihr Werk. Eisenhower wusste genau über die Wächter Bescheid und wie viel Feuerkraft er aufwenden musste. Seine gesamte Laufbahn, seine gesamte Bestimmung gipfelte in diesen Stunden. All seine Vorgänger, seit der Ära O'Neills und dessen Brut, arbeiteten im Geheimen, gezielt und geduldig auf diesen Tag hin. So musste der Führer plötzlich an den tapferen Arzt im Wächterbunker Terrenus und seinen jungen Agenten Seargent Xavier Graves alias Grixus denken, den er damals selbst im Zuge einer seiner ersten Befehle losschickte. Lange beschäftigte ihn der Verbleib dieses Agenten. Oft erkundigte er sich bei den offiziellen Konsuln nach dessen Verbleib im Wissen, dass dieser nur auf die entsprechende Order aus der Zitadelle wartete. So geschah es schließlich, dass ein einzelner unscheinbarer Brief den Weg zu Grixus fand. Der Inhalt, nur ein Wort: „Alarich".

Danach lief alles wie ein Uhrwerk, ohne dass es der Führer oder sonst ein Offizier der Zitadelle mitbekam. Absolute Funkstille war das oberste Gebot. Vertrauen in die Fähigkeiten und die Einstellung der Agenten war eine Selbstverständlichkeit. Nie gab es Grund, an der Effizienz dieses Systems zu zweifeln.

So vergingen Tage nach dem *Tag X*, wie er in die Geschichte eingehen sollte, ehe Führer Eisenhower und dessen Stab von den Ereignissen im Bunker erfuhren. Die ganze Geschichte sollten sie überhaupt erst aus dem Bericht Seargent Graves erfahren. So war er es, der in seinem Bericht den Begriff „*Tag X*" prägte. Eigentlich verwendete er den Begriff zunächst nur als Platzhalter, seinem Führer zur Ehr, wollte er sich einen eindrucksvolleren Namen für seinen großen Auftritt einfallen lassen, doch reiche die Zeit einfach nicht für ausgefallene Formulierungen. Auch war Führer Eisenhower sofort von *Tag X* begeistert. Für ihn hatte der Name etwas direkt Mystisches. Was in seinen Augen seine Führungsstärke klar repräsentierte.

Der Führer verschlang den Bericht Graves förmlich. Freilich formulierte Graves seinen Bericht auch äußerst positiv, doch konnte man ihm auch nicht anlasten, ein Detail ausgelassen zu haben. Er ging neben seinem Vorgehen am Tag X auch auf seine vorangegangenen Monate als Rekrut und seinen Konkurrenzkampf mit Alexander ein. Zwar hatte er kein wirklich gutes Wort für seinen Konkurrenten übrig, doch würdigte er sein Engagement und seine Führungsstärke. Auf den Punkt brachte er ihre Beziehung mit dem Satz: „Er war ein würdiger Gegner."

Auch das *Opferlamm*, Doktor Miller, wie er ihn in seinem Bericht erwähnte, würdigte er als tapferen Helden der Zitadelle. Was auch von der Nachwelt so weitergetragen werden sollte. Nur die erste, schnell als offensichtliche Propaganda entlarvte Lüge, dass Doktor Miller eingeweiht war und wissentlich den Opfertod antrat, musste der Wahrheit weichen. Doktor Miller war, wie so viele andere, ein braver Infiltrant in Terrenus und erstattete dementsprechend auch artig laufend Bericht an die Zitadelle. Dass er die Gesinnung der zu seiner Zeit aktuellen Führung teilte, wurde später aber klar verneint. Mehr noch, dichtete man im Laufe der Jahre hinzu, er wäre dem Anschlag Seargent Graves nur aufgrund seiner liberalen Gesinnung zum Opfer gefallen. Die Wahrheit war nüchterner. Seargent Graves kam an *Tag X* zur Routineuntersuchung in die Krankenstation des Bunkers. Dort ergriff er ein offen herumliegendes Skalpell und stach auf Doktor Miller ein. Was auch Seargent Graves in seinem Bericht hervorhob, war die Abgeklärtheit des Doktors, als er die Situation und die daraus resultierenden Konsequenzen realisierte: „Doktor Miller zeigte keine Angst angesichts des nahen Todes, kein Entsetzen stand ihm zu Gesicht – er akzeptierte sein Schicksal und ergab sich mir als seinen Henker. Ich nahm ihn dankend an als mein *Opferlamm*."

Ausführlich beschrieb Seargent Graves weiter, wie er unbemerkt aus dem Bunker und weiter aus Terrenus flüchtete. Aber auch wenn er es noch so heroisch ausschmückte, es war ihm damals ein Leichtes, angesichts der schieren Anzahl an Infiltranten in Terrenus, die ihm Tor und Angel öffneten. Andernfalls wäre es ihm unmöglich gewesen, innerhalb von nur zwei Tagen zurück in der Zitadelle zu sein.

Mit seiner geglückten Flucht aus dem Bunker endete dann aber auch der Bericht von Seargent Graves. Es waren die täglichen Berichte der unzähligen Agenten, die ohne jede technische Unterstützung von Ohr zu Ohr getragen wurden, die die weiteren Schritte der Zitadelle in die Wege leiteten.

Es ergab sich eine erschreckende Effizienz, der sich die Senatoren Terrenus gegenüber sahen. Die Ereignisse überschlugen sich in einem Tempo, welchem einfach nicht Herr zu werden war.

Ein Kampf gegen einen Gegner, dem man in den letzten Jahren bewusst oder unbewusst Tor und Angel öffnete, dem man sich stets überlegen sah, dem man schlicht nicht zutraute, das große Terrenus so zu übertölpeln. Oder, wie es ein Historiker Terrenus später festhielt: „Wir luden uns den Feind nicht ein, wir stiegen wissentlich mit ihm ins Bett, nahmen bereitwillig alle Wohltaten an, die er uns zu Teil werden ließe, nährten uns am Nektar seiner vermeintlichen Unterwürfigkeit. Weh Terrenus, nun das Opfer zu spielen, weh Terrenus, nun zu klagen, weh Terrenus, weh uns all."

Ekstatisch saß Führer Eisenhower nach wie vor weit vorgelehnt in seinem Stuhl und verfolgte die Explosionen auf den Bildschirmen vor sich.

Er beziehungsweise seine rechte Hand konnten gar nicht mehr zählen, wie viele Salven an Angriffsdrohnen bereits den Hangar verlassen hatten, doch schien die rechte Hand zunehmend unruhig zu werden. Nicht so aber der Führer, kühl berechnend und zugleich immens erregt, beobachtete er jeden Treffer auf die Kampfdroiden Terrenus und dann, als einer schwer getroffen wurde und vom zweiten gedeckt werden musste, rückte er aufgeregt bis ganz an die Kante des Stuhl, gerade, dass er nicht herunterfiel und schrie voll Verzückung laut auf: „Das ist es, jetzt, los – alles, was da ist loooos!"

Seine rechte Hand zögerte nicht, sie tat stets, wie ihm befohlen, und ließ alle verbleibenden Kampfdrohnen zugleich aufsteigen. Zwar waren alle Drohnen weiß verkleidet und kamen aus der Nähe betrachtet einer großen weißen Wolke gleich, verdunkelten sie kurz nach ihrem Ausflug aus dem Bunker den Himmel über der Zitadelle.

Es brauchte nur wenige Minuten, bis die gigantische Wolke an Drohnen am Schlachtfeld ankam und den Angriff aufnahm. Der überwältigende Feuersturm, der auf die feindlichen Einheiten niederging, versetzte den Führer in einen geradezu orgastischen Zustand der Verzückung. Spätestens, als der erste der Droiden niederging und auf dem Boden zerschellte, war er im siebten Himmel und fiel befriedigt zurück in die Lehne seines Stuhls.

Die Augen fest geschlossen, tief durchatmend, saß er da und sah sich am Ziel all seine Gelüste, als plötzlich ...

„Was ist das!", rief seine rechte Hand panisch.

„Was ist was?"

Der Führer riss seine Augen abrupt auf und stierte auf die Bildschirme.

Feuer, Flammen, Inferno auf jedem von ihnen.

Während seine rechte Hand panisch an allen Hebeln und Knöpfen des Kontrollfelds rüttelte, ergötzte sich der Führer weiter an dem Farbenspiel aus leuchtend roten, orangen und gelben Schattierungen. Minutenlang waberten die feurigen Farben über die Bildschirme. Minuten, in denen die rechte Hand Eisenhowers immer nervöser und panischer wurde. Bis auf einmal alle Farben erloschen und einem fahlen grauen Schleier wichen. Auf den Bildschirmen war nichts mehr zu erkennen. Erbost über das abrupte Stimmungstief schrie Eisenhower laut auf: „Was soll das, weiter, weiter, weiter!!!"

In dem Moment löste sich seine rechte Hand von der Kontrollkonsole und antwortete mit zittriger Stimme den Tränen nahe: „Es tut mir leid, mein Führer – das war's."

„Was war's? Starte noch mehr Drohnen, sofort!"

„Es sind keine mehr übrig, sie sind alle auf einmal explodiert."

„Wie soll das möglich sein, Terrenus hatte doch nie eine Chance, wir hatten sie in der Hand!"

„Ich glaube nicht, dass das gerade von Terrenus ausging, mein Führer, deren Einheiten wurden offenbar ebenfalls eliminiert."

„Und wer war's dann?"

„Ich bitte um Vergebung, mein Führer, das kann ich leider nicht beantworten."

„Dann such gefälligst jemanden, der das kann!", schloss Eisenhower zornig.

Während ihrer Debatte lichtete sich langsam die Staubwolke und gab auf den Bildschirmen vor ihnen den Blick auf das Schlachtfeld preis. Regelrecht besänftigend wirkten die Bilder der tausenden Trümmer- und Leichenteilen, die sich auf dem Boden der Grenzregion häuften. Indessen beobachtete seine rechte Hand, wie sich zwei Lichtpunkte rasant gen Himmel erhoben und an den Rand der Stratosphäre passierten. Interessiert spulte er die Drohnenaufnahme zurück und zoomte heran. Verdutzt sah er, wie ein ihm völlig unbekanntes Flugobjekt einen der Droiden Terrenus im Schlepptau nach oben zog, während ein zweiter Droide im Höchsttempo hinterherraste. Er konnte sich das Gesehene nicht im Geringsten erklären, doch war es die beste Erklärung, die er seinem Führer präsentieren konnte: „Mein Führer, ich habe hier etwas."

„Was meinst du?"

„Hier, es muss dieser Angreifer gewesen sein, der all unsere Kampfdroiden ausgeschaltet hat – offenbar hat er währenddessen auch einen der Droiden der Terraner entführt", erklärte er aufgeregt, während er das Bildmaterial noch einmal abspielte.

Interessiert lehnte sich Eisenhower vor und betrachtete das Video: „Wer sind die?", fragte er vor allem sich selbst.

„Keine Ahnung, aber sie kommen offenbar aus dem All."

In dem Moment dämmerte es Führer Eisenhower. Schlagartig gingen ihm Bilder der alten Erzählungen über die Alte Welt durch den Kopf und einer dritten Fraktion, die den anderen technologisch weit überlegen war. Angestachelt von diesem Gedanken sah er seine rechte Hand an und befahl: „Wir müssen der Sache auf den Grund gehen, zeig das Video allen Alte-Welt-Gelehrten und allen, die sich damit sonst noch auskennen – ich glaube, die Anzahl unserer Feinde hat sich gerade verdoppelt."

Des Führers rechte Hand ließ keine Minute ungenutzt, Tagelang holte er Meinungen ein, durchstöberte alte Archive und suchte in den Datenbanken des Bunkers nach Informationen über diese, wie es sein Führer nannte, *dritte Fraktion*. Sein Erfolg, überschaubar. Fünf Tage nach der Schlacht rief Führer Eisenhower seinen Stab zur Lagebesprechung ins Parlament.

„Nun gut, die Herren, ich denke, Sie hatten genug Zeit, um sich Gedanken darüber zu machen, was nun zu geschehen hat."

Grimmig sah er zu seiner Rechten. „Mein Führer, die Informationen aus der alten Welt sind mehr als spärlich, ganz klar ein Versuch der alten Regierung rund um General O'Neill, unser Andenken an unsere glorreichen und ruhmreichen Vorfahren zu tilgen", urteilte seine rechte Hand und hoffte auf einen anerkennenden Blick seitens seines Führers, der jedoch ausblieb. So setzte er rasch nach: „Aber natürlich habe ich dennoch einige Hinweise zusammentragen können."

„Komm auf den Punkt!", befahl Eisenhower zunehmend ungehalten.

„Selbstverständlich mein Führer, wie Ihr mir gegenüber bereits erwähnt habt, handelt es sich offenbar um eine technologisch weit entwickelte Kriegsfraktion aus der Alten Welt, die, entgegen uns und den Terranern, nicht unter die Erde, sondern von der Erde flüchteten", von seinen eigenen Worten höchst angetan, wartete er kurz, sah in die Runde, und ergänzte dann: „Nach meinen eingehenden Recherchen besteht für mich kein Zweifel, dass es diese ungläubige Bande war, die ihre Technologie nicht teilen wollte und auf gutmütige Anfragen unserer ehrwürdigen Vorfahren mit teuflischer Aggression reagierte und, dass sie es war, die den Krieg schließlich vom Zaun brache und die Erde in Dunkelheit hüllte. Für sie war es schließlich ein

Leichtes, in den Weltraum aufzubrechen und uns, wie Noah, in den Fluten der Sintflut ertrinken zu lassen."

Auf diesen Ausbruch folgte langes Schweigen. Die rechte Hand des Führers stand verunsichert da und blickte in die Runde, bis Eisenhower plötzlich kräftig in die Hände klatschte und munter antwortete: „Alles klar, danke für diese Erklärung."

Der rest der Runde saß verwundert in ihren Stühlen, verloren eingeschüchtert aber kein Wort und lauschtem weiter den Ausführungen des Führers.

„Also, werte Generäle, wie sehen unsere weiteren Möglichkeiten aus."

Wirr durcheinander warfen die fünf Männer, die mit im Raum waren, daraufhin ihre Pläne in den Raum.

„Wir brauchen neuen und mehr Drohnen!"

„Wir brauchen vor allem bessere Drohnen!"

„Nein, wir benötigen jetzt gut ausgebildete Bodentruppen!"

„Meine Rede, Terrenus muss jetzt erobert werden!"

„Ein Schutzschild!"

„Raumschiffe!"

„Bessere Artillerie!"

In dem Moment erhob sich der Führer ruckartig aus seinem Stuhl, um die Debatte schnell und einfach zu beenden: „Generäle, Sie haben alle recht. Ich verlange die Unterwerfung Terrenus sowie eine effektive Verteidigung gegen diese feigen Weltall-Bastarde! Ihnen stehen alle Ressourcen der Zitadelle zur Verfügung. Ich verlange Resultate binnen der nächsten vier Wochen."

Daraufhin schloss er die Sitzung knapp mit: „Sie haben Ihre Befehle, gehen Sie – jetzt."

Geschlossen erhoben sich die Generäle, salutierten ihrem Führer und schritten aus der Tür.

Plötzlich blieb einer der Männer unvermittelt in der Tür stehen, sah bekümmert zu Boden, drehte sich dann nochmal zu Eisenhower um und fragte mit besorgter Stimme: „Und was geschieht, wenn diese dritte Fraktion wirklich erneut angreifen sollte und unsere Drohnen ihnen nicht gewachsen sind?"

Eisenhower sah den General mit ernster Miene an. Ernst, aber zur Überraschung aller nicht herablassend oder gewohnt aggressiv einschüchternd. Dann antwortete er mit völlig ungewohnt ruhigem Tonfall: „Sie haben Ihre Befehle, handeln Sie danach, mehr können Sie nicht tun, mehr werde ich nicht verlangen."

Mit einer derart mitfühlenden Antwort hatte keiner der Generäle gerechnet. Zufrieden, damit ernst genommen worden zu sein, zwangen sich die Generäle ein leichtes Schmunzeln ins Gesicht und verließen den Saal.

Dann wandte sich Eisenhower wieder an seine rechte Hand: „Das war eine schöne Geschichte, verbreite sie in der Bevölkerung, nicht nur unter der, der Zitadelle, sondern der ganzen Welt, ein gemeinsamer Feind macht die Sache sicher einfacher."

Selig strahlend sah ihn seine rechte Hand dankbar an und nickte zustimmend. Eifrig sprang er auf, um seinen Befehlen zuverlässig nachzugehen. Als auch er beinahe zur Tür hinaus war, drehte auch er sich noch einmal zu seinem Führer um und verabschiedete sich: „Mein Führer, ich danke Euch, mit diesen einfühlsamen Worten der Anerkennung an die Generäle beweist Ihr einmal mehr Eure absolute Führungsstärke."

Als seine rechte Hand dann den Saal verlassen hatte, verharrte Eisenhower noch einige Minuten in seinem Stuhl, erhob sich dann aber und trottete den Tisch entlang zur Mitte des Saals, wo er am Fenster zu seiner Rechten stehen blieb. Nachdenklich sah er aus dem Fenster in den Himmel. Einen klaren oder gar zielgerichteten Gedanken zu formulieren, war ihm in diesem Moment nicht mehr möglich. Er beabsichtigte es auch gar nicht. Er verharrte einige Stunden lang vor dem Fenster, bis die Nacht hereinbrach. Erst beim Anblick der Mondsichel, der zahlreichen Mond-Asteroiden, die einen leuchtenden Gürtel am Firmament bildeten und der funkelnden Sterne, wurden seine Gedankengänge wieder klarer. So fragte er sich lange, wie diese Unbekannten wohl aussahen. Ob sie noch wie Menschen aussahen, oder ob sie sich bereits zu einer unförmigen, unwürdigen Unterrasse entwickelt hatten. Dann, ob sie gerade in diesem Moment über den Planeten flogen und ihn am Fenster beobachteten. Just in diesem Moment zuckte er zusammen, als er meinte, einen sich bewegenden Stern gesehen zu haben. Konnte er seinen Augen nach dem heutigen Tag wirklich noch trauen? Er beschloss, sich auf die Tatsachen zu verlassen, Unbekanntes unbekannt zu lassen und bei Schicksalsfragen auf Gott zu vertrauen. Eisenhower sah seine eigene Stärke immer darin, das Positive aus jeder Situation zu erkennen und es derart voranzutreiben, dass es immer in seinem Triumph gipfelte. In diesem Augenblick schossen ihm Bilder vom Attentat auf die Oppositionsführerin Christine Meyer-Smith durch den Kopf. Selbst war er damals nicht vor Ort, doch verfolgte er die Drohnenbilder auf seinen Bildschirmen. Lange hatte er erfolgreich verdrängt, was damals wirklich geschah, doch musste er nun doch unweigerlich eine Verbindung zu den heutigen Ereignissen vermuten. Aber nein, wie abwegig, allein der Gedanke, diese Rebellin könnte irgendeine größere Rolle in der Geschichte spielen, war schlicht absurd. Nein, am Ende bleiben die Tatsachen. Die Zitadelle, er, hat einen großen Sieg gegen Terrenus errungen und auch dieser neue, unwürdige Feind wird in Ehrfurcht vor seiner Herrlichkeit erzittern und zu Grunde gehen.

„Zitadelle forever!"

Der Autor

Das ist das zweite Buch von Bernd M. Mohl (geb. 1987) und nach Chroniken des Krieges, der zweite Teil seiner Terrenus-Trillogie. Bernd M. Mohl begann während der Corona-Pandemie und den damit verbundenen Lockdowns in Wien, mit der „Arbeit" an Terrenus und führte sein Hobby auch nach der Abgeschiedenheit der Pandemie heiter weiter.

„Arbeit vs. Hobby: Wo ist der Unterschied, wenn man's gern macht?"

novum VERLAG FÜR NEUAUTOREN

Der Verlag

*Wer aufhört
besser zu werden,
hat aufgehört
gut zu sein!*

Basierend auf diesem Motto ist es dem novum Verlag
ein Anliegen, neue Manuskripte aufzuspüren, zu ver-
öffentlichen und deren Autoren langfristig zu fördern.
Mittlerweile gilt der 1997 gegründete und mehrfach
prämierte Verlag als Spezialist für Neuautoren in
Deutschland, Österreich und der Schweiz.

**Für jedes neue Manuskript wird innerhalb we-
niger Wochen eine kostenfreie, unverbindliche
Lektorats-Prüfung erstellt.**

Weitere Informationen zum Verlag und
seinen Büchern finden Sie im Internet unter:

w w w . n o v u m v e r l a g . c o m

novum ☒ VERLAG FÜR NEUAUTOREN

Bernd M. Mohl

Terrenus
Chroniken des Krieges
Band 1
ISBN 978-3-99146-923-0
202 Seiten

Auf Terrenus leben zwei Völker über Jahrhunderte in gegensei-
tiger Abhängigkeit, aber nicht gleichberechtigt nebeneinander.
Technik, Wissenschaft und Macht sind ungleich verteilt, sodass
es schließlich zum Krieg zwischen Terranern und Zitadellern
kommt.